두 번 사는 랭커

ORIGINAL FANTASY STORY & ADVENTURE

사도연 판타지 장편소설

dream
books
드림북스

두 번 사는 랭커 18 아르티야

초판 1쇄 인쇄 2020년 4월 22일
초판 2쇄 발행 2020년 12월 21일

지은이 사도연
발행인 오영배
편집 편집부
일러스트 우문
표지 · 본문 디자인 오정인
제작 조하늬

펴낸곳 (주)삼양출판사 · 드림북스
주소 서울시 강북구 도봉로 173
대표 전화 02-980-2112 **팩스** 02-983-0660
편집부 전화 02-987-9393 **팩스** 02-980-2115
블로그 blog.naver.com/dreambookss
출판등록 1999년 3월 11일 제9-00046호

ⓒ 사도연, 2020

ISBN 979-11-283-9776-9 (04810) / 979-11-283-9659-5 (세트)

드림북스는 (주)삼양출판사의 판타지 · 무협 문학 브랜드입니다.

ORIGINAL FANTASY STORY & ADVENTURE

사도연 판타지 장편소설

18

두 번 사는
랭커

| 아르티야 |

dream
books
드림북스

목차

Stage 54.
가면을 벗다

콰아앙!

연우가 급강하한 자리로, 식탐황제의 손날과 비그리드가 강하게 충돌했다.

검은 오러가 폭발하고 불의 파도가 거친 소용돌이를 그리며 식탐황제를 찢어발기고자 했지만.

"가르쳐? 네놈 따위가 무엇을 가르친단 말이냐!"

식탐황제는 도리어 그런 소용돌이를 강제로 찢으면서 연우에게 와락 달려들었다.

마치 성문을 통과하려는 공성추처럼. 가뜩이나 뚱뚱한 몸뚱이가 몇 배나 부푼 채로 탄환처럼 쏘아졌다.

쾅!

연우는 날개를 안쪽으로 접으면서 식탐황제의 몸통 박치기를 막아 냈다. 그를 둘러싸고 있던 검은 불길이 다시 충격파와 함께 허공으로 높게 치솟았다.

그 순간.

"독식자! 드디어 맨 얼굴을 드러냈구나!"

"본국의 소중한 백성들을 이딴 식으로 학살해? 용서치 않겠다!"

식탐황제의 좌우로 뚜언띠엔 공작과 티르빙 공작이 나타나 양쪽에서 연우의 허리를 갈라 왔다. 식탐의 돌로 연결된 상태에서, 식탐황제가 위험하다는 사실을 깨닫고 재빨리 돌아온 것이다.

하지만 둘의 기습은 이뤄지지 못했다.

연우의 그림자가 위로 불쑥 올라오면서 샤논과 한령이 나타나 각각 그들의 칼날을 막아 낸 것이다.

「어이. 어이. 자꾸 우리를 잊어 먹으면 섭섭하다고?」

「그렇지 않아도, 예전부터 혈국 공작들의 칼 솜씨를 한번 직접 확인해 보고 싶었지. 잘됐군.」

「응? 해 본 적 없어? 너 싸움 귀신이었다며?」

「이미 이들은 내가 유명해지기 전부터 접근하기가……어려웠던지라!」

채채챙!

쿠르르—

샤논은 〈볼케이노〉를 연거푸 터뜨리면서 티르빙 공작을 몰아치기 시작했다. 칼을 휘두를 때마다 일어나는 화염 폭풍이 티르빙 공작을 계속 물러나게 만들었다.

한령은 아홉 자루의 칼을 모두 허공으로 던지면서 차례대로 칼춤을 추기 시작했다. 생전의 무력을 되찾은 데에 더해 추가로 랭커의 영혼을 삼키면서 강화된 그의 칼질은 가벼우면서도 하나하나가 위력적이었다.

"설마…… 도무신?"

「날 알아보는가?」

"죽었다고 알려진 청화도의 무신이 어째서 저딴 낭인 따위에게……!"

「이 몸도 낭인 출신이었던지라.」

한령은 경악에 빠진 뚜언띠엔 공작을 베어 나갔다. 뚜언띠엔 공작도 이대로는 안 되겠다는 생각에 뼈의 칼을 마구잡이로 뽑아내면서 충돌을 시작했다.

콰르릉, 콰르르—

그렇게 권속들 간의 본격적인 다툼이 시작되면서. 그들의 중심에서 벌어지는 주인의 격투는 더더욱 거칠어졌다.

['비그리드—???'가 숨겨진 진명, '듀렌달'을 개방합니다.]

[전승: 일도양단]

촤촤촤—

진명을 전환하자, 여태껏 용을 참살하기 위해 묵직한 무게를 자랑하던 비그리드가 가벼워지면서 빠르게 허공을 여러 갈래로 쪼겠다.

검은 오러는 불의 파도를 극한으로 압축시켜 오러에 가둬 둔 형태. 당연하지만 압축이 부서지면 그만큼 큰 폭발이 일어날 수밖에 없었다.

연우는 바로 이 점을 적극적으로 활용했다.

칼을 휘두를 때마다 불의 파도가 터져 나가고, 그 사이로 비집고 들어가는 팔극검은 식탐황제의 몸을 몇 번씩이나 베고, 찌르고, 자르기까지 했다.

촤아악—

"이노오오옴!"

식탐황제는 그럴수록 더 미쳐 버릴 것만 같았다. 그토록 바라던 칼라투스의 혈청과 고기를 잔뜩 삼킨 뒤, 그동안 다루기가 너무 어려웠던 식탐의 돌을 드디어 사용할 수 있게 되었다.

그런데도 불구하고 승기를 잡기는커녕 계속 밀려나고만 있으니.

특히 그를 버틸 수 없게 만드는 것은 대주교가 뿌리던 불길도 아무렇지 않게 버텨 냈던 살갗이 검은 오러에는 계속 베여 나가고 있다는 점이었다.

상처가 생기면 금세 보라색 기운이 올라와 회복을 시킨다지만.

도무지 연우의 공세로부터 탈출할 만한 방법이 보이지 않았다.

"뜻대로 되지 않아서 미칠 것 같은 모양이지?"

식탐황제는 가면 너머로 번뜩이는 금색 눈동자에 섬뜩함을 느꼈다. 마치 자신의 속이 훤히 들여다보이는 기분이었다.

"돌을 그따위로 쓰고 있으니 그렇겠지. 용의 인자를 이용해서 돌을 제어한다? 좋은 발상이야. 하지만 방법이 잘못됐어."

"……너?"

식탐황제는 여태껏 어느 누구에게도 비밀로 하고 있던 영혼석을 들켰다는 사실을 깨닫고 말았다.

"그건 그딴 식으로 사용하는 게 아니거든."

"……!"

연우는 충격에 빠진 식탐황제에게 비릿한 비웃음을 던지면서 비그리드를 아래로 내리쳤다. 현자의 돌과 드래곤 하트가 공명하면서 불벼락이 그대로 지면에 내리꽂혔다.

양팔을 교차하며 이것을 막으려던 식탐황제의 팔이 그대로 잘려 나갔다.

촤아악!

"크아아악!"

"그래도 유일하게 딱 하나는 좋았어. 괴력난신? 꽤 쓸만하더군. 그것도 사용법이 잘못되었지만."

연우는 녀석이 듣고 있거나 말거나 여태 현자의 돌에 가두고 있던 '난', 패란을 부에게로 보냈다.

패란은 법칙을 비틀고 진리를 어지럽히는 힘.

더할 나위 없이 부에게 가장 잘 어울리는 능력이기도 했다.

드높은 하늘을 따라, 두 개의 실선이 그어지면서 엘더 리치의 인페르노 사이트가 도깨비불처럼 환하게 밝혀졌다.

「죽음. 이여. 오. 라.」

전장을 지휘하던 부의 명령에 따라, 지면을 새카맣게 물들이던 그림자가 더더욱 늪처럼 질퍽질퍽해졌다.

전장을 강타하던 불길이 검게 물들면서 음산하게 더 높이 타오르고.

영괴들의 눈빛도 이제는 하나같이 보라색으로 빛나기 시작했다. 녀석들은 흉측한 이빨을 훤히 드러내어, 먹잇감들의 명줄을 뜯어 나갔다.

하늘에서는 거대한 구멍이 열리면서 여태껏 던전 속에 비축하고 있던 온갖 언데드들을 잔뜩 토해 냈으니.

식탐황제는 지금 자신이 있는 곳이 지옥불이 도사리는 구천 세계인지, 아니면 용의 신전이었던 50층의 스테이지인지를 도저히 분간할 수가 없었다.

그렇다고 해서 다른 아홉 왕들의 도움을 빌리기에도 요원했다.

쿵, 쿵, 쿠우웅—

크롸롸롸!

결이 갈라지면서 어느덧 3차 페이즈로 돌입하기 시작한 칼라투스가 어떻게든 화풀이를 하기 위해 움직이고 있는 통에, 다른 아홉 왕들의 발도 거기에 단단히 묶인 탓이었다.

가뜩이나 그들도 크게 다친 상황인데도 불구하고.

"제기랄!"

식탐황제는 답답해 미칠 것 같았다. 날아갔던 팔은 다시 복구되었지만 어느새 다시 잘려 나가고 있었고, 보라색 기운은 쏟아지는 핏물만큼이나 끊임없이 밖으로 새어 나가는 중이었다.

거기다 바로 눈앞에서 자신이 수하에게 주었던 권능을 강탈당한 것으로도 모자라, 그것이 마구잡이로 사용되고 있자 이성의 끈이 끊어지기 일보 직전이었다.

용의 저주 때문에 갖가지 권능에도 제약이 생긴 지금. 그가 할 수 있는 건 없었다.

아니, 한 가지가 있긴 했다.

어린 시절에 딱 한 번 사용해 본 이후로, 후유증이 너무 심각해 여태 단단히 봉인해 둬야만 했던 그 방법을 꺼내지 않으면 안 될 것 같았다.

그가 그 많던 형제와 혈육들을 전부 잡아먹고 옥좌에 앉을 수 있었던 이유.

"제기라아아알!"

식탐황제는 결국 참지 못하고, 배 속에 든 식탐의 돌을 그대로 '해방'시켰다.

쿠우우—

마치 바람을 넣은 풍선처럼. 식탐황제의 비대한 몸뚱이가 순식간에 수십 배로 부풀어 올랐다.

"크아아!"

마치 신화 속에 잊힌 종족, 거인이라도 된 것처럼. 식탐황제는 수십 미터나 커진 채로 길게 포효했다.

이제 식탐의 돌은 보라색 기운을 마구 쏟아내면서 식탐

황제의 본능과 욕구를 극대화시켜 나갔다.

먹어라.

모든 것을 먹어 치워라.

이곳에 있는 놈들을 전부 먹어서 너를 깔보는 놈들이 없게 만들어라.

식탐황제는 자신이 '황제'라는 사실을 잊은 적이 없었고, 만인이 자신의 앞에 무릎을 꿇고 굴종해야만 한다고 생각했다.

그런 판국에 지금과 같은 일들은 불경한 것들이 반역을 도모하려는 것으로밖에 비치지 않았으니.

그렇다면 황제로서의 위엄을 보여, 저들과 자신의 차이를 확실하게 각인을 시켜 줘야만 했다.

쾅, 쾅, 쾅―

"죽…… 인…… 다……!"

그리고 당연한 말이지만. 식탐황제가 가장 먼저 무릎을 꿇려야겠다고 생각한 건, 연우였다.

쿠쿠쿠쿵―

거대한 발로 지면을 내려찍을 때마다 지축이 위아래로 크게 흔들렸다.

보라색 기운과 함께 새어 나오는 광기에는 오로지 연우를 죽이겠다는 생각밖에 담겨 있지 않았다. 두 눈이 붉게 충혈되어 빨갰다.

[시차 괴리]

연우는 그렇게 자신에게 달려오는 식탐황제를 맞이하면서. 사고 속도를 빠르게 돌려 한껏 느려진 시간대 속에서 녀석을 철저하게 분석했다.

혹시나 괴력난신처럼 자신이 참고할 만한 영혼석의 사용법이 있나 싶었지만.

'없어.'

녀석은 그저 식탐의 돌이 휘두르는 대로 휘둘리고 있을 뿐이었다.

그것마저도 제대로 활용하지 못한 채. '식탐(Gluttony)'이라는 개념에 단편적으로 취한 중독자일 뿐이었다.

그래도 혹시나 해서 여기까지 오도록 내버려 둔 것이었지만.

저것밖에 안 된다면 더 이상 놔둘 필요가 없을 듯했다.

애당초.

'녀석은 아홉 왕의 그릇이 아니었어.'

식탐의 돌이 아니었다면 아무것도 아닌 자였다.

그런 놈에게 영혼석은 돼지 목에 진주 목걸이일 뿐이지.

팟—

연우는 다시 시간대를 원상태로 돌리면서 앞으로 튀어 나갔다.

콰아앙!

그가 있던 자리로 아슬아슬하게 식탐황제의 주먹이 내리 꽂혔다. 노면을 따라 수십 미터나 되는 크기의 균열이 퍼지면서 부서진 돌조각이 위로 튀고.

연우는 어느새 블링크를 발동, 식탐황제의 다리 뒤편에 나타나 비그리드를 거칠게 휘두르고 있었다.

좌아악—

"크악!"

쿵!

아킬레스건이 그대로 잘려 나가면서 녀석의 오른쪽 무릎이 지면을 찍었다.

보라색 기운이 녀석의 신체를 강화시키거나 하는 건 신경 쓸 필요 없었다.

용신안으로 훔쳐본 결을 그대로 갈라, 식탐의 돌에서부터 이어지는 마력 유동을 끊어 버리고, 그 자리를 검은 불길로 지져서 상처를 악화시키면 그만이었으니.

녀석의 잘린 발목에는 짙은 피의 꽃이 멍울져 있었다.

[흉신악살]
[검은 구비타라]

연우는 녀석이 자세를 낮춘 기회를 놓치지 않았다.

촤촤촤—

비그리드가 팔극검의 비기들을 순서대로 빠르게 풀어냈다.

단천에서부터 철토까지. 비그리드가 휘둘러질 때마다, 식탐황제의 팔다리가 뭉텅뭉텅 썰려 나가면서 삽시간에 주변을 피바다로 만들었고.

"아아아악!"

식탐황제의 거체를 가득 뒤덮은 피의 꽃은 게걸스럽게 그의 체력과 마력을 빨아들이면서, 연우에게 막대한 에너지를 그대로 전달했다.

그 속에는 식탐의 돌이 자랑하던 보라색 기운도 있었다. 현자의 돌은 그것을 놓치지 않고 전부 닥치는 대로 빨아들이면서 영혼석의 성질을 더해 나갔다.

　　[권능, '검은 구비타라'의 효과로 적의 마력을 일
　부 흡수합니다.]
　　[영혼석(오만의 돌)이 영혼석(식탐의 돌)의 기운
　을 발견, 흡수를 시도합니다.]

[영혼석(오만의 돌)이 영혼석(식탐의 돌)의 기운을 발견, 흡수를 시도합니다.]

[영혼석(식탐의 돌)이 영혼석(오만의 돌)을 거부합니다. 영혼석(오만의 돌)이 강제 병합을 시도합니다.]

[영혼석(오만의 돌)이 마력을 흡수하는 데 성공하였습니다.]

　　……

[영혼석(오만의 돌)이 '죄악석'으로 거듭나는 중입니다. 더 많은 마력을 흡수하세요.]

"너, 너……!"

식탐황제는 비장의 한 수가 실패로 돌아가는 것도 모자라, 식탐의 돌이 갖고 있던 기운까지 빼앗기자 이제 충격에 잠기고 말았다.

그제야 연우가 무슨 짓을 하려는지를 깨달은 것이다. 그도 자신과 똑같은 영혼석의 소유자였다. 그것도 훨씬 능통하게 사용할 줄 아는!

"으아아아!"

식탐황제는 식탐의 돌을 빼앗길지도 모른다는 생각에 더

마구잡이로 마력을 잇달아 뿌리고, 주먹질을 해 댔지만, 연우의 속도를 따라잡기는 힘들었다.

아니, 오히려 덩치가 비대해지면서 속도도 같이 느려져 더 큰 약점을 드러내는 꼴이 되고 말았다.

"비켜! 비키란 말이야아!"

결국 식탐황제는 이대로 있다가는 정말 당할지도 모른다는 위기감에 등골이 쭈뼛 서고 말았다.

여태껏 자신이 휘두르기만 했지, 당할 줄 몰랐던 감정과 개념이 그를 점점 늪으로 빠뜨리고 있었다.

"으, 으아아……!"

공포.

두려움.

그리고…… 죽음.

[네르갈이 웃습니다.]

[이자나미가 웃습니다.]

[태산부군이 웃습니다.]

[아이쉬마―다이바가 웃습니다.]

[할파스가 웃습니다.]

[헬이 웃습니다.]

......

    그리고 식탐황제는 연우의 뒤편으로, 수많은 죽음의 신과 악마들이 자신을 보며 조롱에 찬 시선을 던지고 있다는 사실을 깨닫고 말았다.

    죽음의 늪이, 그를 익사시키기 위해서 바로 턱밑까지 차올라 있었다.

    퍽!

    비그리드가 식탐황제의 마지막 남은 팔을 잘라 내고, 단번에 왼쪽 가슴을 비집고 들어갔다.

    연우는 그것으로도 모자라, 허리띠 뒤쪽에 있던 크라슈나의 단검과 마장대검을 동시에 뽑아 녀석의 복부에다 쑤셔 넣으며 그대로 좌우로 찢었다.

    좌아아악―

    폭포수처럼 쏟아지는 핏물 사이로, 여전히 꿈틀대고 있는 내장과 이미 거기까지 침범한 피의 꽃이 보였고.

    그 사이로 식탐의 돌이 보라색 광채를 뿌려 대면서 울고 있었다.

    식탐의 돌은 오만의 돌에 흡수될 거라 생각했는지, 최후의 발악을 위해 더 많은 마력을 뿌려 댔지만.

    오히려 그럴수록 피의 꽃은 더더욱 게걸스럽게 먹어치우

면서 현자의 돌을 배부르게 만들었다.

　연우는 지체 없이 그 안쪽으로 왼손을 밀어 넣었다. 손바닥 사이로 검은 멍울이 활짝 열리면서 톱니 이빨이 드러나 단번에 식탐의 돌을 와그작 씹었다.

　　['바토리의 흡혈검'이 영혼석(식탐의 돌)을 갈취합니다.]

　　[해당 스킬이 전개 가능한 범위를 훨씬 벗어난 아티팩트입니다. 스킬 발동이 실패하였습니다.]

　　[스킬이 재시전되었습니다.]

　　[실패하였습니다.]

　　[스킬이 재시전되었습니다.]

　　[실패하였습니다.]

　　[용근(龍根)의 보조 효과로 영혼석(오만의 돌)이 해당 스킬과 자동 연결되었습니다.]

　　[스킬이 재시전되었습니다.]

　　[성공하였습니다.]

　　[에너지 드레인을 시작합니다.]

　콰드드득—

어떻게든 톱니 이빨을 밀어 내려던 식탐의 돌은 결국 탐욕스러운 오만의 돌을 버티지 못하고, 그대로 씹히면서 흡수되기 시작했다.

돌과 영혼을 잠식당하면서 식탐황제의 육체도 붕괴되기 시작했다.

그나마 남아 있던 몸뚱이가 기괴한 방향으로 뒤틀리면서 피의 꽃이 서서히 얼굴까지 덮어 나갔다.

"살…… 려 줘……!"

식탐황제는 정말 이대로 식탐의 돌을 빼앗기고 죽을지도 모른다는 위기감에, 공포에 잔뜩 질린 채 그렇게 외쳤다.

연우는 녀석에게 얼굴을 바짝 붙이면서 차갑게 웃었다.

"네가 말했었지? 미궁 탐색이 끝나면 원하는 것을 하나 준다고. 난 네 목숨이면 충분해."

"대체…… 왜! 왜 나에게 이러는 것이야……! 난! 난 너를……!"

"걱정 마라. 곧 알게 될 테니."

연우는 이제 얼굴마저 구겨진 종이처럼 일그러져 가는 식탐황제를 보면서, 바토리의 흡혈검을 더 깊게 쑤셔 넣었다. 에너지 드레인의 속도가 더욱 빨라졌다.

"아, 안……!"

식탐황제는 입술을 벙긋거리다, 끝내 미이라처럼 바싹 메마르며 잘게 부서져 사라졌다.

　['바토리의 흡혈검'이 영혼석(식탐의 돌)을 갈취하는 데 성공했습니다. 최종 결과: 89.2%]
　[축하합니다! '바토리의 흡혈검'의 스킬 숙련도를 Max치까지 달성하는 데 성공했습니다.]
　[스킬과 관련된 모든 능력치가 향상됩니다.]
　[체력이 20만큼 상승합니다.]
　[마력이 35만큼 상승합니다.]
　……

　[플레이어의 능력치를 산정하여 새로운 스킬을 탐색합니다.]

연우는 포악하게 구는 오만의 돌과 그것을 피하려는 식탐의 돌이 서로 현자의 돌 속에서 충돌하는 것을 느끼면서, 천천히 자리에서 일어나 주변을 둘러보았다.
　……!
이미 주변에 있는 플레이어들은 온통 충격에 젖은 얼굴이 되어 있었다.

영괴와 언데드들의 소환으로 가뜩이나 힘든 판국이었지만. 그래도 설마 '왕'이 죽을 거라고는 생각도 못 했던 탓이었다.

여름여왕이 죽은 적이 있다지만, 그건 어디까지나 같은 왕인 무왕이 해냈던 일.

하지만 지금은 여태 루키로만 알려졌던 존재가, 왕을 거꾸러뜨린 초유의 대사건이었으니. 그건 마그누스나 탐을 비롯한 다른 왕들도 마찬가지였다.

"넌…… 대체 누구지?"

마그누스가 떨리는 눈동자로 던지는 질문에.

연우는 대답 대신에 가면으로 손을 가져갔다.

찰칵—

그리고 훤히 드러난 얼굴에. 마그누스를 비롯한 모든 플레이어들이며 랭커들의 얼굴은 더 큰 경악에 젖고 말았다.

너무나 익숙한 얼굴이. 분명히 죽었다고 알려진 얼굴이 바로 눈앞에 있었으니까!

"내가 누군지 모른다고 하진 않겠지?"

죽었던 그는 분명히 은빛 갑주에 새하얀 날개를 지녔고, 여기에 있는 독식자는 반대로 검은 코트에 검은 날개를 펄럭이며 상반된 모습과 기질을 보이고 있었지만.

오히려 그렇기 때문에, 연우를 감싸고 도는 검은 불길은 더더욱 불길하고 음산하게 느껴졌다.

지금 이 순간.

연우는 동생이 되어 한쪽 입술 끝을 말아 올렸다. 벌어진 입술 사이로 송곳니가 훤히 드러났다.

"너희들이 내게 했던 것처럼. 지금부터 똑같이 지옥으로 끌고 가 주지."

그것은 선전포고였다.

동생과 아르티야의 이름으로 처음 선포된 전쟁 선고.

*　　*　　*

탑 내에서 독식자의 가면 속을 궁금해하는 사람들은 많았다.

누군가는 그 속에 화상으로 흉측해진 얼굴이 있을 거라고 하고, 또 누군가는 탑에서도 보기 드문 이종족이기 때문에 정체를 숨기고 있는 것이라고도 했다.

워낙에 다양한 추측이 있었지만.

대부분이 탑의 어떤 인물들과 원한 관계가 있어서 얼굴을 가리는 게 아닌가 하고 막연하게 생각할 뿐이었다.

어차피 탑에 들어온 플레이어치고, 평범한 인생을 살았

던 사람은 아무도 없었으니. 독식자처럼 후드를 깊게 쓰거나, 가면을 덮고 다니는 사람도 꽤나 있는 편이었다.

소속원의 신분을 낱낱이 파악하는 거대 클랜이 아니고서야. 정체를 숨긴 플레이어들을 강제로 알아내고자 하는 이들도 없었다. 개인주의적인 성향은 탑을 지배하는 전체적인 분위기였다.

하지만.

그렇다고 해서, 가면을 벗은 독식자를 보았을 때 놀라지 않을 수는 없었다.

가면 뒤에 나타난 얼굴은 모두가 아는 모습이었고.

그 얼굴은 분명히 죽었어야 할 사람의 것이었으니까.

기나긴 침묵은.

"헤, 헤븐윙!"

어디선가 삐져나오듯이 새어 나온 비명 소리와 함께 깨지고.

"헤븐윙이 어떻게……?"

"주, 주, 죽었던 게 아, 아니었어?"

"도, 도, 도……!"

어수선한 혼란은 전염병처럼 인파 전체로 금세 퍼져 나가다가.

"도망쳐라!"

누군가가 지른 악다구니와 함께. 공황에 빠졌던 플레이어들의 머릿속은 오로지 한 가지 생각으로 가득 찼다.

어떻게든 이곳을 빠져 나가야 한다!

"독재관님을 보호하라!"

"독재관님을 피신시켜야 한다!"

"주군을 모셔라!"

"놈을 어떻게든 막아!"

소속이 없는 랭커들은 뒤도 돌아보지 않고 냅다 도망치기 시작했고.

거대 클랜의 플레이어들은 어떻게든 연우를 막아야 한다는 생각에 앞으로 튀어 나갔다. 인의 장막을 세워 그를 제지하기 위해서였다.

그들은 지금 연우가 헤븐윙의 부활이라고 여기고 있었다. 그렇다면 그가 누구를 노릴지는 불 보듯 뻔한 일이지 않은가!

쐐애액—

그리고 그런 그들의 생각에 호응하듯이. 연우가 다시 한번 더 날개로 홰를 치면서 놈들에게로 쇄도했다.

쿠쿠쿵!

콰르르—

하늘에서부터 잇달아 갖은 마법과 스킬이 화려한 이펙트

를 터뜨리면서 연우에게로 쏟아졌다.

"비켜."

하지만 연우는 귀찮다는 듯이 비그리드를 옆으로 거칠게 휘둘렀다.

['비그리드─???'가 숨겨진 진명, '듀렌달'을 개방합니다.]
[전승: 일도양단]

연우는 다시 한번 더 칼날에 검은 오러를 한껏 담아 크게 휘둘렀다.

검은 불길이 폭발하면서 단번에 마법과 스킬을 허공에서 삭제시켜 버리고.

파아앗─

연우는 불길을 헤집으며 인파 사이를 단번에 꿰뚫었다.

"크아악!"

"아악!"

연우가 그냥 지나간 자리의 근방에 있던 플레이어들은 일제히 심장을 부여잡거나, 새파랗게 질린 얼굴로 발버둥을 치다가 게거품을 물면서 쓰러졌다.

바닥을 따라 넓게 펼쳐졌던 그림자에서부터 솟아올라 온

죽음의 권능이, 검은 손길을 따라 그들을 늪으로 잡아당겼던 것이다.

연우가 먼저 노린 곳은 가장 가까운 곳.

엘로힘과 마그누스가 있는 곳이었다.

"아아아악!"

"막……!"

마그누스를 보호하기 위해 있던 플레이어들이 검은 불길과 함께 한껏 옆으로 치워지고, 그 자리를 7인대가 채우면서 검을 교차시켰다.

현재 그들의 독재관, 마그누스는 채널링이 끊어지고 칼라투스를 상대하면서 상당히 많은 기력을 소모한 상태.

이대로 연우와 맞닥뜨렸다가는 너무 위험했다.

채채챙!

비록 대장이었던 우로스를 비롯해 몇몇이 죽으면서 상당한 전력 상실이 있었다지만, 하이 랭커로만 이뤄진 그들은 엘로힘 내에서도 상당한 전력을 갖고 있었다.

여태껏 도축장에서 소, 돼지를 잡듯이 플레이어들을 마구잡이로 날리던 비그리드가 처음으로 가로막혔다.

'막았……!'

연우를 막았던 그라이키아는 이대로 밀어내면 되겠다는 생각에 아주 잠깐 기뻐했지만.

퍽!

어디선가 날아든 칼바람이 그의 목을 너무 말끔하게 자르고 지나가며 7인대의 머리 위를 덮쳤다. 레베카가 어느새 나타나 합류하고 만 것이다.

결국 남은 7인대가 레베카를 상대하며 손발이 복잡하게 얽히는 사이.

연우는 마그누스와 맞닥뜨렸다.

다른 말은 필요 없었다. 전력을 다해 녀석을 죽이는 것뿐!

파라라락—

철컥!

연우의 품에서 여의봉의 조각들이 돌개바람을 그리면서 나타나 봉을 만들어 내고, 그 위에 비그리드가 안착되었다.

[팔극검 — 비기연계(祕技連繫)]
[제천류 — 뇌벽세]

파직, 파지직—

콰르르릉!

여의봉과 비그리드가 움직일 때마다 칼날에서 귀가 떨어져 나갈 것 같은 우렛소리가 터지면서. 검은 벼락을 동반한 칼바람이 마그누스의 팔다리를 잘라 나갔다.

"흡!"

마그누스는 합장을 풀면서 양손을 앞으로 내밀었다. 〈거인의 추〉에 따라 강렬한 기파가 송곳니처럼 앞으로 쏟아졌다.

쿠쿠쿵!

여태껏 지칠 줄 모르고 앞으로 전진하던 비그리드의 기세가 잠시 주춤했다.

하지만 마그누스는 이게 끝이 아니라는 듯, 몸을 크게 비틀면서 장풍을 연달아 쏟아냈다.

좌악—

연우는 검은 오러를 키우면서 그것을 옆으로 쳐 내다가 블링크를 발동시키며 마그누스의 뒤를 밟았다.

하지만 마그누스도 그런 움직임쯤은 짐작하고 있었다는 듯, 전혀 당황하는 기색 없이 상반신을 그쪽으로 돌리면서 손바닥을 앞으로 뻗었다.

콰아앙!

칼날과 손바닥이 부딪친 게 맞나 싶을 정도로 어마어마한 폭음과 함께, 뇌기가 위로 치솟고 지반이 깊은 크레이터를 만들어 내며 움푹 아래로 눌렸다.

"오랜…… 만이로군, 헤븐윙. 그동안 잘 지내셨는가?"

연우를 보는 마그누스의 눈꺼풀이 살짝 파르르 떨렸다.

그는 여전히 눈앞에 있는 상대가 자신이 아는 헤븐윙이 맞는지 계속 탐색하는 중이었다.

그가 알고 있던 헤븐윙과 연우는 다른 사람이 아닐까 싶을 정도로 너무 달랐으니까. 분위기, 기질, 스킬, 권능……
언제나 정의롭고 화려한 광명으로 가득하던 헤븐윙과는 전혀 다르게, 연우가 가지고 있는 모든 것들은 하나같이 죽음과 어둑한 암흑에 가까웠다.

"잘 지냈을 것 같나?"

연우는 그런 마그누스를 보면서 한쪽 입술 끝을 비틀었다.

마그누스는 거인의 힘을 실으며 비그리드를 밀어내면서. 어떻게든 인자한 미소를 흘렸다.

"힘든 일이 많았다는 말은 들었네만. 그래도 우리가 이렇게 있을 사이는 아니지 않은가. 난……."

"닥쳐."

가가각!

연우는 더 이상 듣기 싫다는 듯, 비그리드를 힘껏 밀어내면서 마그누스를 튕겨 냈다.

녀석이 무슨 말을 할지는 불 보듯 뻔했다.

이전에 있었던 일은 오해다.

자신들은 그럴 생각이 전혀 없었다.

어쩌다 보니 일이 그렇게 되었다.

마그누스는 언제나 스스로를 정의로운 척 포장하는 데 능숙했고, 동생도 처음에는 거기에 속아 넘어가곤 했었다.

하지만 뒤늦게 깨달은 사실은. 마그누스는 그를 전혀 '사람'으로 생각하지 않았던 것이다.

마그누스가 올바르고 정직한 사람은 맞았다. 권력 분산이 잘 되어 있는 엘로힘 내에서 최초로 절대 권력을 거머쥐고도, 더 이상 욕심을 부리지 않고 스스로 은퇴를 자청했을 정도로 청렴하기도 했다.

하지만 그건 어디까지나 그처럼 신혈을 타고난 이들에게만 해당할 뿐.

마그누스의 눈에 엘로힘을 비롯해 용종, 외뿔부족을 제외한 이들은 하나같이 그들이 이끌어야 할 미개한 종족에 지나지 않았고.

용의 힘을 물려받은 동생은 제 주제도 모르고 위대한 힘을 우연히 갖게 된 운 좋은 놈에 지나지 않았다.

그래서 마그누스는 동생의 호의를 마지막에 배반하고, 동생이 가지고 있던 용의 힘을 강탈하고자 했다.

물론, 동생을 상대하는 데 있어 그가 전면에 나선 적은 없었으나.

그렇다고 해서 그 배후에 녀석이 있었던 사실이 달라지

는 건 아니었다.

아니, 그런 것을 제외하더라도.

'세샤를 건드리려고 했던 건 용납 못 하지.'

엘로힘이 처음 용종 복원 계획이니 뭐니 하는 되도 않는 헛소리를 지껄이며 세샤에게 손을 대려 했을 때부터.

이미 연우는 엘로힘을 살려 둘 생각이 전혀 없었다. 배후에 있을 마그누스까지도.

콰아아—

연우는 하늘 날개를 다시 한번 크게 펄럭이면서 마그누스를 밀어붙이기 시작했다.

현재 마그누스는 그를 보호하던 채널링이 모조리 끊어진 상태. 권능도 바닥을 치고 있는 지금, 반드시 잡아야만 한다. 그렇지 않으면 앞으로 두고두고 그의 발목을 잡을 녀석이었다.

['하늘 날개'의 발동 잔여 시간은 27초입니다.]

처음부터 너무 크게 권능을 남발한 탓인지, 평소보다 잔여 시간이 많이 소모되어 있었다. 영역인 비나를 유지하는 데도 그만큼 많은 마력이 소모되는 중이었다.

때문에. 30초도 되지 않는 짧은 시간만 남았지만.

'이 정도면 충분하다.'

연우는 권능을 더 크고 화려하게 불태우면서 마그누스를 힘으로 밀어냈고.

"크으으윽!"

마그누스는 자신을 보호하던 스킬이며 마법이 죄다 우악스러운 힘에 박살이 나는 것을 지켜봐야만 했다.

〈거인의 추〉나 〈거신함의〉와 같은 힘도, 마신룡체의 용력을 완전히 막을 수는 없었다.

퍼퍼퍼펑—

그러다 비그리드의 칼날이 마그누스의 목젖까지 다다르고, 아주 잠깐 멈췄을 때.

[권속, 데스 노블(샤논)이 플레이어 '티르빙'을 처치하는 데 성공했습니다.]

['괴랄(怪剌)'을 갈취하는 데 성공했습니다.]

[권속, 데스 노블(한령)이 플레이어 '뚜언따엔'을 처치하는 데 성공했습니다.]

['귀신(鬼神)'을 갈취하는 데 성공했습니다.]

[영혼석(오만의 돌)이 영혼석(식탐의 돌)의 모든 기능을 강탈하는 데 성공했습니다.]

[최종 결과: 96.8%]

[융화를 시도합니다.]

[합성을 시도합니다.]

……

[죄악석을 완성시키는 데 상당한 시간이 필요할 수 있습니다.]

이미 괴력난신 중 '력'에 해당하는 용력(勇力)은 식탐황제를 처치하면서 얻어 둔 상태.

이어서 티르빙 공작과 뚜언띠엔 공작까지 처치했다는 소식이 전해지자, 모든 괴력난신이 연우에게로 저절로 전해졌다. 오만의 돌이 식탐의 돌이 갖고 있던 모든 기능을 집어삼키는 데 성공한 것이다.

그리고 그건 연우의 또 다른 성장을 의미했으니.

아주 잠깐 더해진 힘은 마그누스를 겨우 버티게 하고 있던 스킬을 부수기에 충분했다.

퍽—

비그리드의 칼끝이 그대로 마그누스의 목젖을 꿰뚫고 지나갔다.

마그누스는 무슨 말을 하고 싶은 듯, 입을 금붕어처럼 벙긋거렸지만.

촤아악―

연우는 듣기 싫다는 듯, 비그리드를 옆으로 크게 휘둘러 녀석의 목을 날려 버렸다.

엘로힘을 재건했다고 알려지며, 클랜원들로부터 수많은 지지를 받던 '왕'의 너무 허망한 죽음이었다.

하지만 그림자는 녀석에게 평온한 죽음마저 허락하지 않기 위해 그대로 위로 솟구쳐 영혼을 컬렉션 속으로 삼켰다.

"마, 마그누스 님⋯⋯!"

"독재관님마저⋯⋯!"

엘로힘의 잔당들은 믿었던 마그누스마저 허망하게 당하고 말자, 반쯤 넋을 잃고 말았다.

['하늘 날개'의 발동 시간을 모두 소진하였습니다.]

[다음 발동이 가능한 시간은 24시간 후입니다.]

파스스―

그리고 때마침 하늘 높이 솟아올라 있던 하늘 날개가 풀리면서 불의 날개로 되돌아왔다.

억지로 쥐어짰던 수천 개의 권능이 일제히 작동을 멈추자, 그만큼의 페널티가 되돌아오면서 연우는 한순간 몸이 단단히 경직되는 것을 느꼈지만.

　최대한 내색을 하지 않으면서, 이제 전의를 완전히 상실하다시피 한 혈국과 엘로힘의 잔당들을 번갈아 보고는 차갑게 말했다.

　"모두 치워 버려."

　키킥, 키키킥—

　캬아아아!

　영괴와 검은 그림자가 불길하게 넘실대며 놈들을 덮쳤다.

　그런 놈들을 뒤로한 채.

　연우는 다시 움직였다.

　아직도 남은 사냥감이 많았다.

　　　　　　*　　　　*　　　　*

　「주인께 영광을!」

　「죽음의 왕좌에 앉으신 우리들의 왕에게, 적의 죽음을 선물로 안기리라!」

　그림자가 넘실대고 영괴들이 날뛰는 전장 사이로.

　언제부턴가 나타나기 시작한 죽음의 군단은 검은 갑옷과 검은 투구, 그리고 장창을 높게 세우면서. 일사불란하게 군기를 갖추며 큰 함성과 함께 적들을 밀어내기 시작했다.

척, 처처척—

디스 플루토. 하데스의 권속이었으나, 이제 후왕인 연우에게로 전해진 죽음의 군단을 가로막을 수 있는 건 아무것도 없었다.

비록 아직 연우가 초월을 이루지 못해 본신의 힘을 전부 발휘할 수는 없었지만.

그래도 그들은 지난 수천 년 동안 티탄—기가스와의 전쟁에서 버텨 온 것이 절대 요행이 아니었다는 것을 증명하려는 듯 전진을 시작했다.

상황이 이렇게 되자, 급박해진 것은 화이트 드래곤과 블랙 드래곤, 그리고 마군이었다.

이미 혈국과 엘로힘은 거의 궤멸되다시피 한 상태. 그다음으로 위기를 맞닥뜨린 건 그들이었고, 당연한 말이지만 상황은 그리 좋은 편이 아니었다.

전면에서는 디스 플루토가 압박을 시작하고.

좌에서는 환상연대가 좁혀 오며.

우에서는 마희성이 모루처럼 단단하게 버텨 그들을 빠져나갈 수 없도록 만들었다.

특히 후방에는 어느새 4차 페이즈로 돌입한 칼라투스가 광란을 벌이는 중이었다.

비록 격이 타락할 대로 타락한 나머지 이렇다 할 마법도 크게 부리지 못하고, 이젠 용종이라고 말하기도 꺼려질 만큼 마지막 용왕으로서의 위엄도 보이지 못하고 있는 상태였지만.

그래도 용은 용이라는 것을 보여 주려는 듯. 현재 칼라투스는 마지막 남은 신력을 불사르면서 육체를 복구시키며 플레이어들을 마구잡이로 짓밟았다.

꼬리를 흔들 때마다 랭커들이 줄줄이 튕겨 나가고, 브레스가 대지를 강타할 때마다 시체조차 남기지 못하는 이들이 허다했다.

크롸롸롸—

왈츠와 탐, 대주교도 상태가 그리 좋지 못한 상황. 때마침 마그누스를 처치하고, 남은 혈국을 정리하면서 이쪽으로 날아오는 연우가 보였다.

"이대로 있다가는 정말 전멸을 면치 못하겠군."

대주교는 이쪽으로 날아오는 연우를 보면서 쓰게 웃었다. 채널링이 단절된 시간이 너무 길어지면서 그가 겨우 막아 뒀던 육체의 노화가 다시 돌아오고 있는 중이었다. 벌써 몸이 삐거덕대는 게 느껴질 정도였다.

"어떠신가? 지금이라도 풀어내는 것이."

그러다 대주교는 왈츠를 돌아보며 물었다.

왈츠는 칼라투스에게 암경을 날리던 주먹을 회수하다가,

그쪽으로 홱 하고 고개를 돌렸다.

차갑게 가라앉은 시선이 대주교를 직시했다.

무슨 말이냐는 눈빛.

"나야 이미 살 만큼 살았으니 이대로 죽는다고 해도, 천마의 뜻이 그러하겠거니 하고 넘어갈 수 있다지만. 그대는 아니잖나. 아직 젊고, 여태 산 날보다 앞으로 살날이 훨씬 길지. 그런 꽃다운 인생을 여기서 버릴 셈이신가?"

왈츠는 아무런 대답 없이 대주교를 응시했다.

"그리고 이 몸도 교단에 두고 온 신도들이 있어 목숨을 가벼이 할 수 없는 몸. 해서 제안함세."

여태 묵묵히 잠겨 있던 왈츠의 입이 처음으로 열렸다.

"어떤 제안이지?"

"저 말썽쟁이를 잠시만 막아 주시게."

대주교는 이쪽으로 날아오는 연우를 가리키며 말을 이었다.

"이 늙은이도 숨겨 둔 수가 제법 있으니. 이 갑갑한 스테이지를 빠져나갈 수 있도록 만들지. 그러니 거기에 집중할 수 있게 시간을 벌어 주게."

"여긴 저놈의 영역. 갇혀 있는 상태라 쉽지 않아."

"자꾸 숨기려 들지 마시게. 이미 저주는 완전히 극복했고, 숨겨 둔 수가 서너 개가 더 있다는 걸 모를 것 같은가?

애당초 자네가 진심으로 나섰더라면, 식탐이나 독재관이 저리 허망하게 가지도 않았을 것 아닌가."

"……."

왈츠는 아무 말도 하지 않았다.

"아마 이참에 적당히 기회를 보다가 쓸데없이 많은 머릿수를 줄여 놓을 참이었겠지. 하지만 여기까지. 이 이상은 아니야."

결국 왈츠는 한발 물러서고 말았다.

"……뭘 하면 되지?"

"말하지 않았나. 시간을 벌어 달라고."

쯧. 능구렁이 같은 영감. 왈츠는 자신의 속내를 정확하게 꿰뚫은 대주교를 보면서 혀를 가볍게 차고, 앞으로 나섰다.

연우가 혼란 속에서 그들을 제거하려 했던 것처럼. 사실 왈츠도 이 기회에 연우의 힘을 소진시켰다가 마지막을 노릴 생각이었다. 그녀에게 있어 연우는 언젠가 반드시 죽여야 할 어머니 여름여왕의 원수였으니.

하지만 이렇게 된 이상, 더 이상 기다려서는 안 될 것 같았다.

"나도 얼마 못 가. 부서진 원영신의 타격이 커서."

"엄살 부리시긴. 잠시면 된다네."

결국 왈츠는 주먹을 가볍게 풀며 한 발을 앞으로 내디뎠다. 사실 연우가 용체 각성을 이뤘다지만, 그녀도 그에 못지않은, 아니, '용체'에만 국한시킨다면 그 이상의 경지를 밟았으니.

"영역 선포."

그녀가 나지막하게 내뱉은 말과 동시에.

화아악—

왈츠를 중심으로 맹렬한 푸른색 기풍(氣風)이 파문처럼 퍼져 나가면서 그림자의 영역을 밀어내기 시작했다.

콰드득, 콰득—

여태껏 평온하던 왈츠의 눈빛이 매서워졌다.

상반신을 따라 피부가 뒤집히면서 용의 비늘이 잔뜩 돋아나고, 어깻죽지에서는 날개가 튀어나와 높다랗게 치솟았다. 용의 꼬리가 바닥을 두들길 때에는 대지가 들썩일 정도였다.

왈츠의 본체는 용인(龍人).

그것도 연우보다 한 단계가 높은 6차 각성이었다.

자신의 심상을 외부로 구성하여 법칙을 뒤바꾸는. 흔히 외뿔부족에서는 심검(心劍)으로 분류되기도 하는 경지.

윙, 윙, 위잉—

왈츠의 본체 위로 여름여왕이 물려준 각종 마법들이 발동,
버프들이 한가득 실리면서 기풍은 단박에 몇 배로 거세졌다.

거대한 기의 폭풍이 푸른 물결처럼 퍼져 나가다, 연우를
중심으로 몰아치는 검은 그림자와 맞부딪치는 지점에서.

두 개의 기류가 뒤섞이며 하늘로 솟구쳤다. 서로 절대 밀
리지 않겠다는 듯, 팽팽한 접전이 벌어졌다.

그리고 하늘에서부터 쏟아지는 새로운 드래곤 프레셔는
이쪽으로 맹렬하게 달려오던 연우의 어깨를 짓눌렀다.

[강한 압박이 육체를 제지합니다. 스턴 상태에 빠
집니다.]
['냉혈' 특성으로 이성을 유지합니다.]
[스턴 상태가 해지되었습니다.]

하지만 언제나 그렇듯, 연우가 자랑하는 냉혈 특성은 상
태 이상을 단번에 무효화시켰다.

그러나 연우가 잠시 멈칫한 사이.

팟!

왈츠가 한 발을 더 앞으로 내딛더니, 어느새 연우의 뒤편
에서 나타나 손날로 목덜미를 노리고 있었다.

마법 블링크에 이은 무공이 전개되었다. 파바박! 연우도 익히 잘 알고 있는 외뿔부족의 무공, 칠십이파랑검(七十二 波浪劍)이었다.

원래는 이름처럼 검을 필요로 하는 검법이었지만. 왈츠는 이미 그쯤은 능숙한 듯, 손날에다 오러를 덧씌우면서 빠르게 연우를 몰아쳤다.

채앵!

연우는 린치 거리가 짧은 것을 감안, 몸을 반쯤 돌리면서 비그리드 대신에 왼손으로 마장대검을 뽑아 올려 왈츠의 손날을 튕겨 냈다.

'역시 강해.'

단 한 번 충돌한 것인데도 불구하고.

연우는 왈츠가 강하다는 것을 인정할 수밖에 없었다.

역시 외뿔부족의 대장로와도 손속을 겨뤘던 만큼. 왈츠는 여름여왕의 이름을 잇는다는 명분에 절대 부족하지 않은 모습을 보였다.

'마음 같아서는 놈을 어떻게든 뚫어야겠지만.'

연우는 빠르게 뒤에 있는 놈들을 살폈다.

탐은 여전히 칼라투스와 난투를 벌이는 상황이었고. 대주교는 눈을 감고 가만히 앉아 진언을 외워 대는 중이었다. 분명 무슨 꿍꿍이가 있어 시간을 벌려는 속셈이 분명했다.

이들의 계획을 어그러뜨려 놓으려면 어떻게든 대주교부터 공격해야 할 것 같았지만.

왈츠는 전혀 비켜 줄 생각이 없는 듯, 탄탄한 벽처럼 서 있었다. 단순히 기세를 풀어내고 손속을 몇 번 나눠 본 게 다였지만, 도저히 뚫을 길이 없어 보였다. 저 너머로 이어지는 결이 모두 왈츠의 주변에서 끊어지는 중이었다.

하늘 날개를 펼치더라도, 승부를 장담하기 힘든 상대라는 뜻.

연우는 과거 트리톤의 벤티케와 싸우고 있을 당시 맞붙었던 왈츠의 원영신을 떠올렸다. 중상을 입었던 자신을 끝까지 쫓아오던 모습이 아직도 생생했다. 아마 하이디 등의 도움이 없었더라면 정말 위험했을 것이다.

그때 느꼈던 섬뜩한 느낌이 다시 찾아오는 것 같았다.

하지만.

피식—

연우는 한쪽 입술 끝을 비틀었다.

"이번에야 겨우 설욕을 할 수 있겠군."

"해 볼 수 있으면 해 봐."

왈츠는 그런 연우를 보면서 무미건조한 목소리로 짧게 말했다.

"그 전에 뒈지겠지만."

팟!

이미 용의 저주에서도 거의 해방된 듯, 움직임에 전혀 무리가 없었다.

스르륵—

연우는 녀석의 손날을 옆으로 흘리면서 비그리드로 크게 왈츠의 허리를 갈라 나갔다.

분명히 왈츠가 하늘 날개를 발동시킬 수 없는 연우보다 여러모로 우세인 건 사실이었지만, 그녀도 칼라투스를 상대하느라 기력을 너무 남발한 탓에 백 퍼센트의 전력이라 할 수 없는 상태.

승부는 얼마든지 바뀔 수 있었다.

화아악—

새하얀 비그리드의 칼날을 따라 감돌던 검은 오러가 폭사했다.

그것을 보면서 왈츠는.

"이 수법은 예전에도 겪었었지."

무미건조하게 코웃음을 쳤다.

"지겨워."

오러를 다발로 날려 연쇄 폭발을 일으키는 불의 파도의 초기 버전.

하지만 왈츠는 그깟 공격 패턴 따윈 이미 알고 있다는

듯, 냉소를 흘리며 발을 세게 굴렀다.

쿵!

강렬한 진각(震脚)과 함께 힘의 파장이 파문을 그리면서 검은 오러를 밀어내는 것은 물론, 심지어 연우까지 단박에 튕겨 냈다.

연우가 짙은 고랑을 남기며 저만치 밀려나는 사이.

"그동안 발전 따윈 없었나 보지?"

왈츠는 자신의 몸에 더 많은 버프를 잔뜩 실으며 단박에 거리를 좁혀 왔다. 그리고 날리는 일격에는 전사경의 묘리가 단단히 실려 있었다.

"그렇다면 조심해야 할 거야. 오늘 너는 머리부터 터져 나갈 테니."

일위도강에서 아라한신권으로 이어지는 강렬한 일격.

쿵, 쿵, 쿵—

내딛는 발짓 하나하나에, 주먹을 휘두르는 동작 하나하나에 경력(勁力)이 회오리치면서 대지를 들썩이게 만들고, 공간을 연거푸 부숴 놓았다.

이미 무공에 있어서는 도가 트다시피 한 왈츠가 내디딘 위치는 진인 급.

순수한 무술 실력에 있어서만큼은 연우가 밀릴 수밖에 없었다.

채채채챙!

퍼퍼펑—

왈츠의 공격을 막아 내는 연우의 손길이 바빠졌다. 마치 망치로 연신 내려치듯, 왈츠의 일격은 하나하나가 너무나 위협적이라 어떻게 반격을 하기가 어려울 정도였다.

더구나 용체 각성의 수준도 한 단계가 높으니 피지컬에도 차이가 있었다.

하지만.

쾅!

연우도 그에 못지않은 실력을 선보였다.

용체 각성에서 나타나는 피지컬의 차이는 이미 마룡신체라는 특이한 특성을 이용해 메운 지 오래였고.

부족한 무공 실력은 압도적인 마력 차로 커버하면 그만이었다.

우우우웅—

현자의 돌과 드래곤 하트가 공명하며 훨씬 더 많은 마력을 뿜어냈다. 불의 날개가 한껏 더 커지면서 검은 오러가 벼락처럼 왈츠의 머리 위로 떨어졌다. 왈츠가 손바닥을 쳐올렸다.

보리옥룡인. 마치 용이 승천하기 위해 꿈틀거리듯, 왈츠를 따라 휘몰아치던 경력이 아주 잠깐 용의 형태를 띠면서 충돌했다.

콰쾅! 콰르르르—

우르르—

다시 한번 더 부서진 오러의 파편들이 공간을 몇 번씩 찢어발겼다.

그러다 어느 틈엔가 그렇게 곳곳에 흩뿌려졌던 오러의 파편들이 불어오는 바람에 실려 허공으로 떠오르기 시작했으니.

그 오러들은 일제히 꽃잎의 모양을 띠기 시작했다.

〈낙매화판(落梅花瓣)〉. 떨어지는 매화 꽃잎을 보며 왈츠가 깨달음을 얻어 탄생시킨 무공이 춤을 췄다.

파바밧—

붉은 꽃잎이 바람에 실려 흩날리는 모습은 너무나 아름다웠지만.

그 하나하나가 어마어마한 양의 오러를 압축시킨 강기라는 것을 알고 난다면 간담이 서늘해질 수밖에 없었다.

꽃잎은 왈츠를 중심으로 돌면서 연우와 춤을 추고자 했다.

쿵!

다시 한번 더 진각과 함께 내뻗는 전사경. 백보신권이 펼쳐지자, 일정한 흐름과 함께 춤을 추던 꽃잎들이 확 퍼지면서 단번에 연우에게로 쏟아졌다.

콰아앙—

파바박!

[시차 괴리]

그렇게 쏟아지는 매화 꽃잎의 세례 속에서.

연우는 사고 속도를 더 빠르게 하면서 백보신권이 타격점으로 잡는 위치가 어디인지를 파악하고.

'견정.'

그다음에는 자신을 둘러싼 수많은 꽃잎들의 방향이 어떤지를 빠르게 예측했다.

'극천, 소해, 신문, 누곡······.'

하나하나가 전부 인체의 중요 혈 자리에 해당하는 곳들. 왈츠가 내공 체계에도 해박하다는 증거였다.

그리고 그 흐름들을 어떻게 잘라 내야 할지를 빠르게 판단하는 것과 동시에.

파앗!

비그리드를 사선으로 높이 그어 올렸다. 그러자 잘게 부서진 검은 오러들이 사방으로 비산했다.

수백 수천 개의 칼바람이 꽃잎을 일제히 잘라 내고, 나아가 비그리드가 백보신권의 타격점을 비스듬하게 흘리면서 도리어 왈츠의 복부로 파고드는 과정은.

설명은 길었지만, 아주 짧은 시간 동안 벌어진 일이었고.

둘의 싸움을 지켜보던 관전자들은, 자신들이 어떤 상황 인지조차 잊고 황홀하다고 느낄 만큼 아름다운 광경이기도 했다.

결과는 끔찍했지만.

콰쾅, 콰르르르―

꽃잎과 칼바람이 일제히 터져 나가면서 불길이 번져 대지를 다시 한번 더 밀어 버렸다.

그리고 그 틈을 비집고 들어간 비그리드가 왈츠의 심장에 박히려는 찰나.

쿵!

왈츠는 몸을 비스듬히 돌렸다. 비그리드가 아슬아슬하게 그녀의 겨드랑이 사이로 통과하며 팔뚝에 단단히 붙잡혔다.

콰직―

연우가 재빨리 비그리드를 뽑으려 했지만, 꿈쩍도 않았다. 왈츠의 힘은 그만큼 대단했다. 비그리드에 처음으로 금이 가는 소리가 났다.

〈철산종(鐵山種)〉. 신체를 강철처럼 단련시키는 외공에 드래곤의 비늘, 여기에 결계 마법까지 더해진 왈츠의 육체는 움직이는 성채나 다름없었다.

쩌거걱, 쾅!

결국 비그리드가 박살 났다. 칼 조각이 사방으로 튀었다. 그 사이로 왈츠가 손가락을 구부리며 마치 짐승처럼 연우의 상반신을 쓸어내렸다.

〈흑호시조(黑虎試爪)〉. 마치 검은 범이 먹잇감을 찢어 죽이기 위해 내려치는 모양새를 닮았지만. 정작 왈츠가 풀어내는 무공은 세상을 찢어발길 듯한 위력이 담겨 있었다. 잘게 부서진 꽃잎들이 다시 한데 모이면서 이번에는 다섯 개의 발톱이 되었다.

촤아악—

여태 연우를 단단히 보호해 줬던 검은 코트, 마장이 강제로 찢기면서 그 안에 있던 용의 비늘까지 강제로 헤집었다.

핏물이 튀면서 잔뜩 벌어진 상처 사이로 내장이 언뜻 보였다.

"끝내 주마."

왈츠는 드래곤 하트를 더 강하게 쥐어짜면서 마지막 일격을 날렸다. 꽃잎들이 완전히 흩어지면서 이번에는 정권의 끄트머리에 모여 단단히 압축되었다.

연우는 재빨리 불의 날개로 홰를 치면서 블링크를 발동시키려 했지만.

"허튼짓."

그보다 먼저 왈츠의 디스펠이 발동되어 마법이 실패로 돌아갔고.

"말했을 텐데? 정말 끝내 주겠다고."

콰아앙—

왈츠의 주먹 끝에서 전사경이 다시 한번 더 터졌다. 압축되었던 구체도 같이 폭발했다.

격산타우의 백보신권. 먼 지점을 노리는 권법이니만큼, 거리가 가까울수록 위력은 더 거셀 수밖에 없었다.

연우의 왼쪽 가슴에 휑하니 사람 머리 크기만 한 바람구멍이 생겼다.

하지만 왈츠는 이게 끝이 아니라는 듯, 단숨에 거리를 좁히면서 손으로 연우의 목덜미를 낚아챘다.

"오라버니이!"

뒤늦게 이쪽을 지켜보던 에도라가 기겁하며 달려오려 했지만, 왈츠는 그보다 먼저 움직였다. 분노로 이글거리는 두 눈이 다 쓰러져 가는 연우를 담았다. 바로 지금이 어머니 여름여왕의 원한을 풀 때였다.

"죽어라."

콰드득—

주먹에 힘을 주자, 연우의 머리가 그대로 뒤로 돌아갔다. 식탐황제와 독재관 마그누스, 두 명의 '왕'을 죽인 플레이어치고는 허망한 최후였다.

하지만 왈츠는 드디어 어머니의 원한을 갚았다는 생각에 크게 기뻐했다.

그토록 바라던 순간이 드디어 온 것이다.

그렇게.

언제나 분노만 가득하던 그녀의 눈동자에 처음으로 희열이 차올랐다.

아니, 차올라야만 했다.

어디선가. 나지막하게 울리는 시계 소리를 듣기 전까지는.

째깍.

째깍—

[시간 예지]

조용한 시계 소리는 왈츠의 머리를 거세게 두들겼다.

분명히 자신의 손에 축 늘어져 있어야 할 연우의 시체가 온데간데없이 사라지고 없었다. 그를 처치했던 모든 과정들이 마치 덧없는 꿈처럼, 사막의 신기루처럼, 흐릿해졌다.

용의 사고력을 가진 그녀는 한순간에 어떻게 된 상황인지를 깨달을 수 있었다.

그것은 분명히 '있었을' 수도 있는 미래. 거의 확정된 것이었으나, 결국 펼쳐지지 않은 미래였다.

그리고 그렇게 시간선을 비튼 주인공은.

[하늘 날개 — 투쟁의 날개]

왈츠의 사각지대에서 나타났다. 오른쪽 날개만 활짝 편 채로.

하늘 날개를 다시 온전히 펼치는 것에는 24시간이라는 쿨 타임을 필요로 하지만.

그건 어디까지나 연우와 가장 가까운 죽음의 날개로 인해 벌어진 일일 뿐. 만약 투쟁의 날개만 부활시키고자 한다면 이야기는 달라졌다.

투쟁의 날개는 아직 미완성이며, 연우가 앞으로 써 내려가고자 하는 설화(說話)를 담는 것이기 때문에.

그렇게 연우는 왼쪽 날개의 복구를 정지시키고, 오른쪽 날개만 수복하는 데 성공했고.

최근 들어 15초 이상의 시간을 내다볼 수 있게 된 시간 예지와 함께 공격을 피하며 나타날 수 있었다.

비록 모든 예지를 피할 수는 없어 마장과 비늘이 전부 벗겨지는 중상은 면치 못했지만.

이것만 하더라도 엄청난 성과였다.

왈츠의 빈틈을 노릴 수 있게 되었으니까.

목표는.

당연히 목이었다.

['비그리드—???'가 숨겨진 진명, '아론다이트'
를 개방합니다.]

[전승: 화룡 참살]

좌아악—

녀석의 목덜미를 덮고 있던 용의 비늘이 모조리 갈라지
면서 핏물이 튀었다.

'얕았나.'

연우는 칼끝에 걸린 감각을 느끼면서 가볍게 혀를 찼다.
깊게 갈라진 용의 비늘 안쪽으로 파고드는 피의 꽃이 보였
지만, 어느 정도 이상을 침범하지 못하고 있었다.

"감…… 히!"

왈츠는 순간 위험했을지도 몰랐다는 사실에 단단히 화가
났던지, 두 눈이 시뻘겋게 달아오르고 말았다.

쾅!

백보신권이 다시 한번 더 터졌다. 너무 근거리에서 터진

까닭에, 연우는 방어할 새가 없어 황급히 투쟁의 날개를 몸 앞으로 접으면서 보호를 시도했다.

날개가 우그러지는 충격과 함께 몸뚱이가 뒤로 확 밀려 나고.

날개를 치우면서 다시 공격 타이밍을 재기 위해 자세를 바로잡았을 때.

보였다.

왈츠가 고개를 뒤로 확 젖히면서 뺨을 크게 부풀리는 모 션을 취하고 있는 것이.

'드래곤 브레스!'

연우는 왈츠가 뭘 하려는지 뒤늦게 깨닫고, 비그리드를 사선으로 쳐올렸다. 용신안이 드러내는 결을 따라서.

콰아아—

왈츠가 브레스를 쏟아 냈다. 그녀를 낳은 어머니, 여름여 왕의 종족은 레드(Red). 그들은 불과 화산의 속성을 띠고 있기 때문에 브레스에는 어마어마한 초고열이 담겨 있었다.

마치 땅거죽을 뚫고 화산이 폭발하듯이. 삽시간에 세상 이 시뻘건 색으로 물들면서, 주변에 있는 모든 대지가 녹아 내리는 것이 보였다.

그때. 비그리드도 빛을 토했다. 역시나 브레스 형태로 압 축시킨 불의 파도. 현자의 돌과 드래곤 하트는 위력을 최고로 증대시키기 위해서 다른 어느 때보다 격렬하게 떨리고 있었다.

콰르릉, 우르르, 우르—

콰콰콰콰!

두 개의 브레스가 전력을 다해 부딪치면서. 지반이 고열에 녹아 그대로 무너져 내렸다. 두 개의 불길이 회오리 모양을 그리면서 하늘로 높이 치솟았다.

그러다 회오리가 사라졌을 때.

그 자리에는 시커멓게 익은 균열 사이사이로 용암이 강처럼 흐르는 땅만이 남아 있었다.

수증기가 안개처럼 자욱하게 껴서 분간이 잘 가지 않았지만.

연우와 왈츠는 상대를 물리치기엔 아직도 역부족이라는 것을 서로 간에 '감'으로 알고, 재차 충돌을 위해 새로운 브레스를 준비하고 있었다.

크와앙—

바로 그때. 왈츠의 뒤편으로 탐이 출몰했다.

『큰누님, 이럴 때 한눈을 파시면 위험하지 않겠습니까!』

여태껏 칼라투스를 상대하느라 정신이 없었던 것을 알고 있었기에. 왈츠는 미처 대응을 하지 못하고 왼쪽 날개를 탐의 흉물스러운 턱에 내줘야만 했다.

콰드득—

날개가 찢어지는 고통과 함께. 왈츠의 얼굴이 충격으로 완전히 일그러졌다.

"네가 감히!"

『이제 어머니도 다른 형제들도 모두 떠난 마당에. 우리 남매라도 함께 잘 지내야 하지 않겠습니까?』

탐은 왈츠의 날개 조각을 가볍게 씹어 삼키면서 웃었다.

『제 배 속에서.』

"지금이 사안이 어느 때인지 알고 이딴 짓을 하……!"

"명토 선포."

[이미 지정된 권역 '비나' 위에 새로운 성질이 부여됩니다.]

[명토(冥土)가 설정되었습니다!]

[사왕좌(死王座)와 관련된 모든 신성이 깨어났습니다.]

[지금부터 사왕좌의 주인으로서 명토 내 모든 권능·특권·설정을 조정하는 것이 가능해졌습니다.]

[격(格)의 부족으로 상당수의 권능·특권·설정
이 불가능해지거나, 효과가 약화됩니다.]

왈츠는 탑을 보며 으르렁거리다 말고 갑자기 망막을 채
우는 메시지에 시선을 황급히 연우 쪽으로 돌렸다. 군침을
흘리던 탑도 어느새 두 눈을 크게 뜨고 있었다.

'이건 최후의 패로 아껴 두려 했지만.'

연우는 그런 녀석들이 어떻게 방어할 새도 없이, 새로운
공격을 휘몰아쳤다.

역시나 브레스의 형태로.

[사왕좌에 예속된 권능, '지옥겁화(地獄劫火)'가
발휘되었습니다.]

불의 파도만으로 잡기가 어렵다면, 그보다 상위에 있는
불길을 사용하면 그만이었다.

지옥겁화.

명계에 흐르는 불길을 직접 끄집어 올리는 것이다.

본래는 죄인을 단죄하여 영혼을 맑게 할 정도로 뜨거운
열기를 자랑한다는 불꽃이어서, 법칙상 현실에서는 절대
구현될 수 없었지만.

연우가 선포한 명토에서는 얼마든지 사용이 가능한 까닭에, 대지를 뚫고 지옥겁화가 잔뜩 일어나 왈츠와 탐을 노리는 게 가능했다.

"흡!"

『이건 또 무슨……!』

왈츠는 남은 날개로 몸을 칭칭 감으면서 있는 힘껏 블링크와 텔레포트를 사용, 연우에게서 최대한 멀찍이 떨어지고자 했다.

탐도 마찬가지. 본체에서 인간체로 폴리모프한 그는 황급히 도주를 시도했다.

"어떻게 플레이어가, 성역과 신성을 가질 수 있는 거지……?"

지난 일 년에 가까운 시간 동안, 연우가 타르타로스에서 겪은 일을 모르는 이들로서는 충격을 받을 수밖에 없는 일.

신성(神聖)이란. 탈각을 이뤄야만 겨우 힌트라도 얻을 수 있을까 말까 한 '초월'의 다섯 조건 중 하나였다.

어머니, 여름여왕도 말년에나 겨우 얻었던 것이었는데.

그걸 여태 상대 취급도 하지 않았던 한낱 플레이어 따위가 갖고 있었으니!

더군다나 성역은 신성을 제대로 발현하기 위해 설치되는 권역(權域).

일반적인 결계나 영역 설정 따위와는 비교도 할 수 없는 신능(神能)이었다!

콰콰콰콰—

콰르릉! 콰르르—

결국 왈츠와 탐, 둘 모두 자신들을 보호해 주던 용의 비늘이 녹아내리는 고통을 맛보며 겨우겨우 몸을 내빼야만 했다.

그리고 연우의 새로운 공격이 쏟아질지 몰라, 마력을 모두 쥐어짰다.

왈츠는 여러 결계 마법을 섞은 무공, 〈대승범천신공〉을. 탐은 어머니 여름여왕에게서 물려받은 유니크 아티팩트, '고룡의 응시'를 사용해서 방어를 시도했다.

각자 마지막까지 숨겨 두고 있던 패들.

하지만 연우의 공격이 누구에게로 향할지 모르는 상황에서, 이제는 더 이상 뭔가를 숨겨 두고 말고 할 것이 없었다.

그러나.

연우가 노리고자 했던 자들은 그들이 아니었다.

녀석들이 어떻게든 접근을 막으려고 했던 자. 가장 바로 후미에 빠져서 무언가를 시도하고 있는 대주교였다.

화아악—

[용신안]
[화안금정]
[검은 구비타라 ― 현인의 눈]

[지옥겁화]
[제천류 ― 화염륜]

연우는 어느새 여의봉과 연결된 비그리드를 쥐고 투창 자세를 갖추고 있었다.

가장 먼저 자신이 갖고 있는 모든 눈을 활짝 열어 타깃을 확실하게 설정하고, 명토를 따라 흐르는 지옥겁화를 화염륜의 법칙에 따라 끌어와 비그리드의 칼날에다 잔뜩 응축시켰다.

[괴력난신 ― 용력(勇力)]
[드래곤 킬러]

그리고 식탐황제로부터 빼앗은 괴력난신 중 '력'에 해당하는 용력을 사용, 마신룡체가 갖고 있는 힘을 최대한으로 부풀리며 여의봉에 힘을 잔뜩 주었다.

그리고 여기에 드래곤 킬러가 더해지면서.

['비그리드—???'가 숨겨진 진명, '게이 볼그'
를 개방합니다.]

[전승: 일발 필중]

팟—

아무리 도주한다고 해도 목표물을 절대 놓치지 않는다는
게이 볼그의 전승을 따라.

비그리드와 여의봉이 허공을 꿰뚫었다. 붉은 궤적이 유
성우처럼 떨어지고, 그 뒤를 배배 꼬인 제트 기류가 꼬리처
럼 따라붙었다.

연우는 어떻게든 대주교를 제거해 버릴 심산이었다.

여태 왈츠와 탐을 상대하느라 잠깐 놓치고 있었지만. 대
주교가 뒤로 빠져서 뭔가 심상치 않은 것을 준비하고 있다
는 건 진작 눈치채고 있었다.

'어떻게든 제거해야 해.'

대주교가 노리는 수가 무엇인지는 알 수 없었지만. 연우
는 어떻게든 그걸 막아야겠다는 생각밖엔 없었다. 그리고
되도록 여기서 대주교를 제거해야겠다고 생각했다.

20층, 고행의 산에서 마주쳤던 대주교는 비록 도일의 몸
을 빌려 나타나긴 했다지만. 분명 강해도 너무 강한 상대였
다.

어째서 무왕과 여름여왕에 이어 아홉 왕 중 순위권에 해당하는지를 알 것 같은바.

그렇기에 모든 채널링이 끊어져 권능을 상실한 지금, 기회가 찾아온 이때 되도록 제거해야만 했다.

준비하고 있는 것도 반드시 막아야 한다고 '감'이 말하고 있었다.

하지만.

우르르르, 우르르—

콰콰콰콰!

왈츠와 탐이 제각각 연우의 노림수를 깨닫고, 각자 준비하고 있던 마지막 패를 비그리드 쪽으로 돌렸다.

결국 외부 충격을 받은 궤적은 도중에 힘을 일부 상실하고 말았고.

"덕분에 축문이 완성되었군."

대주교는 그사이 싱긋 웃더니 손에 쥐고 있던 방울을 가볍게 흔들고 있었다.

따라랑—

여의봉의 조각으로 만들어 황금색으로 빛나는 작은 종이 내는 맑은 소리에 따라, 대주교가 안개와 함께 흐릿하게 사라졌다.

퍼어엉—

뒤늦게 대주교가 있던 자리로 비그리드와 여의봉이 꽂히면서, 지옥겁화가 단번에 풀려나 사방으로 번져 나가고, 거기서 퍼진 불씨에 맞춰 불벼락이 잇달아 때리면서 산자락을 그대로 무너뜨렸지만.

이미 그 자리에 있어야 할 대주교는 온데간데없이 사라지고 없었다.

대신에 안개가 단숨에 수십 배로 확 불어나면서 기류를 따라 하늘로 솟구쳤으니. 하늘이 금세 새하얀 구름으로 뒤덮여 붉게 물들었던 색깔을 지우고 있었다.

그리고 그 너머에서.

높이를 짐작하기도 힘들 만큼 거대한 그림자가, 천천히 이곳으로 다가오고 있었다.

구우우—

*　　　*　　　*

'우마왕이시여. 제 부름에 응답해 주소서.'

대주교는 자신의 영혼이 사라질지도 모른다는 위험을 감수하고, 남은 마력을 전부 영력으로 전환시켜 안개가 되었다.

마음 같아서는 영력이 아닌 신력을 부르고 싶었지만.

천마로부터 버림을 받은 그로서는 신력을 다룬다는 것이 요원하기만 한 일.

이것만으로도 72선술을 극성으로 익혀 놓지 않았더라면. 자신이 해체될지 모른다는 위험을 감수하지 않았다면 절대 불가능한 일이었다.

그만큼. 대주교는 자신의 남은 신도들을 50층에서 탈출시키는 데 혈안이 되어 있었다.

자신은 여기서 죽는다 할지언정, 신도들은 무슨 죄가 있어 여기에 묻혀야 한단 말인가.

그래서 신도들을 버린 못된 신은 잊어버리고.

다른 신을 찾았다.

동주칠마왕.

달리 칠대성(七大聖)이라고도 불리는. 천마의 또 다른 얼굴, 제천대성 손오공과 함께 의형제지간을 맺었다는 이들.

그들은 제천대성을 막내로 뒀을 정도로 위대한 존재들이기도 했다.

단 일곱이서, 〈천교〉, 〈절교〉와 자웅을 겨루는 것만 보더라도 얼마나 위대한지를 쉽게 알 수 있었다.

특히 대주교가 접촉하고자 한 존재는 동주칠마왕의 맏이, 우마왕이었다.

1년 전. 고행의 산에서 직접 천마의 또 다른 얼굴이 되겠다는 계획이 어그러진 이후로, 찾았던 사당에서 직접 그의 간절한 부름에 응답해 주고, 가여워해 주던 고마운 분.

모시는 신보다 더 그들을 아껴 주고 보살펴 주고자 하시던, 그런 분이었다.

아버지처럼 따스한 분.

『정녕, 그것으로 되겠느냐?』

그리고 우마왕은 이번에도 그의 간절한 부름에 응답을 해 주었다.

비록 칼라투스가 깔아 둔 용의 저주 때문에 목소리 곳곳에 노이즈가 발생하고 있다지만.

우마왕은 〈천교〉의 옥황상제나 〈절교〉의 통천교주조차도 발아래로 여긴다는 말이 절대 거짓이 아니라는 듯. 너무나 쉽게 자신의 의사를 대주교에게 전달하고 있었다.

'그렇게 해 주십시오.'

『돌아올 수 없는 강을 건너는 꼴이 될 것이다.』

'바라던 바입니다.'

『그리도…… 분노가 컸던 것이냐. 막내에 대한 원망이?』

'……'

『그래도 그것을 바란다면. 알았다. 들어주마. 가련한 아이야.』

쓸쓸한 목소리가 조금씩 멀어지고 있었다.

『보패 하나를 아우를 통해 전달해 주마. 하지만 계약은 신성한 것. 일이 끝나는 대로 '복마전'으로 곧장 찾아와야 할 것이다.』

'곧 찾아뵙겠습니다.'

『……기다리마.』

그렇게 목소리가 멀어지고.

대주교는 자신의 영혼 안쪽으로 거대한 존재가 강제로 자리매김하려 한다는 것을 느낄 수 있었다.

대주교라는 큰 그릇에 신이라는 존재를 욱여넣는 과정.

강신(降神)이었다.

콰르르릉―

그리고 모든 강신이 이뤄졌을 때, 갑자기 어마어마한 돌풍이 불면서 안개와 함께 스테이지를 뒤덮던 불길을 한꺼번에 꺼뜨렸다.

얼마나 강렬한 태풍인지, 보고 있던 사람들이 전부 놀랄 정도였다.

왈츠와 탐도 겨우겨우 균형만 유지한 채, 놀란 눈으로 태풍의 눈 쪽을 보았다.

거기엔 태풍만큼이나, 아니, 그보다 훨씬 어마어마한 영압이 회오리치고 있었다.

탈각과 초월을 차례로 이루어, 자신만의 신위를 개척한 자들만이 내뿜을 수 있다는 어마어마한 신력.

그리고 그만큼이나 강렬한 마기도 동시에 들끓고 있었다.

신력과 마기를 동시에 품은 존재라니.

천마 말고 그런 모순을 품은 존재가 이 탑에 있었던가?

있긴 했다.

다만, 사도를 잘 뽑지 않아 하계에 널리 알려지지 않았을 뿐. 알 만한 이들은 다 아는 존재들이 그러했다.

하지만 그들은 하계에 거의 무관심하기로 유명할 텐데?

그런 이들의 생각을 뒤로하고.

어느새 대주교의 얼굴과 모습 위로, 사자 갈기를 한 덩치 큰 사내의 환영이 오버랩되고 있었다.

"후! 하! 후! 하! 으하하! 형님 명령으로 내려오긴 했지만, 정말이지 기분 한번 상쾌하구만! 역시 답답한 위쪽보단 아래쪽 공기가 훨씬 낫단 말이지. 올포원, 그 새끼 방해도 없고, 이게 웬 떡이냐."

대주교의 모습을 한 사자 갈기의 사내는 어느새 손에 들고 있던 거대한 부채를 보며 포악하게 웃었다.

"'파초선'도 제법 마음에 들고."

그러다 주먹에 꽉 힘을 주었다.

"하지만 모름지기 사내라면 이깟 문물에 기대어서는 안 되는 법이지."

파스스―

파초선이란 이름을 가진 부채가 잘게 흩어지면서 사라졌다. 원래 형체였던 '바람'으로 흩뜨린 것이다.

큰형님이 시켜서 갖고 왔을 뿐. 애당초 그는 신물이나 보패를 그닥 내켜 하지 않는 성격이었다. 무기는 곧 신외지물. 사내라면 모름지기 두 주먹으로 맞부딪쳐야 하지 않겠는가.

대주교의 모습을 한 사내는 먹잇감을 찾아 하나같이 얼어붙은 군중을 쓱 훑어보다가, 연우에게 시선을 고정하고는 씩 웃으면서 발을 크게 굴렀다.

쿵!

"네놈이로구나. 이 아이가 말했던 '아이'가."

연우는 자신을 보는 대주교의 모습을 한 사자 갈기의 사내를 보면서 표정을 굳혔다.

그가 정확하게 누군지 알진 못했지만.

한 가지만큼은 확실하게 본능적으로 알 수 있었다.

'못해도…… 하데스나 티폰과 동급. 대체 저자는 뭐지?'

올림포스를 대표하는 12신좌 중에서도 최고위에 앉은 3주신에 버금가는 힘을 풍기는 영력이라니. 티탄—기가스의 왕인 티폰과도 견줄 만할 것 같았다.

비록 강신의 한계 때문에 힘을 풍기는 데 있어서는 제한선이 있지만.

그런데도 등골이 오싹해질 정도였다.

"한데……"

그때.

사자 갈기의 사내가 말꼬리를 흐리더니 의문을 드러냈다.

"뭐지? 넌 대체 뭔데, 왜 우리 막내 놈을 품고 있는 거냐?"

"……막내?"

연우는 사자 갈기의 사내가 무슨 말을 하나 싶어 인상을 살짝 찡그리다, 언뜻 일기장 속에서 스치듯이 언급되는 부분을 떠올렸다.

천마의 또 다른 얼굴, 제천대성은 여러모로 유명한 존재였다. 루시엘은 천계에서, 올포원은 하계에서 깽판을 쳤다지만, 천계와 하계 양쪽에서 동시에 깽판을 친 존재는 그밖에 없었으니까.

그리고 언뜻 위로 여섯 의형들이 있다는 말은 들었지만.

제천대성과 다르게 외부 활동을 크게 하지 않아, 그들에 대해서는 무엇 하나 확실한 것 없이 소문만 무성한 편이었다.

제천대성이 미후왕이던 시절. 그와 함께 천계와 하계를 종횡무진하면서 크게 활약한 존재들이 있다는 말이 있었다.

동주칠마왕. 칠대성 중 한 명이 나타난 것이라면?

그리고 저런 외양을 지닌 존재라면 언뜻 떠오르는 이름이 있었다.

"응? 날 모르나? 하긴 우리가 한동안 좀 얌전하게 살긴 했지. 하하하!"

쾅! 쾅!

사자 갈기의 사내는 양 주먹을 가볍게 부딪치면서 크게 웃음을 터뜨렸다. 웃음소리가 울릴 때마다 대지가 쩌렁쩌렁하게 울렸다.

"내 이름은 흉(誤)."

그러다 입꼬리를 말아 올리면서. 포악하게 으르렁거렸다.

"살아 있을 시절에는 사타왕이라 불렸으며, 천교의 나부랭이와 절교의 개새끼들을 상대한 뒤로는 신도들로부터 이산대성이라는 별칭을 받았던 존재다."

"……!"

"……!"

"…….."

연우의 인상이 딱딱하게 굳어졌다. 멀찍이 떨어져서 연우와 사자 갈기의 사내 쪽을 유심히 번갈아 살피던 왈츠와 탐의 얼굴에도 경악이 번져 나갔다.

마군은 천마를 모시는 종교 집단. 가뜩이나 천마가 주는 특징 때문에 상대하기가 여간 까다로운 곳이 아닌데, 다른 동주칠마왕까지 모시게 되었다면 경쟁자인 그들로서는 신경이 쓰일 수밖에 없었다.

하지만 대주교의 몸에 내려앉은 사타왕은. 그런 하계의 이해관계 따위는 아랑곳하지 않고, 다시 연우에게 물었다.

"그렇다면 이제 다시 묻지. 너는 대체 무엇인데, 우리 막내를 품고 있는 것이냐? 뭐, 보아하니 자질구레한 거긴 하지만. 그래도 기분은 나쁜데?"

아무래도 고행의 산에서 흡수했던 미후왕의 허물을 가리키는 것 같았다.

연우는 거기에 대해서 설명을 할까 싶었지만.

"뭐, 사실 아무래도 상관없어."

사타왕은 연우의 대답을 듣기도 전에 가볍게 끊으면서 피식 웃었다. 확 벌어진 입술 사이로 송곳니가 훤히 드러났다.

"그딴 건 별로 안 궁금하거든. 어차피 뒈질 놈, 이유나 찾으려는 거라서. 으하하!"

연우는 사타왕이 맹렬하게 뿌리는 투기와 영압을 보면서 이를 악물었다.

저만한 존재를 상대하려면 아무래도 투쟁의 날개만으로는 안 될 것 같았다.

[태산부군이 사타왕을 죽일 듯이 노려봅니다.]
[귀령성모가 사타왕을 보며 이를 갑니다.]
[네르갈이 이를 드러냅니다.]
[크시티가르바가 포악하게 웃습니다.]

[오시리스가 당신과 뜻을 함께합니다.]

[헬이 당신과 뜻을 함께합니다.]

……

[모든 죽음의 신이 당신의 의지를 응원합니다.]

[모든 죽음의 악마가 강신을 준비합니다.]

"보아하니 재미난 것들도 꽤 많이 따라다니고. 으흐흐. 역시 내려오겠다고 큰형님을 조른 보람이 있구만그래?"

사타왕은 연우를 따라 이곳을 응시하고 있는 죽음의 신과 악마들을 보면서 더 크게 웃었다.

오히려 그는 연우가 죽음의 신과 악마들을 이곳으로 불러들이기를 바라는 것 같았다.

사타왕은 동주칠마왕 중에서도 가장 성격이 포악하고, 싸움을 즐기기로 유명한 자. 간만에 하계에 내려왔으니 실컷 난동을 부릴 모양이었다.

파아아—

연우도 이를 악물면서 강신을 준비하기 시작했다. 사왕좌의 신성을 얻고 있으니만큼, 이전처럼 강신으로 인한 페널티도 적을 거란 판단이 들었다.

하지만.

"······응? 에이 씨. 알았수다. 알았소! 하면 되잖아요, 하면! 하여간 잔소리는!"

사타왕은 연우에게 달려들려다 말고 갑자기 뚝 하고 걸음을 멈췄다. 그러더니 미간을 와락 일그러뜨리면서 투덜거리다, 연우를 노려봤다.

"너 이 애새끼. 운 좋은 줄 알아."

연우는 순간 사타왕이 누군가와 교신을 하고 있단 사실을 깨달았다. 그리고 대주교를 데리고 이곳을 빠져나가려한다는 것도.

'막아야 해!'

그랬다간 자칫 50층 스테이지를 에워싸고 있는 칼라투스의 권역이 깨질 수 있었다.

"이곳으로 오라."

[사왕좌의 권한으로 모든 죽음의 신과 악마들에게 도움을 요청하였습니다.]
[태산부군이 당신의 부름에 응낙합니다.]
[네르갈이 당신의 부름에 응낙합니다.]
······

[모든 죽음의 신이 당신의 요청을 응낙하였습니다.]

[모든 죽음의 악마가 당신의 요청을 응낙하였습니다.]

[사왕좌의 모든 신성이 임시 개방됩니다.]

화아아—

연우는 신성만 일부 갖췄을 뿐, 아직 격이 모자라기에 하데스로부터 물려받은 사왕좌의 모든 권능을 개방할 수가 없었다.

하지만 연우는 이것을 다른 방식으로 해결하고자 했다.

칠흑왕을 따라 자신과 함께하고자 하는 666개체에 달하는 신과 악마들을 강신이라는 형태로 불러들여 개연성을 같이 부담케 해 잠시나마 신성을 전부 개방하려는 것이다.

[사왕좌에 예속된 권능, '지옥겁화'가 발현되었습니다.]

연우는 지옥겁화를 브레스의 형태로 뿌리면서 사타왕을 막아서고자 했고.

"귀찮게 하지 말라고, 인간."

가뜩이나 우마왕의 부름 때문에 제대로 날뛰지 못하게

되어 단단히 심통이 나 있던 사타왕은 영압을 해방하면서 주문을 외쳤다.

"불어라, 파초!"

파초선의 원형은 바람. 그것도 불꽃 따윈 가볍게 꺼뜨릴 수 있는 태풍이었다.

영압에 실려 회오리 모양을 그리면서 퍼져 나간 파초선의 바람은 지옥겁화가 사타왕에 다다르기도 전에 커다란 장벽을 형성했고.

그사이, 사타왕은 양손을 크게 마주쳤다.

두우웅!

순간, 범종이 울리는 소리가 스테이지를 가득 메우면서.

혼탁한 색깔로 어지러워졌던 하늘이 갈라지고, 빛의 기둥이 내려와 사타왕을 감싸 안았다.

빛의 파장은 사타왕의 근처에 있던 마군의 신도들에게 고루 퍼지면서 그들을 투명한 반구 형태의 보호막으로 감싸기 시작했다.

[외부에서 개입된 원인을 알 수 없는 효과로 용의 저주가 해제되기 시작합니다.]

[스테이지를 장악하고 있던 칼라투스의 권역 '비나'가 해체됩니다.]

[외부와의 통로가 연결되기 시작합니다.]

[폐쇄된 포탈이 열립니다.]

연우는 하늘에서부터 쏟아지는 빛이 사타왕을 비롯한 동주칠마왕의 힘이라는 걸 알 수 있었다.

외부에서 동주칠마왕들이, 내부에서 사타왕이 힘을 쓴다면 칼라투스의 권역은 그대로 으깨져 버릴 수밖에 없을 테니.

애당초 대주교가 노렸던 것이 바로 이런 것이었을 테지.

때문에 어떻게든 잡아 보려 지옥겁화를 뿌려 댔지만, 파초선이 만들어 내는 태풍의 벽에 가로막혀 접근하는 데 한계가 있을 수밖에 없었다.

정작 이렇게 되자, 곧장 움직인 것은 왈츠와 탐이었다.

스테이지에 갇혀 있다면 또 모를까, 대주교가 약속대로 기회를 만들어 줬으니 우선 이 갑갑한 감옥 같은 곳부터 빠져나가야만 했다.

연우는 지옥겁화의 범위를 사방으로 흩뜨렸다.

애당초 그도 여기서 다섯이나 되는 '왕'들을 전부 잡을 수 있을 거라고 생각지는 않았다.

그들이 어떻게든 빠져나갈 방법을 만들거나, 제한 시간이었던 72시간을 버틸 거라 여겼던 것이다. 비록 이런 과격한 방법을 사용할 줄은 예상 못 했지만.

그래도.

'한 명이라도 더 잡는다!'

화아악—

연우가 설치한 명토를 따라 지옥겁화가 퍼져 가는 가운데.

"잡아. 어떻게든!"

「맡겨 두라고.」

「명을 받듭니다!」

샤논과 한령이 빛살이 되어 각자 왈츠와 탐을 뒤쫓았다. 그림자가 그 뒤를 따랐다. 디스 플루토도 진형을 바꾸면서 창을 다른 어느 때보다 높게 세웠다.

마희성과 환상연대가 재차 움직인 것도 바로 그 무렵이었다.

아무리 동주칠마왕으로 인해 칼라투스의 권역이 해제되고 있는 중이라고 해도. 해체가 진행되는 데는 시간이 걸릴 수밖에 없었고.

[현재 해체된 정도: 16, 17%…… 21%.]

그사이에 어떻게든 한 명이라도 더 많은 적을 제거해야만 했다.

『오라버니는 대주교를 잡는 데 집중하세요!』

그리고 연우는 에도라의 어기전성을 들으면서. 어느새 빛무리에 잠겨 사라지는 사타왕을 보고는 방식을 바꾸고자 했다.

정면에서 부술 수 없다면, 다른 방법을 사용하는 수밖엔 없었다.

때마침 원하던 타이밍이 찾아오고 있었다.

[죄악석(오만ㆍ식탐)이 완성되었습니다.]

[플레이어의 능력치를 산정하여 새로운 스킬을 탐색해 상위 스킬을 오픈합니다.]
[스킬 '바토리의 혈루(血淚)'가 생성되었습니다.]
['바토리의 혈루'가 영혼석(식탐의 돌)과 반응을 하여 새로운 가능성을 발견하였습니다.]
[사왕좌의 신성이 적용되어 새로운 가능성이 추가되었습니다.]
……
[플레이어의 능력치를 산정하여 새로운 스킬을 탐색합니다.]

[스킬 '하데스의 식령검(食靈劍)'이 생성되었습

니다.]

[하데스의 식령검]

등급: 권능

설명: 스킬, '바토리의 흡혈검'이 식탐의 돌과 사왕좌의 신성에 각각 적용을 받아 탄생한 새로운 형태의 스킬.

생기뿐만 아니라, 영혼의 근원까지 비틀어 쥐어짜 상대의 존재를 통째로 집어삼킨다.

* 식탐의 표장

대상에게 치명적인 피해를 입힐 시, 표장(標章)을 새겨 출혈 및 중독 상태로 만든다. 표장이 새겨져 있는 동안 지속적인 에너지 드레인을 실시하며, 상대는 공격력의 일정 비율만큼 초당 추가 피해를 입는다. 또한, 이동 속도가 현저히 느려지며 지속적으로 고통을 느끼게 된다.

* 하데스의 권능

정기를 뿌리까지 뽑아 상대의 일부 능력치 및 스킬을 강탈한다. 또한, 영혼에게서 뽑아낸 에너지를 명토(冥土)에 부여하여 저주의 위력을 강화시킨다.

**이 스킬은 '유니크'입니다. 탑에서도 오로지 단 한 개밖에 존재하지 않습니다. 만약 타인에게 전수하는 데 성공할 시에 유니크 항목은 사라지고, 대신에 창조자에게 주어진 부가 혜택 옵션이 제공됩니다.

**이 스킬은 사왕좌에 예속된 권능입니다. 신성이 강화될수록 권능의 위력도 비례해서 증가하며, 다른 권능들과의 연계도 가능해집니다.

연우의 왼손에 맺힌 멍울은 생김새만 따진다면 바토리의 흡혈검 때와 크게 달라진 게 없어 보였다.

하지만.

연우는 확실하게 느낄 수 있었다.

검은 멍울 속에 자리 잡은 톱니 이빨이 이제는 자신의 통제를 벗어나 닥치는 대로 모든 걸 집어삼키려는 포악성을 띠고 있다는 것을.

죄악석에서 흘러나온 식탐의 성질이 오만에 굴복한 것에 대한 화풀이를, 하데스의 식령검을 통해 풀어내고자 했다.

찰칵, 찰칵—

"삼켜라."

대상에게 직접 닿아야 흡수가 가능했던 이전과 다르게.
이번에는 그냥 허공에다 대고 권능을 전개했다.

그러자 흉악한 톱니 이빨이 훤히 드러나면서, 그 아래에
자리 잡은 무저갱이 모든 걸 닥치는 대로 빨아들이기 시작
했다.

콰콰콰―

거기엔 연우와 지옥겁화를 가로막고 있던 파초선의 바람
도 같이 섞여 있었다.

아예 하데스의 식령검을 사용해서 '통째로' 바람을 '잡
아 뜯으려는' 속셈이었던 것이다.

그리고 가능하다면.

이참에 파초선까지 강탈해 버릴 생각이었다.

지옥겁화를 막아 내는 보구라면 반드시 필요한 물건이
될 테니.

때문에 사타왕과 마군을 보호하고 있던 태풍의 벽이 일
부 뜯겨 나가면서 빈틈이 생겼고.

['비그리드―???'가 숨겨진 진명, '듀렌달'을 개
방합니다.]
[전승: 일도양단]

비그리드를 사선으로 긋자, 벽이 그대로 터져 나갔다. 그 안쪽으로 지옥겁화가 물밀 듯이 들이닥치면서 빛의 결계를 그대로 덮쳤다.

콰콰콰—

우르르릉!

남아 있던 마군의 인원 중 삼 할가량이 그대로 휩쓸렸다. 이미 빛의 기둥 너머로 반쯤 사라져 가던 사타왕이 앞으로 나서서 영압으로 지옥겁화를 튕겨 냈다.

『파초선을 뜯어 가? 이 빌어먹을 새끼가……!』

사타왕과 죽음의 신, 악마들 간에 팽팽한 힘겨루기가 벌어지는 동안.

마군의 신도 중 상당수가 겨우 빛의 장막 너머로 사라질 수 있었고.

사타왕은 마지막 차례가 되어서야 겨우 다시 뒤로 물러날 수 있었다.

『다음에 만났을 때. 너는.』

그의 얼굴은 잔뜩 일그러져 있었다. 지옥겁화를 막아 내느라 상당한 피해를 입어, 왼팔이 잘려 나가 있는 상태였다.

『내 손에 뒈진다.』

그리고 그 말을 끝으로.

화아악!

빛의 기둥이 사라지면서 사타왕과 마군도 함께 자취를 감췄다.

　　[현재 해체된 정도: 105%]
　　[칼라투스의 모든 권역이 해체되었습니다.]

그 메시지를 따라.

화이트 드래곤과 블랙 드래곤, 사자 연맹을 비롯한 모든 랭커와 플레이어들이 속속 탈출을 시도했다.

조금이라도 빨리 이 지옥 같은 곳을 탈출하기 위해서.

그리고.

죽었다고 알려진 헤븐윙이 살아서 돌아왔다는 소식을 알리기 위해서.

그가 지난 복수를 위해 칼을 갈고 돌아왔노라고.

그 칼날이 이제 자신들의 턱밑에까지 다다랐노라고, 한시라도 빨리 알리기 위해서.

＊　　　＊　　　＊

쿵!

권역을 잃으면서 모든 힘을 잃은 칼라투스가 힘겹게 머리를 지면에다 처박았다.

　[네임드 보스 몬스터, '혼돈의 마룡' 칼라투스를 처치하는 데 성공했습니다.]
　[서든 퀘스트(킬 더 드래곤)을 성공적으로 완수하였습니다.]
　[누구도 쉽게 이루지 못할 업적을 달성했습니다. 추가 공적치가 제공됩니다.]
　[공적치를 300,000만큼 획득했습니다.]
　[추가 공적치를 500,000만큼 획득했습니다.]
　[보상으로……]

　[모든 시련이 종료되었습니다.]
　[위대한 기록을 달성했습니다. 명예의 전당에 이름을 올리시겠습니까?]

　[등록을 거부하셨습니다.]
　[하지만 공개되지 않아도 당신의 업적은 탑에 깊게 새겨져 원할 시에 언제든 등록 여부를 전환하실 수 있습니다.]

[51층으로 올라가시겠습니까?]

　연우는 망막을 가득 메우는 메시지와 벌써부터 썩어 가기 시작한 칼라투스의 사체를 뒤로한 채.

　자신의 앞에 툭 하고 떨어진 탐의 머리통을 무미건조한 눈빛으로 바라보았다.

　녀석은 마지막까지 발버둥을 쳤던 것인지, 얼굴이 잔뜩 일그러져 있었다. 이것으로 여름여왕이 남겼던 아홉 자식 중 왈츠를 제외한 나머지가 모두 죽은 셈이었다.

　그리고 그 옆에는.

　샤논과 함께 탐을 끝까지 추격해서 사살을 완료하고 돌아온 사내가 서 있었다.

　연우에게도 익숙한 얼굴.

　그가 살짝 미소를 지으면서 피로 범벅이 된 손을 앞으로 내밀었다.

　"오랜만이야, 정우."

　"……레온하르트. 네가 환상연대의 대장이었나?"

Stage 55.
아르티야

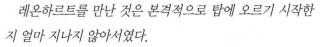

레온하르트를 만난 것은 본격적으로 탑에 오르기 시작한 지 얼마 지나지 않아서였다.

아직 모든 게 낯설기만 한 탑의 환경에 모두가 잔뜩 긴장하고 있는 와중에, 혼자서 개미 구경을 한답시고 쭈그려 앉아 개미가 지나다니는 것을 관찰하고 있던 플레이어.

첫인상부터 특이해도 그렇게 특이할 수가 없었다.

아르티야의 모사.

혹은 아르티야의 최고 검술사.

흔히 레온하르트라고 하면 따라붙는 수식어였다.

그래서 그에게 붙었던 별칭도 검략가(劍略家).

검과 지략, 문무를 겸비한 그가 있기 때문에 아르티야가 단숨에 그렇게 성장할 수 있었다고 보는 사람들도 많았다.

그리고 그건 동생도 같은 생각이었다.

아무리 동생이 헤븐윙으로 이름을 떨치기 시작했다지만. 랭커로서 입지를 다지는 것과 클랜을 이끄는 것에는 큰 차이가 있었다.

그런 면에서 동생이 뒤를 돌아보지 않고 마음껏 앞으로 달릴 수 있었던 건 그만큼 레온하르트가 뒤에서 내정을 받쳐 줬기 때문에 가능한 일이었다.

그리고 또한 레온하르트도 그만큼 자신을 신뢰해 주는 동생에게 고마워했기에, 자신이 하고자 하는 바를 열심히 실천할 수 있었다.

하지만 그런 두 사람 간의 관계는 아르티야 안팎의 사정으로 흔들리기 시작했고.

결국 동생이 중독으로 신경이 예민해지자, 레온하르트는 그를 달래다 못해 포기하고 떠나는 지경에 이르렀다.

아르티야가 급속도로 붕괴하기 시작한 것도 바로 그 시점이었다.

지붕이 흔들리는 와중에 기둥이 되어야 할 사람이 빠지고 나니, 더 이상 버티기가 힘들었던 것이다.

그래서.

연우에게 레온하르트는 복잡한 심경을 가져다주는 존재였다.

웅, 우웅, 우우웅—

동생의 사념체가 들어 있는 회중시계가 잘게 떨리는 것이 느껴졌다.

그 역시 마찬가지란 뜻이겠지.

직접적으로 등을 돌렸던 바할이나 리언트와 다르게 레온하르트는 동생에게 지쳐서 떠났던 것뿐이었으니.

사실 배신이라고 치부하기엔, 그리고 원한을 가지기엔 많은 무리가 있었다.

레온하르트는 떠나기 직전까지도 아르티야를 어떻게든 지탱하기 위해 노력을 했었고.

그가 아는 선에서, 떠난 뒤에도 절대 아르티야에 해가 되는 행동을 하지 않았다.

'하지만 그렇다고 해서 정우가 그토록 외로워할 때 옆에 있어 줬던 것도 아니었지.'

원한만 가지지 않았을 뿐이지, 그를 원망하는 감정까지 사라지는 건 아니었다.

아무리 이유가 있다 할지라도. 아무리 냉정하게 본다고 하더라도.

연우는 정우의 혈육으로서. 형으로서 드는 감정이 있을 수밖에 없었다.

레온하르트의 이런 등장을, 절대 반가워할 수 없는 것이다.

"……역시 많이 차가워졌군."

레온하르트는 악수를 위해 내밀었지만, 맞잡아 주지 않아 외롭게 있는 자신의 손을 거두면서 씁쓸하게 웃었다.

"그래도 많이 보고 싶었다네."

연우는 여전히 무뚝뚝한 목소리로 말했다.

"시의 바다에 투신했었다고 들었는데?"

"그랬었지. 하지만 얼마 있지 않아 금방 나왔었다네."

정확하게는 자네가 죽었다고 알려진 뒤였지. 레온하르트는 그렇게 뒷말을 덧붙이면서 말을 이어 나갔다.

"거긴 내 집이 아니지 않나."

"……."

"모든 게 잘못 돌아가고 있었지. 배신자들은 서로가 잘났다며 뛰어다니고…… 거대 클랜은 서로 반목하기만 하고. 자네에게 열광하던 것들은 언제 그랬냐는 듯이 금세 잊어버리고."

레온하르트는 주먹을 꽉 쥐었다. 얼굴에 살짝 분노가 어렸다.

"그래서 그런 것들을 어떻게든 바로잡고 싶었다네. 음지로 숨어서 동료들을 하나둘씩 모았지. 덕분에…… 자네가 얼마나 힘들었는지도 뒤늦게 깨달았고."

연우는 여전히 아무 대답도 하지 않았다.

"그러다 갑자기 독식자가 나타났지."

레온하르트의 눈가에 열의가 조금씩 돌아왔다.

"처음에는 슈퍼 루키가 나타났다는 생각에 포섭할 생각으로 찾아간 거였는데…… 멀리서 봤지만. 그 순간 알았지. 자네가 돌아왔다는 것을."

"가면을 쓰고 있었을 텐데?"

"그래도 못 알아볼 리가 있는가. 자네의 체형이나 눈빛만 봐도 알 수 있는 것을. 보다 날카로워지긴 했지만…… 그건 당연한 것이고."

"……."

"아직도 그 순간을 잊을 수가 없다네. 그래서 찾아갈까도 싶었지만…… 어디 면목이 있어야지. 자네가 정체를 숨긴 이유도 알 것 같고. 해서."

레온하르트는 설명을 쭉 내뱉다가, 한차례 숨을 고르고 천천히 말에다 힘을 실었다.

"자네가 위로 올라올 때까지 기다렸다네. 다시 모습을 드러낼 때, 그때 힘이 되어 주기 위해 더 크게 세력을 일궈야겠다고 생각했고."

"……."

연우는 잠시간 아무 말도 하지 않았다. 레온하르트와 그의 뒤에 시립해 있는 크로이츠, 그리고 격전으로 상당히 지쳐 있지만 여전히 투기를 잃지 않는 환상연대의 여러 클랜원들을 쭉 훑어보았다.

환상연대는 결국 칼이었던 셈이다.

레온하르트가 지난날의 복수를 위해 갈아 왔던 칼.

그러다 동생이 되돌아왔다고 생각하고, 크게 기뻐하면서 칼을 더 단단하고 날카롭게 벼리기 위해 여태 두들겼던 것이다.

'넌 어떻게 생각하지?'

레온하르트가 설명을 시작한 이후로, 회중시계는 더 이상 떨리지 않고 있었다.

그만큼 녀석도 생각이 복잡하다는 뜻이겠지.

연우는 다시 레온하르트의 눈을 보았다. 여전히 뜨겁게 타오르고 있는 눈은 반가움과 슬픔이 교차하고 있는 중이었다.

원망은 하지만, 원한은 가질 수 없는 상대.

동생의 곁을 떠났으나, 동생을 기리며 살아 왔던 이.

"그런데 대체 병은 어떻게 나은 거야? 베이럭의 독은 어떻게 물리친 거고? 그동안 무슨 일이 있었던 건지, 말해 주면…… 안 되나?"

녀석이 보이는 행동, 감정, 말투, 어디에도 거짓은 없노라고. 전부 진실이라고 용신안은 말하고 있었다.

하지만.

연우는 우선 저 잘못된 기대와 착각부터 깨야겠다는 심통이 불쑥 들었다.

어찌 되었건. 결국 녀석이 마지막까지 동생의 옆에 있어 주지 못했던 것은 사실이었으니.

사실 동생이 바라던 것은 이해나 복수 따위가 아니었다.

옆에 있어 주는 것.

단지 그것뿐이었는데…….

"정우 녀석은 가족 이야기나 지구 이야기를 탑에서 잘 안 하는 편이었다지?"

그래서 입을 여는 연우의 말투는 여전히 딱딱하기만 했다.

"무슨 말을……?"

레온하르트는 연우가 갑자기 '정우'를 3인칭으로 지칭하자 뭔가 깊어 고개를 갸웃거렸다.

그러다 뒤늦게 그 말에 숨겨진 의미를 어렴풋이 깨달았다.

"너, 혹시?"

"정우는 죽었다."

"……!"

레온하르트의 두 눈이 커졌다.

"착각한 것 같으니 다시 내 소개를 하지."

연우는 격하게 흔들리는 레온하르트의 두 눈을 보면서 말했다.

"내 이름은 차연우."

그의 목소리는 너무나 차가웠다.

"정우의 쌍둥이 형이다."

"……!"

*   *   *

탑을 따라 소문이 금세 퍼져 나갔다.

50층에서 일어난 도무지 믿기지 않는 세 가지 일들.

그중 첫 번째가 단연 가장 큰 파란을 일으켰다.

―죽었던 헤븐윙이 돌아왔다!

한때, 탑을 오르는 플레이어들이 모두 선망하던 우상이 었으며, 거대 클랜과 하이 랭커들의 횡포에 맞서는 구세주 라 불리던 헤븐윙.

하지만 그들의 배척을 끝내 버티지 못하고, 날개가 꺾여 추락해야만 했다던 그가 돌아온 것이다.

특히 그가 최근 들어 슈퍼 루키라 불리던 독식자라는 사실까지 더해졌을 때는.

모두가 충격에 젖어 한동안 아무 말도 잇지 못할 정도였다.

특히 눈치가 빠른 플레이어들은 앞으로 다가올 먹구름을 예견하고 몸을 부르르 떨었다.

앞으로 큰 전쟁이 벌어지리라는 것을 눈치챈 것이다.

그리고 그들의 예상이 무색하게 두 번째 소문이 곧장 탑을 강타했다.

식탐황제와 독재관 마그누스, 가을군주 탐의 죽음.

헤븐윙은 자신의 화려한 부활을 알리는 신호탄으로, 과거 아홉 왕 중 셋을 그 자리에서 죽이는 충격적인 신위를 선보였다.

그전에도 랭킹 6위에 빛난 적이 있었다지만.

그래도 당시에 그는 '왕'들을 직접 거꾸러뜨리거나 하지는 않았었다.

하지만 이번에는 이야기가 전혀 달랐으니.

지난 복수의 칼날이 '왕'들에게도 예외가 없다는 것을 보여 준 것이다.

특히 봄의 여왕 왈츠나 대주교가 각각 한쪽 날개와 팔이 뜯긴 채로 도망치기까지 했다는 말이 덧붙여지자, 사람들은 더 이상 아무 말도 할 수 없었다.

오히려 몇몇은 두려워하기까지 했다.

지난날 헤븐윙은 언제나 빛나는 태양처럼 고고했으나, 지금의 헤븐윙은 달처럼 어둡고 살벌했으니.

그 칼날이 어떻게 불어닥칠지 도저히 짐작도 할 수 없었던 것이다.

세 번째 소문인 용의 신전 붕괴도 따지자면 아주 큰일이었지만.

헤븐윙이 던지는 충격이 너무 컸기에. 탑은 한동안 적막에 잠긴 채 숨을 죽여야만 했다.

그리고 예의주시하기 시작했다.

부활한 헤븐윙의 칼날이 이번에는 어디로 이어질지에 대해서.

* * *

"……결국 이렇게 되고 말았나."

연우와 일행들이 떠난 자리.

레온하르트는 멍하니 홀로 서서 눈을 감고 말았다.

아직도 연우가 했던 말이 머릿속을 떠나지 않았다. 자신은 네가 찾던 차정우가 아니라는 말. 그동안 그를 지탱하던 믿음이 산산조각 나는 말이었다.

하지만.

사실 그도 어느 정도 예상은 하고 있었다.

그만큼 머리가 명석한 사람이 설마 부활을 정말 믿었을까.

정황상 당시에 정우는 죽을 수밖에 없는 운명이었다. 그리고 돌아온 독식자는 '새롭게' 기록을 갱신하면서 탑을 올랐다. 스테이지를 되돌아올 수는 있을지언정, 이미 한번 기록된 공적치는 절대 수정할 수가 없는 게 탑의 규칙이었다.

그런 면에서 보자면 독식자는 절대 정우가 될 수 없었지만.

그래도.

혹시나 하는 마음이 있었다.

자신이 모르는 기적이 있을지 모른다고 생각했다.

온갖 신비와 이적이 가득한 탑의 세계이니. 그중에 부활이나 소생도 있지 않을까 하고 막연하게 기대했던 것이다.

그래서. 아주 잠깐 폐관 수련에 들었던 것인지도 모른다.

크로이츠가 독식자를 만나고 왔다는 소식에 갑자기 몸을 숨겨 버린 것도. 혹시 자신의 믿음이 깨지면 어쩌나 하는 일말의 두려움이 있어서였다.

하지만 이렇게 진실을 맞이한 순간.

그간의 희망은 산산조각 났다.

자신을 정우의 쌍둥이 형이라고 밝힌 연우는 그 뒤로 몇 마디 말만 남기고 훌쩍 자리를 떠났다.

　　―너에게 고맙다는 말은 절대 못 해. 당시에 정
　　우의 잘못이 있었다고 할지언정. 결국 네가 정우의
　　곁을 떠났던 건 사실이니까. 이제 와서 뭔가를 해 본
　　다 한들, 쏟아진 물을 주워 담을 수는 없어.

레온하르트는 손으로 얼굴을 덮고 말았다.

여전히 머릿속이 뒤죽박죽이었다. 이제는 대체 뭘 하면 좋을지 머릿속으로 잡히는 바가 전혀 없었다.

"어디로 가시겠습니까?"

레온하르트의 눈치를 보고 있던 여러 단장들이 조심스럽게 입을 열었다.

연우를 도우리라 생각했던 출정에서, 정작 대상이 거부를 하니 따를 필요가 없게 된 것이다.

레온하르트의 입가에 씁쓸함이 어렸다.

"글쎄. 어디로 가야 하는 걸까?"

"연대장……."

"나도 도저히 모르겠구나. 길을."

누가 나서서 가르쳐 주었으면 좋겠건만.

누군가를 이끈다는 것은 이래서 어려웠다. 아무 생각 없이 내정에만 몰두할 때가 훨씬 편했다.

　—그러니 날 도와줄 생각인들 마. 내가 먼저 널
　칠지 모르니까.

연우의 뒤를 따라가고 싶어도 그럴 엄두조차 나지 않았다. 그 서슬 퍼런 눈매는 정우의 얼굴을 하고 있어도 전혀 다른 인상이었다.

'어쩔 수 없지.'

레온하르트는 깊은 한숨을 내쉬면서 얼굴을 쓸어내렸다.

머뭇거리는 건 잠시일 뿐.

바깥으로 나온 이상, 바퀴는 굴러가기 시작했다. 이제 더 이상 멈출 수는 없었다.

'끝을 보는 수밖에.'

식탐황제와 네 공작을 비롯해 중앙 수뇌부가 모두 떼죽음을 당한 혈국은 정치적 공황 상태에 빠질 게 분명하고, 사자 연맹도 전력 태반이 날아가면서 체계가 붕괴될 게 확실했다.

마그누스와 7인대가 죽은 엘로힘은 그나마 조직 체계가 단단해서 무너질 우려는 적었지만, 전력상 열세에 놓일 운명까지 피할 수는 없었다.

환상연대는 바로 이 시점을 노려야만 했다.

신생 클랜에서 그칠 게 아니라, 탑을 부술 거대 클랜으로 도약하기 위해서는.

설사 연우가 그들을 거부한다고 할지라도.

레온하르트의 마음속에 자리 잡은 칼날까지 무뎌지는 것은 아니었으니까.

그렇게 인상을 굳히면서 움직이려는데.

"크로이츠?"

레온하르트는 자신을 따라오는 수하들과 다르게, 홀로 제자리에 서 있는 크로이츠를 돌아보았다.

"연대장. 죄송하지만…… 전 여기까지만 따르겠습니다."

"부연대장! 그게 무슨!"

"지금 무슨 말을 하는 것입니까?"

1연대의 대원들을 비롯해, 다른 단장들이 놀란 얼굴이 되어 크로이츠를 돌아보았다. 그를 따르는 환영기사단도 조금 놀란 얼굴이었지만, 곧 한 발 물러서면서 침묵을 지켰다.

레온하르트는 그런 크로이츠를 빤히 쳐다보았다.

은색으로 빛나는 투구 아래, 크로이츠의 눈빛엔 미안한 기색은 있어도, 후회는 일절 없이 단단했다.

피식.

레온하르트는 자기도 모르게 웃고 말았다.

"1년을 가까이 곁에 있더니. 그새 독식자 그 친구한테 빠졌나 보군."

"……죄송합니다."

"아니야. 잠깐 대화를 나눴을 뿐이지만, 나도 충분히 매력을 느꼈던 친구였으니까."

만약 연우가 함께하자고 했다면. 자신도 그 옆에 있으려 하지 않았을까. 레온하르트는 그렇게 생각했다. 그만큼 연우의 사람을 잡아끄는 마력은 대단했다. 어쩌면 동생인 정우보다도 훨씬.

"그래도 아쉽군. 나와 자네가 같이 보낸 시간이 있는데, 그것을 빼앗겼으니까."

레온하르트는 씩 웃으면서 크로이츠에게 다가가 손을 앞으로 내밀었다.

"그래도. 부연대장의 자리는 항상 비워 놓고 있지. 언제든지 돌아오게."

"이해해 주셔서 감사합니다."

크로이츠는 레온하르트의 손을 맞잡고, 고개를 숙였다.

"어디로 가야 하는지는 아는가?"

"예."

크로이츠는 연우가 떠나기 전에 브라함이 슬쩍 귀띔을 해 주었던 장소를 떠올렸다.

—부유도 라퓨타. 그곳으로 오게. 자네라면 찾을 수 있을 게야. 그곳에 아르티야의 옛 클랜 하우스가 있다 하니.

"그렇다면 다행이고. 하면 건승을 기원하겠네."

"연대장께서도 원하시는 바를 이루셨으면 합니다. 가자."

크로이츠의 명령에 따라, 환영기사단은 일제히 탈것인 와이번을 소환해 그 위에 올라타기 시작했다. 그리고 천천히 비상해 연우가 움직인 방향으로 사라졌다.

레온하르트는 한참 동안이나 가만히 서서 떠나는 벗의 뒤를 배웅하다, 천천히 반대로 몸을 돌렸다.

"우리도 돌아가도록 하지. 그렇다고 서두르진 말고."

레온하르트의 두 눈이 깊게 가라앉았다.

"어차피 오늘 밤은 아주 길어질 것 같으니 말이야."

＊　　　＊　　　＊

혈국의 수도, 캐슬 블러드.

"태자 전하, 이대로는……!"

"막아라. 어떻게든!"

"하, 하지만……! 이대로는 위험합니다. 지금이라도 피신하는 것이……!"

"막으래도! 내 말이 들리지 않는 것이냐!"

"아, 아, 알겠습니다!"

상황이 급박하니 피신할 것을 당부하러 왔던 전령은 결국 고개를 숙이며 허겁지겁 되돌아가야만 했다.

언제나 4명의 공작과 36명의 후작 주도로, 엄숙한 분위기 아래에서 회의가 벌어지던 장소였지만.

이미 홀은 너무 어수선하기만 했다.

곳곳에서 다급하게 쏟아지는 전령과 통신 마법들.

급박하게 움직이며 그들에게 각기 지시를 내리는 백작들.

현장으로 뛰어가는 자작들과 수도만큼은 지키겠다며 눈에 불을 켜고 단단히 선 남작과 준남작들.

도모태자는 그들을 보면서 옥좌에 반쯤 걸터앉아 지끈거리는 관자놀이를 꾹꾹 눌러야만 했다.

'대체 어디서부터 잘못된 거지?'

벌써부터 떠들기 좋아하는 사람들에게 '피의 제전'이라는 명칭으로 불리기 시작한 50층의 대참사 이후.

도모태자는 후작들의 희생으로 겨우 탈출로를 확보, 캐슬 블러드로 되돌아올 수 있었다.

하지만 그의 탈출은 잠시간의 시간 벌이에 지나지 않을 뿐. 사실상 실패나 다름없었다.

아버지인 식탐황제는 죽었고, 혈국의 기둥이라 할 수 있는 네 명의 공작들도 전사했다. 그 외에 혈국을 경영할 만한 후작급의 인사들도 피의 제전에서 절반 이상 떼죽음을 당하고 말았으니.

사실상 하루아침에 반파(半破)된 것이나 다름없는 혈국을, 그가 홀로 이끌게 된 형국인 것이다.

문제는 단순히 거기서 그친 것이 아니라.

늦을세라 적의 침공도 바로 뒤따라왔다는 점이었다.

'독식자…… 그놈 때문에……!'

도모태자는 선망하던 대상이 원수로 돌변하던 그 순간을, 아직도 잊을 수가 없었다.

용의 미궁이 열리면서 플레이어들이 각지로 뿔뿔이 흩어졌을 때. 신하들이 전부 독식자가 배신을 했다며 길길이 날뛸 때에도, 절대 그런 게 아닐 거라며, 뭔가 오해가 있을 거라며 두둔하던 자신이 아니었던가.

당시로 되돌아갈 수만 있다면. 그딴 말을 지껄인 자신의 입을 전부 찢어 버리고 싶은 심정이었다.

쿵—

쿵, 쿠우웅!

때마침 캐슬 블러드가 다시 한번 더 위아래로 크게 요동 쳤다.

홀을 바쁘게 돌아다니던 신하들도 모두 걸음을 멈추고 두려움에 젖은 얼굴로 천장을 올려다보았다.

외부에서 계속 전해지던 충격이 어느새 본성에 가깝게 다가왔다는 뜻.

쿠우우웅—

다시 캐슬 블러드가 흔들릴 때.

"태자 전하! 녀석들이 본성으로 들어왔습니다. 어서 피하셔야 합…… 컥!"

적의 도착을 알리기 위해, 나르빙거 후작이 다급하게 홀의 문을 열며 들어오다 말고, 피를 토하면서 제자리에 고꾸라졌다.

그의 뻥 뚫린 가슴에서 흘러나온 핏물이 어느덧 카펫을 축축하게 적시기 시작하고.

터벅. 터벅—

검은 그림자로 둘러싸인 죽음의 군단이 물밀 듯이 들어왔다. 로얄 가드들이 그들을 어떻게든 막아서려 했지만, 까만 창날에 줄줄이 죽어 나갔다.

"이것들이 감히 이곳이 어딘지 알…… 크윽!"

"으, 으아악!"

"마, 막아야 한…… 크헉!"

홀은 단번에 아수라장으로 변하고 말았다.

막아서는 백작이며 후작들이 잇달아 피를 뿌리며 쓰러지고, 기사와 병사들의 잘린 머리가 바닥을 뒹굴었다.

혈국이 탄생한 이래로, 세력의 부침을 겪을지언정 단 한 번도 적으로부터 함락을 허락하지 않았다던 블러드 캐슬이 점령되고 있었다.

그런 치욕의 순간순간을 지켜봐야만 하는 도모태자로서는. 정말이지 죽고 싶은 심정이었다.

그것을 아는지 모르는지.

죽음의 군단, 디스 플루토는 완전하게 점령을 끝내겠다는 듯. 저항하는 자들은 모두 죽여 영혼을 컬렉션으로 흡수하고, 투항하는 자들은 무릎을 꿇게 해 제압했다.

찰박, 찰박—

그리고. 피웅덩이가 된 홀의 중심을 가로지르면서, 그림자로 된 투구와 갑옷을 입은 이가 천천히 안쪽으로 들어왔다.

푹 깊게 눌러쓴 투구 아래로 비치는 안광은 보는 이로 하여금 심장을 떨리게 만들 정도로 살벌했다.

도모태자가 공작급 이상의 인사들에게서나 느낄 수 있었던 위압감이, 태풍처럼 휘몰아치며 단숨에 홀을 가득 메웠다.

도모태자는 어깨가 짜부라질 것 같은 기세를 맞이하면서도, 어떻게든 이를 악물면서 버텼다.

끝까지 옥좌에서 내려오지 않는 것. 그것만이 그에게 남은 마지막 자존심이자, 항거였다.

하지만.

「이야! 여기구만. 그 말 많던 혈국의 궁전이?」

그림자 기사는 살벌한 기세와 다르게, 언행이 다소 경망스러웠다. 호화로움으로 가득한 궐 내부를 둘러보면서 가볍게 휘파람까지 불 정도였다.

「여기 있는 거 몇 개 떼어다가 팔면 얼마나 하려나? 우리 영감님, 요새 돈 없어 죽겠다고 투덜거리시더니 한시름 덜겠구만.」

그러다 그의 시선은 도모태자에게 단단히 고정되었다.

「괜찮은 아티팩트도 보이고.」

인페르노 사이트가 살짝 호선을 그리는 듯했지만, 정작 거기에 노출된 도모태자는 전신이 얼어붙는 듯한 느낌이었다.

「어이, 꼬마.」

죽음의 기사에게서 퍼지는 음산한 기운이, 도모태자에겐 마치 맹수의 하울링처럼 다가왔다.

아니, 그건 어찌 보면 경멸에 가까운 감정이었다.

작위를 받은 귀족들이 일반 백성들을 대할 때의 감정. 도모태자, 그가 혈국의 유구한 역사와 전통을 모르고 자신들을 적대시하는 '야만인'들을 볼 때의 눈빛이었다.

「좋은 말 할 때 눈 깔고 거기서 내려오지?」

죽음의 기사, 샤논은 손에 들고 있던 소드 브레이커를 역으로 쥐면서 바닥을 내리찍었다.

쿵!

검은 그림자가 파문처럼 퍼져 나갔다.

「무릎 꿇고 고개 조아려. 제가 잘못했습니다, 앞으로 안 그러겠습니다, 용서해 주세요, 싹싹 빌라고. 혈국은 앞으로 아르티야에 맹목적으로 충성하겠습니다. 그렇게 말하면, 뭐 혹시 아냐? 내가 조금이라도 봐줄지?」

"……."

아르티야.

그 단어가 도모태자의 심장에 무겁게 내려앉았다.

아주 오래전 아버지의 손에 갈가리 찢겨 나갔던 패배자들의 이름이, 여기 다시 돌아와 이제 그들을 찢어 놓고 있었다.

"……결국 클랜을 복구하려는 것이오?"

「그건 우리 위대하신 인성왕께서 결정하실 문제지? 하지만 돌아왔으니 재결성은 시간문제일 테고. 그쪽이 참견할 문제는 아니라고 보는데. 그보다. 안 꿇어?」

목소리에는 웃음기가 가득했지만. 그 속에 담긴 살의를 못 읽을 리가 없었다.

「내가 이래 봬도 제법 짬밥이 있는 몸이거든. 우리 인성왕이 성격이 좀 그렇긴 해도, 이 몸이 말하면 들어는 준다는 말씀. 어때?」

도모태자는 아랫입술을 질끈 깨물며 홀을 둘러보았다.

이미 무기를 버리고 무릎을 꿇은 귀족과 기사들이 자신만을 애처롭게 바라보고 있었다.

"안 됩니다, 전하! 본국을 적들에게 가져다 바친다니요! 저흰 끝까지 항전을 할…… 컥!"

"투항을 해서는 안 될…… 큽!"

개중에 비분강개한 귀족들이 들고일어나 따졌지만, 바로 뒤에 시립해 있던 디스 플루토들이 서슴없이 그들의 명줄을 끊어 버렸다.

덜덜덜…….

다른 귀족과 기사들은 그걸 보면서 몸을 잘게 떨었다. 방금 전까지만 해도 침이 튀도록 항전을 주장하던 이들도, 막상 죽음이 눈앞에 닥쳐오자 두려움에 젖는 듯했다.

그들은 애처로운 눈빛으로 도모태자를 바라보다, 슬쩍 시선을 옆으로 회피했다.

전선에서 용맹을 자랑한다는 저들이 저러할진대, 밖에서 여전히 힘겹게 싸우고 있을 일반 병사들은 어떠할 것인가.

「한 놈이라도 더 살려야지?」

도모태자는 다시 샤논 쪽으로 고개를 돌렸다. 눈매는 잔뜩 일그러져 있었지만, 동공은 위아래로 쉴 새 없이 요동쳤다.

"……무릎을 꿇으면, 살려 줄 텐가?"

「너 하는 짓 봐서.」

"……"

「소중한 백성들이라며? 다 뒈져도 상관없어? 사실 우리는 상관없긴 한데.」

우리는 오히려 희생자가 많으면 많을수록 즐겁거든. 영혼이 많아져서 말이야. 그렇게 덧붙여진 말에.

도모태자는 결국 천천히 옥좌에서 내려와야만 했다. 발걸음이 잘게 떨리고 있었다.

"황태자 전하!"

"으흑흑! 전하!"

귀족들은 그런 도모태자를 보면서 눈물을 터뜨리고 있었다. 그러지 말라고 애원하는 자들도 있었으나, 디스 플루토의 칼날이 더 가까워지면서 울음을 삼켜야만 했다.

한 걸음, 한 걸음.

그렇게 도모태자는 옥좌에서 홀까지 이어지는 계단도 천천히 내려오다, 샤논 앞에 섰다.

가까이서 보게 된 샤논은 그가 올려다봐야 할 정도로 너무 컸다. 아니, 실제 크기 차이는 얼마 나지 않아도, 그 앞에 선 자신이 너무나 작게 느껴졌다

일개 수하가 이 정도일진대, 아버지 식탐황제를 꺾었다는 독식자는 대체 얼마나 큰 걸까?

「무릎 꿇고.」

도모태자는 고개를 숙인 상태 그대로 천천히 무릎을 꿇었다.

「이마도 피 터져라 땅에다 좀 세게 부딪쳐 주고.」

쿵!

쿵—

도모태자는 시키는 대로 이마를 바닥에다 찧기 시작했다. 얼마나 세게 부딪치는지 단번에 두개골이 깨지고, 살갗이 찢어지면서 얼굴이 피범벅이 될 정도였다.

「자, 그리고 할 말은?」

"죄송합니다."

「잘 안 들리는데.」

"죄송합니다!"

기어들어 가던 목소리는 끝내 울분이 되고 말았다.

"노여우시더라도 여태 저희 혈국이 헤븐윙과 아르티야에 했던 모든 실수들……."

「실수?」

"아니. 과오들에 대해서 사죄를 드릴 터이니…… 백 번 천 번, 몇만 번을 사죄드려도 모자랄 정도로 못난 짓들에 대해, 부디 넓은 아량으로 용서해 주시길 바랍니다. 용서해 주신다면 혈국은 그 은혜를 영원토록 잊지 않을 것이며, 아르티야의 하인이자 손발이 될 것입니다. 부디 용서해 주십시오."

한번 터지기 시작한 울음 섞인 목소리는 홀을 쩌렁쩌렁하게 울렸다.

쾅! 쾅!

도모태자는 다시 한번 더 땅에다 머리를 찧었다. 귀족들은 더 이상 그 광경을 지켜보지 못하고 고개를 돌려야만 했다.

샤논은 피가 고인 바닥에 머리를 박은 채, 고개를 전혀 들 생각이 없는 녀석의 뒤통수를 보면서. 천천히 자세를 낮추고는 도모태자의 귓가에 대고 입술을 달싹였다.

「쯧쯧! 아니지. 아니야. 손발이 아니라, 개가 되어야 하는 거야. 개. 멍멍. 몰라? 자 따라 해 봐. 뭐라고?」

"멍!"

「다시.」

"멍멍! 멍!"

「그렇지.」

"멍! 멍멍멍!"

「아하하! 그렇지. 이제야 좀 볼 맛이 나네.」

"멍멍!"

샤논은 크게 파안대소를 터뜨리면서 자리에서 일어났다. 그럴수록 도모태자가 짖는 소리는 울음이 잔뜩 섞인 채 커져 갔다.

「어휴. 참 수하들 살리려고 하는 노력이 가상하네. 이만하면 됐다. 개새끼야, 이제 고개 들어 봐.」

이제야 겨우 끝난 걸까. 도모태자는 왈칵 쏟아지려는 눈물을 겨우 억누르면서 천천히 고개를 들었다.

이번만. 이번만 어떻게든 치욕을 감수해 넘기리라. 그렇게 생각했다. 혈국의 유구한 역사가 지속되는 동안 항상 영광된 세월만 있었던 건 아니었고, 개중에는 지금보다 더한 누란의 위기에 빠질 때에도 있었다.

그리고 그럴 때마다, 선대왕들은 모두 지혜와 슬기로 위기를 빠져나와 나라의 명맥을 유지하고, 후대에 부흥을 맡겼다.

그렇게 이어진 세월이 자그마치 천 년이 넘었다.

지금도 그때와 마찬가지였다. 당분간은, 아니, 자신의 통치가 지속되는 동안에는 어쩔 수 없이 아르티야의 개로 살아야겠지만. 그건 자신의 대에서만 감수하면 될 일이었다. 자식, 혹은, 손자의 대에 이르러서는 지금의 치욕을 어떻게든 되갚아 줄 수 있을 거라고 굳건하게 믿고 있었다.

그래서 샤논의 허락을 받아 다시 고개를 들었을 때. 나라는 유지할 수 있겠구나 하고 생각했을 때, 자신의 목으로 날아오는 섬광을 보면서. 어안이 벙벙한 나머지 아주 잠깐 동안 이해가 가질 않아 눈을 크게 뜨고 말았다.

「으이구, 병신.」

저 멀리서, 귀족과 기사들이 자신을 애처롭게 부르는 소리가 들리는 듯했다.

「설마 그걸 진짜 믿었냐?」

촤아악—

*   *   *

"누가 누구더러 인성질을 한다고 하는지 모르겠군."

연우는 샤논과 연결된 정신 감응을 통해 멍한 얼굴로 목이 잘려 나가는 도모태자를 보면서 혀를 찼다.

살려 줄 것처럼 굴면서, 굴욕이란 굴욕은 다 줘 놓고 마지막에 칼질이라니.

혈국은 샤논에게, 엘로힘은 한령에게 뒷정리를 맡기면서, 단 한 명도 남기지 말고 전부 척살하라고 단단히 일러두긴 했다지만.

그래도 저런 방식이라니. 참 악취미도 저런 악취미가 없었다.

남은 놈들도 전부 쓸어버려. 샤논은 휘하의 디스 플루토들에게 그렇게 명령을 하면서, 피식 웃음을 터뜨렸다.

「내가 이런 걸 어디서 배웠겠어? 이게 다 우리 위대하신 인성왕님의 크나큰 가르침을 본받…….」

연우는 또다시 쓸데없는 소리를 해 대는 샤논과의 통신을 끊어 버리고, 천천히 고개를 들었다.

저 하늘 위.

분명히 사라졌을 거라고 생각했던 부유성 라퓨타가 떠 있었다.

비록 반파가 되어 레어로서의 기능은 거의 상실되다시피 했지만.

그래도 저곳에는 연우가 반드시 찾아야 할 것이 있었다.

아르티야의 클랜 하우스.

동생이 엘릭서와 함께 남겼을 마지막 유품을 수습할 차례였다.

부유성 라퓨타는 본래 칼라투스의 레어로서, 미궁의 중심부에 설치된 심상 세계에 위치해 있었지만.

지금은 관리자였던 우발라가 사라지면서 50층 스테이지의 하늘을 배회하는 중이었다.

자체적인 스텔스 기능으로 모습을 감추고 있다는 것이 다행이라면 다행이었지만.

하지만 저마저도 내장된 마력이 모두 소모되고 나면 스텔스 기능이 사라지거나, 추락해 스테이지 한가운데에 처박힐 게 분명했다.

그래도 다행히 아직까지 다른 여러 기능들은 정상적으로 작동하고 있는지, 아무 이상이 없어 보였다.

['불의 날개'가 작동합니다.]

['파초선'의 바람이 부유와 비행을 돕습니다.]

연우는 불의 날개를 활짝 펼치면서 라퓨타가 있는 곳으로 둥실 떠오르기 시작했다. 그러자 어디선가 불어온 바람이 그가 빠르게 비행할 수 있도록 도왔다.

바람은 브라함과 갈리어드, 에도라까지 부드럽게 안았다.

마희성은 아래에서 대기하라고 일러둔 상태였기에 따라오려 하지 않았지만, 그들도 모두 눈을 동그랗게 뜨고 있었다.

브라함은 연우를 따라 무사히 라퓨타에 착지하면서 작게 탄성을 흘렸다.

"동주칠마왕의 맏이, 우마왕이 가진 신물이나 보패에 신기한 것들이 많다지만, 그중에서도 가장 으뜸이 파초선이라더니. 참으로 신비한 바람이로군. 대체 그건 어떻게 뜯어낸 건가?"

"어쩌다 보니 그렇게 되었습니다."

사타왕의 도주를 막기 위해 하데스의 식령검을 사용하면서 뜯어낸 파초선은 어느새 연우와 완전히 동화(同化)가 되어 있었다.

[파초선(일부)]

분류: 양손 무기

등급: 신물

설명: 동주칠마왕의 맏이, 우마왕이 그의 아내 나찰녀에게 혼인 예물로 준 부채.

한 번 부치면 강풍이, 두 번 부치면 비바람이, 세 번 부치면 태풍이 불며, 계속 부칠수록 바람의 위력이 강화된다는 전승을 지닌 보패.

하지만 현재 이 파초선은 진본의 일부를 뜯은 가품에 가까워 위력이 현저히 약하다.

* 바람의 총애

자연 현상인 '바람'으로부터 깊은 총애를 받게 된다. 단지 소지하고 있는 것만으로도 바람이 따라붙어 이동 속도가 자연스럽게 증가하며, 숙련도가 높아지면 권능에 가까운 스킬들이 자연스럽게 개방된다.

* ???

진본이 아닌 관계로 확인이 불가능한 옵션입니다. 단, 숙련도에 따라 일부 개방이 가능합니다.

* ???

진본이 아닌 관계로 사용이 절대 불가능한 옵션입니다.

비록 연우가 가져온 건 진짜 파초선의 일부에 불과했지만. 그래도 이것만 해도 엄청난 성과라 할 수 있었다.

"식탐의 돌 덕분이었지? 식탐, 그놈이 그래도 도움은 좀 되었나 보이."

브라함은 호기심 가득한 학자의 눈길로 유심히 바람을 살폈다. 바람을 끌어당기는 마력의 근원지가 연우의 심장 옆, 현자의 돌이라는 것을 금세 눈치챈 것이다.

그때.

「내 돌! 내 도오올! 내놔라! 내놓으란 말…… 키아아악!」

갑자기 연우와 브라함의 머릿속으로 식탐황제의 절규가 들렸다.

비록 울부짖다가 도중에 고통에 쥐어짜여 비명을 지르긴 했지만, 녀석의 의식만큼은 여전히 또렷한 상태였다.

"그놈 참, 시끄럽기도 많이 시끄럽지. 다른 놈들도 그러더니만. 소울 컬렉션에 들어가고 나서도 저 정도라니. 하! 그래도 '왕'은 왕이라는 건가?"

브라함이 가볍게 헛웃음을 흘렸다.

사실 소울 컬렉션 내부는 식탐황제 말고도, 마그누스와 탐으로 인해 많이 시끄러운 상태였다.

「피조물이 되어, 필멸자가 되어, 어찌 이리도 극악무도한 짓을 벌이는가!」

「제발! 제발 풀어 줘! 하라는 건 무엇이든지 할 테니, 제발……!」

사실 연우에게 죽거나 흡수된 영혼들은 칠흑왕의 권능으로 인해 망령으로 영락하며 자아가 붕괴되는 경우가 태반이었다.

하지만 브라함의 말마따나 이번에 죽은 왕들은 자신들이 어떻게 탑의 최정상으로 군림할 수 있었는지를 보여 주려는 듯, 영락하고 나서도 좀처럼 자아를 잃지 않고 있었다.

도리어 생존에 대한 욕구를 활활 불태우면서 어떻게든 빠져나가려 악착같이 버티고 있으니.

하지만 연우는 그런 녀석들을 볼 때마다 가당치도 않다는 듯 가볍게 코웃음을 칠 뿐이었다.

이미 그들에 대한 예속권은 자신에게 있는 데다가, 도리어 버티면 버틸수록 고통스러운 건 녀석들 자신이었으니까.

「내 도오올……!」

특히 가장 끈질긴 건 식탐황제였다. 여태 영혼석을 보유하면서 영혼도 많이 성장했던 것인지, 쉽게 집착을 놓지 못했다.

"정신을 조금이라도 차렸으면 돌보다는 죽어 가는 제 백성들부터 챙길 것이지. 쯧!"

브라함의 눈에는 그런 녀석이 어이가 없을 따름이지만.

지금 이 순간에도 블러드 캐슬은 불에 타고, 혈국 플레이어들의 영혼은 속속 영괴에게 잡아먹히는 중이었다.

녀석도 분명히 그 사실을 알고 있을 텐데 자식이나 백성에 대한 걱정은커녕, 앵무새처럼 계속 돌 타령만 해 대고 있으니.

"하지만 그래도 쓸 만한 것도 있지 않습니까?"

[사왕좌에 예속된 권능, '연옥로(煉獄爐)'가 발현
되었습니다.]

「크아악! 아아아악!」

「제발, 그만! 그만하지 못할까! 으아아악!」

「까아아악! 살려 줘! 살려 줘어어! 아니면 차라리 죽여 줘!」

사왕좌는 죽음과 명계를 다스리는 신위.

당연히 개중에는 말을 듣지 않거나, 생전에 죄업을 많이
쌓은 영혼을 다스리는 권능도 있기 마련이었다.

[연옥로]

등급: 권능

설명: 지옥에서 끄집어 올린 겁화를 이용해 영혼
의 업(業)을 불살라 원한과 원망, 원념을 뽑아 에너
지원으로 사용한다.

원래는 마력이 바닥난 비상시, 소지한 영혼을 희생시켜
마력을 뽑아 올리는 마력 기관의 형태로 사용할 수 있을 테
지만.

이미 영혼석을 두 개나 쟁취한 연우로서는 마력이 바닥
날 일이 크게 없는 까닭에 다른 방향으로 쓰고 있었다.

이렇게 말을 듣지 않는 영혼들을 고문하는 형태로.

이렇게 하면 녀석들이 내뱉는 사념을 읽기 쉬워지니. 그 속에서 유용한 정보들만 쏙쏙 골라 사용할 수 있었다.

각 왕들이 갖고 있는 고급 정보들. 각 클랜 하우스가 위치한 외우주의 좌표나, 비밀 창고 등의 위치를 알아낼 수 있었다. 샤논과 한령이 각각 혈국과 엘로힘을 찾아 움직일 수 있었던 것도, 전부 이 연옥로 덕분이었다.

더군다나 녀석들만이 알고 있는 히든 피스를 뽑아내는 데도 아주 효과적이었으니.

연우는 동생이 여러 특전을 통해 알아낸 히든 피스들과 통합해, 앞으로 몇 개 남지 않은 층계들의 공략법을 재검토할 수 있었다.

하지만 가장 마음에 드는 점.

'영혼에 대한 신비가 풀린다는 거지.'

영혼을 이리저리 마구잡이로 난도질하다 보니, 역설적으로 영혼에 대한 이해도가 저절로 깊어지고 있었다.

그동안 연우는 칠흑왕의 권능을 갖고 있으면서도, 죽은 영혼들을 도구로 사용할 생각만 했을 뿐. 분석해 볼 엄두를 내지 못했다.

하지만 연옥로가 개방되면서 이야기는 달라졌다.

영혼을 자유롭게 다룬다는 것은 다양한 사용법에 대해서

도 탐구할 수 있다는 뜻.

하물며 왕 급의 격이 높은 영혼들을 마음껏 다루다 보니, 다양한 실험이 가능했다.

영혼은 어떤 구조로 이뤄져 있는지, 영혼에 남아 있는 자아는 어떤 메커니즘으로 작동하는지, 인지 체계와 사고 체계는 어떤 패턴으로 작동하는지 등등.

여태 브라함에게 강의를 받고, 용의 지식으로 접하긴 했지만 온전히 이해하기 어려웠던 신비들이 활짝 열리는 것 같았다.

그렇게 실험 재료로 이리저리 사용하다 자아가 완전히 붕괴해버리고 나면, 샤논이나 한령에게 던져 주어 다시 성장을 도모할 수 있으니.

녀석들은 여러모로 버릴 것이 하나도 없는 유용한 자원이라 할 수 있었다.

"이따금 자네의 생각을 엿보면 왜 그토록 샤논이 인성, 인성, 노래를 불러 대는지 알 것 같단 말이지."

브라함은 그런 연우의 생각을 슬쩍 읽고, 피식 웃으면서 소울 컬렉션과의 링크를 단절시켰다.

연우도 피식 웃고 말았다.

"유용하니까요."

"그래. 유용하면 된 셈이지. 연구가가 저놈들의 사정까지 신경 쓸 필요야 없지 않나. 허허!"

브라함은 껄껄 웃음을 터뜨렸다. 사실 말은 이렇게 해도, 그 역시 연우와 똑같은 세계관을 갖고 있었으니까. 그도 연우와 세샤에게나 마음을 열 뿐이지, 탐구를 위해서라면 타인의 희생 따윈 아무렇지 않게 여기지 않던가.

"한데."

브라함은 웃음을 뚝 그치고, 가만히 눈을 좁혔다.

"칼라투스 놈은 여전히 별 반응 없나?"

연우는 가만히 고개를 끄덕였다.

"예. 아무래도 영혼 자체의 손실이 큰 것 같습니다."

"그게 제일 아쉽단 말이지."

브라함은 입맛을 다셨다.

칼라투스가 쓰러진 뒤, 연우는 하데스의 식령검을 사용해서 칼라투스의 사체도 똑같이 흡수했다.

덕분에 육체는 또다시 괄목할 만한 성장을 이룰 수 있었지만.

정작 가장 중요하다고 할 수 있는 칼라투스의 영혼만큼은 제대로 복구시킬 수가 없었다.

기어 다니는 혼돈에 예속된 지 오래라 이미 영혼은 영락해 버릴 대로 영락해 버린 상태였고, 흑기를 먹이면서 기억을 강제 복원하려 해도 금세 부서질 것처럼 위태로워져 중단해야만 했다.

"나중에 따로 방법을 찾아야 할 것 같습니다."

"그래야겠지."

칼라투스에게는 아직 알아낼 것이 많았기에. 연우는 어떻게든 칼라투스의 영혼을 복원시킬 생각이었다.

연옥로로 영혼들을 일일이 분석하고 깨우치다 보면 어떻게든 방법이 생기지 않을까. 그게 안 된다면, 칠흑왕의 권능을 더 깊게 깨우다 보면 뭔가 새로운 길이 열리지 않을까 하고 막연하게 기대하고 있는 중이었다.

"그보다……."

연우는 다시 한번 더 웃다가, 주변을 쓱 훑었다.

폐허가 되다시피 한 라퓨타가 한눈에 들어왔다.

칼라투스가 강제 소환되고 난 뒤에 엉망이 된 곳. 아무래도 다시 제 형태로 복원하려면 꽤 많은 시간과 자원을 필요로 할 듯싶었다.

'기어 다니는 혼돈에게서 감염도 꽤 많이 진행된 듯하고.'

칼라투스의 기운보다도 기어 다니는 혼돈이 남긴 신력이 더 많이 남아 있으니. 이곳을 정말 용의 레어라고 해도 될지, 아니면 신을 기리는 신전이라고 해야 될지 의문이 들 정도였다.

아마 조금이라도 더 늦었더라면 기어 다니는 혼돈의 수
중에 완전히 떨어지지 않았을까.

'복원보다는 정화가 먼저겠는걸.'

연우는 눈살을 가만히 좁혔다.

'어쩔 수 없지.'

연우는 복원을 천천히 해야겠다고 생각하면서. 허공에다
손을 가볍게 흔들었다.

[새로운 사용자가 오퍼레이팅 시스템에 접속을
시도합니다.]

[시스템이 새로운 사용자를 인식합니다.]

[용근(우발라) 확인.]

[새로운 사용자가 등록되었습니다.]

[반갑습니다, ### 님.]

두둥─

라퓨타를 장악하고 있던 오퍼레이팅 시스템이 용근의 인
식에 따라 연우의 통제하에 들어왔다. 이미 한차례 미궁의
새 주인으로 인식된 기록이 있기 때문에 사용자 등록은 아
주 간단했다.

이제 부의 던전처럼, 라퓨타도 어느 위치에서나 손쉽게 다룰 수 있게 된 것이다.

레어의 새로운 주인이 탄생한 순간이었다.

[사용자의 권한으로, 아르티야의 클랜 하우스로 이어지는 통로가 개방됩니다.]

연우는 설정 권한을 사용해, 라퓨타 내에서도 가장 깊숙한 곳에 숨겨져 있던 클랜 하우스로의 통로를 열었다.

포탈 안쪽으로 발을 들이자, 주변 정광이 바뀌었다.

제법 큰 평수와 규모를 자랑하는 가옥이 눈앞에 있었다.

*   *   *

아르티야의 클랜 하우스는 사실상 만들어지기 전부터, 클랜원들의 철저한 컨디션 관리와 복지를 위해 계획된 가옥이었다.

연구실, 보관소, 저장고, 무기고, 휴게실, 숙직실, 훈련장.

필요에 따라 각 구획이 구분되어 있으며, 그 안에서도 각 클랜원들을 위한 개인 공간이 따로 마련되어 있었다.

원래는 라퓨타와 다른 좌표로 지정된 외우주였지만.

클랜원들이 전부 떠난 뒤, 정우는 칼라투스와의 추억이 남아 있던 라퓨타로 돌아오면서 클랜 하우스의 좌표를 이곳에다 지정해 두었고, 그것이 여태 지금까지 이어져 오고 있었던 것이다.

하지만.

'감염이 여기까지 진행되었었어.'

기어 다니는 혼돈의 감염은 이미 라퓨타의 중앙까지 침투를 했던 건지, 클랜 하우스마저도 대부분이 시커멓게 물들어 있는 상태였다.

기어 다니는 혼돈의 신력은 마치 살아 있는 생명체처럼 꿈틀거리면서 침입자의 접근을 철저하게 차단하고 있는 중이었다.

"가까이 다가가면 바로 잡아먹히겠는데."

"이미 자체적인 영성(靈性)까지 띠고 있어요."

브라함은 불길하게 꿈틀대는 신력을 보면서 눈살을 찌푸렸다. 에도라도 〈혜안〉으로 신력을 살피면서 인상을 찡그렸다.

그때.

츠츠츠—

신력이 연우 등을 감지하고 천천히 이쪽으로 다가오기

시작했다. 이따금 아가리를 열면서 이빨을 보이기도, 촉수를 뻗을 준비를 하기도 했다.

"빨리 치워 버리도록 하지."

브라함이 화성의 서를, 갈리어드가 활을, 에도라는 신마도를 천천히 뽑으면서 앞으로 나섰다.

연우도 비그리드를 옆으로 휘둘렀다.

[사왕좌에 예속된 권능, '지옥겁화'가 발휘됩니다.]
['성화'의 속성이 더해집니다!]

화아악—

지옥의 불길이 대지를 따라 거칠게 일렁거렸다. 여기다 성화를 섞어 넣자, 검은 불길은 단숨에 신력을 불살랐다.

그렇게 정화가 이뤄지면서 기어 다니는 혼돈의 신력이 재가 되어 흩어지고.

찰칵, 찰칵—

끼아악!

['하데스의 식령검'이 기어 다니는 혼돈의 신력을 흡수합니다!]

연우가 왼손을 앞으로 내뻗어 신력의 잔재를 흡수하면서. 천천히 길을 열기 시작했다.

키키킥—
캬악! 캬아악!
클랜 하우스를 뒤덮고 있던 기어 다니는 혼돈의 신력이 모두 사라진 자리에는.
괴상한 괴물들이 자리를 잡고 있었다.
링크가 끊어지면서 남은 신력들이 자체적인 영성을 띠면서 이런저런 다양한 형태의 사념체를 구성하기 시작한 것이다.
진화론적인 관점에서는 절대 탄생할 수 없는 기이한 형태의 생명체들.
끈질기기도 얼마나 끈질긴지, 성화가 섞인 지옥겁화가 휘몰아쳐도 쉽게 타지 않을 정도였다.
화력을 높이려 해도, 자칫 잘못했다간 클랜 하우스가 날아갈 수도 있었으니.
"골치 아픈 놈들이로고."
브라함도 그런 사실을 잘 알기 때문에. 가볍게 혀를 차면서 마법을 영창했다. 그러자 바닥을 따라 화려한 이펙트가 터지면서 대규모 마방진이 설치되었다.
신력은 신을 구성하는 힘. 그것을 원점으로 회귀시키는

마법이었다.

화아악!

빛무리가 올라오면서 녀석들을 구성하고 있던 신력이 약화되기 시작하고.

투두둥—

뒤에서 조용히 시위에다 화살을 걸고 있던 갈리어드가 손을 놓았다.

그러자 화살이 단숨에 수십 개로 분리되어 궤적을 그리면서 떨어졌다.

괴물들의 머리가 폭죽처럼 연달아 터져 나갔다.

퍼퍼펑!

['하데스의 식령검'이 기어 다니는 혼돈의 신력을 흡수합니다!]

[숙련도가 소폭 상승하였습니다. 3.2%]

['아트만 시스템'이 흡수된 신력을 판별하여 정제를 시도합니다.]

[정제율: 32.1%]

[죄악석(오만 · 식탐)이 반응하여 정제율을 대폭 증가시켰습니다.]

[최종 정제율: 42.9%]

[정제된 신력이 마력 저장고(드래곤 하트)에 귀속됩니다.]

지옥겁화로 괴물의 내구도를 약화시키고, 브라함의 마법으로 신력을 해체시킨 뒤 갈리어드와 에도라가 바쁘게 뛰어다니면서 뼈대만 남은 녀석들을 제거하길 여러 차례.

꽤 오랜 시간이 지난 뒤에야 클랜 하우스에서 모든 신력을 거둘 수 있었다.

물론, 그 모든 재는 하데스의 식령검이 탐욕스럽게 먹어치운 상태였다.

[작은 이벤트를 성취했습니다.]

[공적치가 50,000만큼 제공됩니다.]

그렇게 드러난 클랜 하우스는 연우가 일기장을 통해 봤던 모습 그대로였다.

"오랜만이로군. 여기도."

브라함은 약간 향수에 젖은 얼굴이 되어 작게 중얼거렸다. 동생의 연금술 스승으로서 아르티야와 각별한 관계를 맺었던 그였으니. 그에게도 이곳은 추억의 장소였던 셈이었다.

특히 세샤를 돌보느라 동생의 곁을 지켜 주지 못해 미안한 마음을 품고 있기도 했기 때문에. 향수는 더 짙어질 수밖에 없었다.

평생 튜토리얼에서 벗어날 일이 없을 거라고 여겼던 갈리어드도 자신을 스승이라 부르며 쫄래쫄래 따라다니던 아이를 떠올리면서 묘한 표정이 되었고.

에도라는 말로만 듣던 아르티야의 본거지를 보게 되었다는 사실에 신기해하면서도, 혹여나 하는 마음에 힐끔힐끔 연우를 살폈다.

"……."

연우는 멀거니 서서 클랜 하우스를 바라보고 있었다.

"……자리를 비켜 주세나."

브라함은 그런 연우를 슬쩍 보다가, 갈리어드와 에도라를 데리고 다른 곳으로 움직였다.

연우가 혼자만의 시간을 가질 수 있도록.

*　　　*　　　*

클랜 하우스의 구조는 길쭉한 중앙 건물을 중심으로, 3개의 작은 동이 별도로 연결되어 있는 형태였다. 전체적으로 'E' 자 형태라고 보면 되었다.

물론, 그 외에 별도로 각 개인이 머무는 방이나, 개인 훈련장들도 갖추어져 있었지만 그건 메인 하우스에서 조금 떨어진 곳에 위치해 있었다.

연우는 느린 발걸음으로 클랜 하우스의 건물들을 일일이 살폈다.

자체적으로 내장된 클린 마법 덕분인지, 클랜 하우스는 꽤 오랜 시간이 지났는데도 불구하고 어제까지 사람이 머물고 있었던 것처럼 깨끗했다.

덕분에.

그런 곳에서.

─으하하! 저 꼴은 또 뭐야!

─하아. 저 새끼, 또 사고 치고 돌아왔네.

─하하! 그래! 그래야 우리 대장이지! 안 그래?

─하여간 저 인성…….

─사랑해요.

연우는 수많은 환상들을 보았다.

동생이 친구들과, 혹은 동료들과 보냈던 추억의 잔상들을.

—으아아! 야 이 미친 새끼야! 그거 건드리면 엿
된다고!

　—응? 이렇게 하는 거 아녔어?

　—모르면 제발 닥치고 가만히 있어! 좀!

　연구실에서는 여러 시약에 손을 대면서 베이력과 티격태
격하던 추억이.

　—이거 얼마나 할까?

　—글쎄. 네가 입고 있는 천공갑주 정도 하지 않
을까?

　—……미친. 무슨 보석 하나가 그렇게 비싸?

　—그걸 말이라고 하냐? '인어의 눈물'이라고 하
면 다들 눈이 뒤집어지는데. 어째 클랜장이라는 놈
이 경제적 개념이 없…….

　—삥땅 좀 칠까?

　—야! 그러다가 나중에 레온한테 걸리면 우리 둘
다 묵사발…….

　—술 먹자.

　—콜!

보관소에서는 다른 사람들 몰래 사 마실 술 생각을 하며 같이 키득거리던 리언트와의 추억이.

　―대장. 약하다. 이걸로는 안 된다. 다시 일어나라.
　―야! 너무한 거 아냐? 너랑 나랑 피지컬 차이 생각 안 하냐? 그리고 난 전투형이 아니라 마법사 형…….
　―시끄럽다. 일어나라.
　―으아아!

공동 훈련장에서는 거인의 체술을 가르쳐 주겠답시고 귀찮게 계속 들들 볶아 대던 발데비히와의 추억이.

　―더 자고 싶다.
　―나도.
　―그러자.
　―그래.

휴게실에서는 같이 늘어져라 낮잠을 즐기던 바할과의 추억이.

―대장. 이번 달에 쓴 예산이 얼마나 되는지 알
고나 있나? 제발…… 개념 좀 챙기면서 돈을 쓰게.
듣기로는 또 기분 낸답시고, 근처 술집에서 골든벨
을 울렸다고 하던데? 계산서는 아이템 구입 명목으
로 속이고?

―에이. 우리 총관 나리가 마누라도 아니고 왜
이렇게 의심이 많으실까.

―제보자가 있어서 말일세.

―하! 하하! 젠장……! 또 누구야!

―제발 좀! 돈 아끼라고, 이 깡통 놈아!

회의실에서는 돈 한 푼 아껴 쓰겠답시고 입씨름을 해 대
던 레온하르트와의 추억이.

―대장, 할 말이 있어요.

―뭔데?

―저희, 결혼하기로 했어요.

―응? 그게 뭔 강아지 풀 뜯어먹는…….

―애도 가졌어요.

―뭐? 대체 언제?

늘 원수처럼 으르렁거리다가 갑자기 결혼을 하겠다고 폭
탄선언을 하던 쿤 흐르, 잔느와의 추억이.

무기고에서는 사디와의 추억이.

뒷마당에서는 호스트와의 추억이⋯⋯.

곳곳에 동생이 행복해했던 5년간의 기억들이 모두 담겨
있었다.

그리고.

―사랑해요.

―나도 사랑해.

동생의 개인 방에서는. 연인이었던 비에라 듄과의 애틋
한 추억이 남아 있었다.

연우는 나타났다가 흩어지기를 반복하는 여러 잔상들을
가만히 바라보기만 했다.

곳곳에 동생이 동료들과 함께 웃고, 떠들고, 화를 내고,
소리치고, 다짐하고, 뛰어다니던 모습들이 보였다.

그곳에서만큼은. 동생은 그래도 환하게 웃고 있었다.

언제나 눈물과 분노, 회한으로만 가득하던 일기장의 후
반부와는 전혀 다른 모습.

물론, 잔상 속에는 동생이 상처만 입었던 여러 잔혹한 기

억들도 더러 섞여 있었지만.

연우는 일부러 그런 곳에는 눈길을 주지 않았다.

군이 그럴 필요가 있을까. 지금은 동생을 위해 지난 과거를 곱씹는 것만으로도 시간이 부족한데.

회중시계도 그런 연우의 마음을 아는 건지. 오늘따라 유달리 조용했다.

그러다.

"여긴가?"

연우는 중앙 건물의 가장 깊은 곳에 위치한 방문 앞에 도착할 수가 있었다.

개인 집무실. 클랜장의 사무실이었다.

'······정우가 마지막으로 눈을 감기도 했던 곳.'

연우는 천천히 문을 열었다.

딸칵—

집무실도 다른 방과 크게 다를 게 없었다.

생전에 책을 좋아하던 성격답게 창문을 제외한 벽은 전부 책장으로 빼곡하게 채워져 있었고, 중앙에는 검은색 카펫이 깔려 있었다. 그 위로는 헤노바가 갈색 오크나무를 특별히 가공해 만들어 준 책상과 의자가 있었다.

책상에는 좀 전까지 사람이 앉아 있던 것처럼 깃펜과 서류 몇 가지가 가지런히 놓여 있었다.

작은 상자와 함께.

"……."

연우는 동생이 서재 겸용으로도 쓰던 집무실을 훑어보다가, 조용히 중앙에 있는 의자에 엉덩이를 붙이고 앉았다.

끼릭.

따로 윤활유를 바르지 않은 의자가 삐걱거리는 소리를 냈다.

'여기서…….'

연우는 책상을 손으로 쓰다듬었다.

바로 자신이 앉아 있는 이 자리에서. 동생은 자신과 어머니를 그리면서 눈을 감았다. 일기장은 분명히 거기서 끝나고 있었다.

그리고 아마도 여기에 그 뒷이야기가 있을 테지.

메마른 잉크액과 제자리에 꽂힌 깃펜, 그리고 정리된 서류들은 일기장의 마지막 장면 그대로였다.

하지만.

한 가지만은 달랐다.

'상자.'

연우는 천천히 상자 쪽으로 손을 가져가 뚜껑을 열었다.

순간, 연우의 눈꺼풀이 파르르 떨렸다.

가장 먼저 보인 건, 사진이었다. 동생이 여러 동료들과 같이 환하게 웃고 있는 사진.

연우는 품을 뒤적여 다른 사진을 꺼냈다. 지구에 회중시계와 함께 딸려 왔던 사진.

'똑같아.'

사진 속 내용물은 똑같았다.

다만, 차이점이 있다면 상자 속에 든 사진의 뒷면에 글자가 적혀 있다는 것.

생탑력 6217년 7월 9일.
즐거운 하루.
아르티야의 클랜 하우스에서.

마치 갓 글자를 익힌 아이가 쓴 것처럼 비뚤비뚤 서툴게 적힌 글자.

크기도 조절하지 못해서 사진의 뒷면을 거의 다 꽉 채우고 있었다.

아르티야의 멤버 중에서 이런 글씨체를 가진 사람은 딱 한 명이었다.

'발데비히.'

반거인이었던 발데비히는 거인족의 전통에 따라 어렸을

때부터 투사로서 자라야만 했고, 때문에 글자에 있어서는 문외한일 수밖에 없었다.

처음 글을 배운 것도 동생을 통해서였다.

탑을 오르기 위해서는 신체적인 능력을 향상시키는 것도 중요하지만, 기본적으로 '읽을 줄' 알아야 선택 사항이 그만큼 많아졌다. 더군다나 발데비히는 구강 구조나 사고 체계도 일반인과 많이 달라, 어눌한 말투로 띄엄띄엄 말하기 일쑤였기에 가까운 사람이 아니면 의사소통이 쉽지 않았다. 이를 보완하고 사고 정리를 하기 위해서도 반드시 글을 알아야만 했다.

때문에 동생은 그를 붙잡아 앉혀 놓고 틈틈이 글자를 가르쳤다. 그리고 덕분에 아르티야가 한창 성장했을 때 즈음에는, 발데비히도 정상적인 의사소통이 가능해질 정도로 발전할 수 있었다.

그래도 못생긴 글씨체는 크게 달라지지 않았지만.

그리고 사진이 발데비히의 것이라는 것을 증명하듯, 상자 속에 담긴 내용물들도 하나같이 녀석의 것들로 가득했다.

자그마한 단검부터 반지, 목걸이와 같은 아티팩트들. 전부 동생이 녀석에게 '선물'로 주었던 것들이었다.

칼라투스가 분명히 말했었다.

동생의 시체와 유품을 수습해 준 것은 자신이 아닌 발데비히였노라고.

이건 바로 그 흔적일까.

대체 녀석은 그동안 어디로 사라졌던 것이며, 왜 모든 게 끝난 뒤에야 나타났던 것일까. 같은 멤버들에게도 비밀로 했던 라퓨타의 위치는 또 어떻게 찾아냈으며, 바뀐 좌표는 어디서 찾아 들어왔을까.

지구로는 어떻게 보내었고?

너무나 많은 의문들이 머릿속을 스쳐 지나갔다.

부디 이곳에 그 비밀이 있기를 바랐다.

그리고.

다행인지 불행인지, 상자의 가장 밑바닥에는 편지가 하나 가지런히 놓여 있었다.

언젠가 이곳에 찾아올, 정우의 가족에게.

역시나 비뚤배뚤하지만, 그래도 많이 정갈해진 글씨체.

'역시 내가 이곳으로 오리란 걸 예상하고 있었어.'

연우는 편지를 봉인한 밀랍을 조심히 뜯어, 내용물을 꺼내 펼쳤다.

그곳에는.

자신이 죄인임을 고백하는 한 투사의 회고가 담겨 있었다.

내가 지금 여기서 거론하는 것들이 단순한 변명에 지나지 않고, 이 편지를 읽고 있을 당신에게 아무런 위로도 되지 않으며, 저 하늘에서 보고 있을 정우에게 어떤 사죄도 되지 못한다는 것을 알고 있지만.
그래도.
꼭 이 말만큼은 하고 싶었다.
미안해, 정우야.

편지는 그렇게 서두를 시작하고 있었다.

*　　*　　*

모든 시작은 베이럭의 한마디에서부터였다.

"베이럭?"
전혀 생각지 못했던 뜻밖의 이름.
그 순간.
지이이잉!

회중시계도 거칠게 떨렸다.

연우는 회중시계를 달래기 위해 손으로 꽉 쥐어야만 했다.

사실 따지고 보면, 베이럭은 아르티야의 몰락과 동생의 죽음에 있어 비에라 듄과 함께 가장 큰 지분을 가진 녀석이었다.

동생이 끝내 치유하지 못했던 독, 〈홍련(紅蓮)의 눈〉을 비밀리에 먹였던 녀석.

중독으로 이어지는 과정도 너무나 잔혹하고 치밀했었다.

베이럭은 동생이 절대 눈치채지 못하도록, 아주 오랫동안 천천히 공을 들였고.

때문에 동생은 가랑비에 옷 젖듯이 중독되어 가다가 끝내 쓰러지고 말았던 것이다.

뭔가 이상하다는 것을 느꼈을 땐, 이미 독이 골수까지 침범하면서 해독이 불가능해진 뒤였다.

동생의 컨디션이 하락하고, 신경이 급속도로 날카로워진 것도 바로 그 무렵이었다.

아르티야의 해체에 가장 큰 원인을 제공한 원흉인 셈이었다.

다만, 문제는.

'그 뒤로 녀석의 행방을 전혀 알 수가 없었다는 거야.'

베이럭은 동생이 쓰러지는 것과 동시에 말도 없이 자취를 감춰 버렸다. 그리고 그 뒤로 녀석이 대체 어디로 흘러 들어갔는지, 행방도 묘연해져 도저히 찾을 길이 없었다.

그랬던 녀석의 이름이 발데비히에게서 거론된다고?

"너, 가족들을 찾고 싶지 않아?"

베이럭은 정말 아무런 징조도 없이 그 말을 꺼냈다. 클랜 연합과의 전쟁을 한창 준비하고 있던 날의 아침이었다.

평소와 다를 게 없는 하루였지만. 나에겐 절대 잊을 수 없는 날이 된 순간이었다.

가족.

평생 '나'가 누군지 모르고 살아왔던 나로서는 반드시 붙잡고 싶었던, 간절한 단어였으니까.

그땐 아무 생각도 나지 않았다. 바로 그 자리에서 무슨 소리를 하는 것이냐며 캐물었고.

베이럭은 언제나 그렇듯 속을 알 수 없는 표정으로 묘하게 웃으면서 딱 한마디만 할 뿐이었다.

"거인족의 유적지를 찾았어."

그 말이면 충분했다.

내 눈이 뒤집히기에는.

발데비히는 언제나 자신의 정체성에 대해 많은 혼란을 겪곤 했었다.

반거인(半巨人).

거인족도, 인간도 아닌 애매한 혼혈.

물론, 수많은 행성 출신과 종족들이 살아가는 만큼, 혼혈이라는 특성이 특별할 게 없을 정도인 곳이 바로 탑의 세계였지만.

그래도 발데비히가 겪는 갈등은 그것과는 궤를 달리했다.

인간만큼 영리하지도 못했고, 거인족만큼 뛰어난 투지를 지닌 것도 아니었다. 필멸자도, 불멸자도 아니었다. 어디에도 속하지 못한 어정쩡한 위치.

그러면서도 이미 멸망한 지 오래라고 알려진 거인족의 후예였기 때문에, 그는 등장했을 때부터 많은 이들의 관심을 받아야만 했다.

발데비히는 언제나 그것이 고민거리였고, 트라우마였다.

그리고 무엇보다.

발데비히는 자신의 출신에 대해서 전혀 모르고 있었다.

어렴풋하게나마 어린 시절의 기억은 남아 있었다. 넓은 정원이 딸린 집, 같이 장난을 치던 형제와 친구들, 그리고 자신을 보며 사랑을 속삭이고 웃어 주던 부모님.

하지만 당시를 떠올리려 하면, 부모님의 얼굴은 그림자가 진 것처럼 전혀 그려지지 않았다. 어떤 추억이 있는지도 뿌연 안개처럼 가려져 있었다.

그나마 구체적인 기억이 남아 있는 건 대략 5살 무렵부터였다.

스스로를 '집사'라고 밝힌 할아버지로부터 기초적인 거인족의 체술(體術)과 투기(鬪技, 싸우는 기술)를 강제로 익히던 시절.

할아버지는 애틋한 정이 느껴지던 부모님들과는 전혀 다른 인상으로 남아 있었다.

언제나 발데비히를 '모지리'니 '병신'이니 '자격이 없다'느니, 혹은 '거인족의 수치'니 하는 갖가지 경멸 어린 말투로 핍박하면서 훈육했었고.

때문에 발데비히는 자신감 없는 아이로 자라면서, 스스로가 정말 부질없고 하찮은 존재라고 여기게 되었었다.

그리고 그런 트라우마는 검야차라는 별칭을 얻고 난 뒤에도, 탑에서 돌풍을 한창 일으키고 있는 와중에도 계속 이어지게 되었다.

그렇기에. 발데비히는 더더욱 '가족'이라는 단어에 집착을 가지게 되었다.

자신은 대체 어떤 태생을 가지고 있는 걸까?

그토록 자신을 사랑하던 가족들과는 왜 떨어지게 된 걸까? 가족들은 자신을 버린 걸까? 아니라면 어떤 사연이 있는 걸까?

자신이 이상한 할아버지의 손에 길러지지 않고, 가족들의 품에서 계속 자랐더라면. 그렇다면 평범한 아이처럼 자랄 수 있지 않았을까?

그래서 발데비히는 자신의 뿌리를 찾기 위해 노력했고.

그럴 때마다 번번이 실패했다.

용종은 최후의 개체인 여름여왕이라도 존재하고 있었지만, 거인족은 그보다 훨씬 오래전에 멸망하면서 유산도 거의 남아 있지 않다시피 했기 때문이었다.

애당초 반거인이 어떻게 존재할 수 있는 것인지, 세간에 알려진 것과 다르게 어딘가에서 거인족이 계속 명맥을 유지하고 있는 게 아닌지, 발데비히가 혹시 반거인이 아닌 단순한 기형인 건 아닌지 하는 논란이 따를 정도였다.

발데비히도 자신이 이런 꼴이 된 게 '반거인'이라는 특이한 태생 때문이 아닐까, 하고 짐작하는 게 전부였다.

그런 발데비히에게, 베이럭은 가족을 찾고 싶지 않냐면서 달콤한 사탕을 던졌고.

발데비히는 그게 독이 든 사탕인지도 모르고 덜컥 물어버리고 말았다.

이후.

발데비히는 베이럭이 가르쳐 준 대로, 거인족의 유적지를 찾아 움직였다.

다만, 정우와 다른 동료들에게는 따로 말하지 못했다.

한창 모두가 전쟁 준비를 하는 와중에 홀로 빠지겠다고 하기가 힘들었던 데다가, 이렇게 몇 번씩 설레발을 치면서 동료들의 도움을 받았다가 실패했던 전적이 숱하게 많았기 때문이었다.

그때는 트라우마에서도 어느 정도 벗어난 상태였고. 베이럭이 말해 준 장소도 크게 멀지 않았기 때문에 금세 다녀올 수 있을 거라 여겼다. 조용히 확인만 하고 오면 아무 문제도 없으리라고 생각하면서.

하지만 애당초 그게 녀석의 낚시였던 셈이었다.

결과부터 말하자면.

베이럭은 그에게 거짓말을 한 것이 아니었다.

말해 준 장소에는 정말 거인족의 흔적이 남아 있었다. 그것도 간간이 발견되었던 몇 안 되는 유적지와는 비교도 할수 없을 만큼, 아주 큰 규모로.

여러 마을과 거대 무덤의 흔적이 있었고, 미스터리에 쌓인 거인족의 멸망과 연관이 있는 퀘스트가 숨어 있었다.

그리고 '어딘가에 친모와 형제들이 살아 있을지 모른다'
는 단서도 있었다.

발데비히는 곧장 여기에 휩쓸리고 말았다.

가족과 혈육에 대한 집착 때문에 아르티야에 대한 생각
은 점점 지워졌다.

어떻게든 퀘스트부터 해결해서 위기에 빠졌을지도 모를
친모와 형제들을 찾아야겠다는 생각밖엔 들지 않았던 것이
다.

그렇게 시간은 훌훌 지나고 말았고.

제정신이 돌아왔을 때에는 모든 게 끝나 버린 뒤였다.

정우에 대한 소식을 들은 건 바로 그때였다.

결국 난 실패자였던 셈이었다.

가족과 형제들로부터 버림을 받았고.

*유일하게 나를 필요로 해 주었던 친구마저 잃어버린 못
난이.*

*……그래도 이런 나에게 하늘이 마지막으로 기회라도 주
고 싶었던 걸까.*

문득 정우가 오래전에 지나가듯이 했던 말이 떠올랐다.

자신이 사라진 줄 알았던 용을 만났듯, 내 가족들도 어딘가에서 살아 있을지 모른다고. 다만, 사연이 있어 나와 잠시 떨어졌을지도 모른다고 달랬던 말이.

용.

용의 마지막 거처를 찾아야만 했다.

……불멸자들의 특성인 건지, 아니면 한때 신, 악마들과 자웅을 겨뤘을 정도로 오만한 성정 때문인지는 모르겠지만.

거인족의 습성을 많이 알아 둔 덕분에 용종의 거처를 찾아내는 것은 그리 힘들지 않았다.

평범한 이들은 절대 손을 댈 수 없는, 저토록 고고한 존재들만이 다가갈 수 있는 곳을 골라 찾기만 하면 되었으니까.

……정우는 바로 그곳에 있었다. 조용히 눈을 감은 채로. 서두른다고 서둘렀지만, 결국 늦어 버리고 만 것이다.

……그때, 내 눈에 들어왔던 게, 거인의 유적지에서 얻었던 보상이었다.

......보상은 그때 사용했다.

정우를 고향으로 보내 주고 싶어서.

나는 이런 꼴이 되고 말았지만. 그만큼은, 가족들의 품으로 되돌아갈 수 있길 바라면서.

발데비히가 유적지에서 얻은 보상은 일종의 티켓이었다.

법칙의 영향에서 벗어나, 좌표와 시간대에 관계없이 원하는 외부 차원으로 향할 수 있는 티켓.

원래대로라면 모든 히든 퀘스트를 끝낸 발데비히가, 자신과 종족의 고향이 있는 차원으로 가기 위해 사용해야 했을 티켓이었지만.

발데비히는 가족들이 있는 고향으로 되돌아가고 싶다는 비원을 물리고, 주저 없이 지구로 향하는 게이트를 열었다.

끝까지 어리석고 못났던 나는. 잃고 난 뒤에야 겨우 깨달았던 것이다.

오래전의 기억으로만 남아 있는 형제보다 더 형제 같았고. 부모보다 훨씬 더 소중하고 각별했던 가족이 있었다는 것을.

티켓을 사용한 덕분에 발데비히는 그토록 간절히 그리던 고향으로 다시는 되돌아갈 수 없게 되어 버렸지만.

그래도 그는 아무래도 좋았다.

형제나 다름없던 동생의 마지막만큼은. 싸움과 전쟁이 없는 평온한 고향 세계에서 맞이하게끔 도와주고 싶었다.

아주 오래전, 자신이 처음 탑의 세계에 들어왔을 때. 모두가 자신을 부려 먹을 생각만 할 때, 처음으로 손을 내밀어 주며 '친구 할래?'라고 말해 주었던 것처럼.

"……."

연우는 편지의 내용을 몇 번이나 곱씹어 읽다가, 고이 접어 다시 봉투에 넣었다.

고향과 가족들을 되찾고자 애썼지만, 끝내 그 결과를 맞이하지 못했던. 그래서 가족과 친구를 모두 잃어야만 했던 발데비히의 슬픈 얼굴이 떠오르는 듯했다.

아마도 녀석은 쓸쓸한 얼굴로 동생을 지구로 전송하고, 가족과의 옛 추억을 떠올리면서 무거운 발걸음으로 라퓨타를 떠나야 하지 않았을까.

그리고.

편지가 있던 자리 옆에는 아주 작은 함이 더 놓여 있었다.

연우는 그것을 조용히 열었다.

딸칵—

그 안쪽에는.

푹신한 쿠션 위에 색이 조금씩 바래기 시작한 푸른 유리 병이 놓여 있었다.

엘릭서.

동생이 그토록 찾고자 애썼고, 얻었지만, 결국 갖고 돌아올 수 없었던 약이었다.

*   *   *

"한 가지만 물어봐도 되나?"

「뭐. 지?」

"기어 다니는 혼돈. 어땠는가?"

「……」

연우가 클랜 하우스를 돌아다니면서 동생의 흔적을 곱씹던 그 시각.

일행은 마당에 놓인 벤치에 앉아 이야기를 나누고 있다.

에도라는 걱정 가득한 시선으로 중앙 건물을 보고 있고, 갈리어드는 잠시 자리를 비운 탓에 주로 대화를 나누는 이들은 브라함과 부가 전부였다.

연금술사와 마도사 출신답게, 두 사람은 꽤 오래전부터 공통된 관심사 아래에서 깊은 친분을 나누고 있었다.

주로 연구 결과에 대한 것들이 전부였지만. 최근에는 부가 조금씩 파우스트로서의 기억과 정체성을 되찾아 가면서 다른 방향으로도 이야기를 많이 나누는 중이었다.

과거에 신이었던 영락자와 신을 좇고자 했던 추종자. 서로가 서로에게 많은 게 궁금할 수밖에 없는 것이다.

특히 브라함은 파우스트가 직접 접한 바 있는 기어 다니는 혼돈에 대해 궁금한 것이 아주 많았다.

"타계의 신이란 족속들은, 우리들도 온통 모르는 것으로 가득한 놈들인지라."

사실 오랜 세월에 걸쳐 98층이라는 감옥에 갇혀 지내야만 했던 신과 악마들에게 있어, 그들이 '외신(外神)'이라 부르고, 플레이어들은 '타계의 신'이라 부르는 존재들은 시기와 질투의 대상이 될 수밖에 없었다.

최소한 자신들이 보기에. 저들은 너무나 완전한 '자유'를 누리고 있었으니까.

하지만 문제는 저들의 연원에 대해 전혀 알 수가 없다는 점이었다.

그들 역시 한때 광활한 우주를 누비며 여러 차원과 세계에서 숭상을 받던 존재들. 전지(全知)하고, 전능(全能)한 초월적인 존재들이었다.

그렇기에 그들이 인지하지 못한 장소가 있다고 해도, 그건 어디까지나 그럴 필요가 없을 정도로 황량하고 보잘것없는 곳이었기에 그런 것일 뿐.

다른 뭔가가 있다고 해도 신경 쓸 필요가 전혀 없었다.

하지만.

탑에 갇히고, 타계의 신이 나타났을 때 그들은 경악하고 말았다.

너무나 비대해서 제대로 된 자아조차 갖추지 못한 우주적인 존재가 있을 수 있단 사실을, 그들로서는 도저히 이해할 수가 없었기 때문이었다.

그렇다고 해서 그들이 사라진 자리에 새로운 초월자들이 탄생한 건가 싶어도, 타계의 신이 가진 역사나 신화는 절대 그들에 못지않을 만큼 깊고 넓었으니.

대체 그들이 어디서 기원했는지, 어떻게 이곳으로 왔는지, 그리고 '탑의 저주'에서 어떻게 벗어날 수 있었는지 궁금했다.

그것만 알 수 있다면. 이 지옥 같기만 한 98층에서도 벗어날 수 있으리라 여겼으니까.

하지만 갇힌 상태로 신과 악마들이 뭔가를 시도할 수 있는 데에는 한계가 있었고.

타계의 신들의 입장에서도, 닭장 안의 새나 다름없이 지내는 볼품없는 것들이 그들의 권위를 인정하지 않으려 하자 금세 흥미를 잃고 말았다.

그렇기에. 브라함도 타계의 신을 연구하고 싶어도, 그럴 기회를 좀처럼 잡지 못했다.

아니, 애당초 제대로 된 자아를 지니지 못한 그들과 교분을 나누기도 힘들었지만.

그러던 차에, 타계의 신 중에서도 최상위에 속한다는 기어 다니는 혼돈과 처음으로 계약을 하고, 그로부터 지식을 전수받아 에메랄드 타블렛을 만들어 내는 전무후무한 성과를 이룬 대마도사가 바로 눈앞에 나타난 것이다.

당연히 브라함이 관심을 기울일 수밖에 없었다.

특히 부는 연우가 칼라투스를 잡는 사이, 기어 다니는 혼돈과 직접 접촉까지 하지 않았던가.

그때 느꼈던 것에 대해 묻고 싶었다.

그런데.

「없었. 다. 아무것도.」

"없었다니? 그게 무슨 의미인가?"

브라함은 부의 말을 이해하지 못해 고개를 갸웃거렸다.

「그건. 어둠.」

부의 눈이 가늘게 좁혀졌다.

「칠흑. 을. 좇고자 하는. 거짓된 어둠. 그렇기에. 공허한.
어둠. 이었. 다.」

순간, 브라함의 얼굴이 딱딱하게 굳었다. 칠흑과 공허.
어디선가 많이 듣던 단어가 아닌가.

「내가. 기억나는 건. 그게 전부. 떠올리려면. 좇아. 야 한
다. 내. 전생을.」

엘더 리치가 되고도, 기억을 전부 떠올리지 못해 방황해
야만 하는 존재.

"그럼 자네의 전생을 좇으면, 칠흑……!"

브라함이 그런 부에게 무언가를 물으려던 그때.

콰직!

와장창창—

갑자기 유리가 깨지는 소리와 함께, 공간이 부서지면서
뭔가가 그들 사이로 튕겨 왔다.

브라함이 가까스로 그를 붙잡았다.

부서진 투구와 갑옷에서 조각이 우수수 쏟아졌다.

"이게 무슨 일인가, 한령!"

엘로힘을 정리하라고 보냈던 한령이 큰 부상을 입은 채
로 되돌아온 것이다.

현재 엘로힘에 한령을 다치게 할 만한 존재가 있던가?
독재관을 비롯해 프로토게노이 족의 가주들도 대부분 죽어
나간 이때, 엘로힘에 위험한 대상은 거의 없을 텐데?

더군다나. 한령은 몸이 '흘러내리고' 있었다. 죽음에서
탄생해, 그림자로만 이뤄져 있어, 상해는 입을지언정 절대
죽을 수는 없는 형태인 그가. '죽어 가고' 있는 것이다.

이런 괴현상은 브라함과 부로서도 난생처음 보는 것이었
다.

「안티 베놈…… 이 엘로힘에 나타…… 났습니다!」

안티 베놈, 베이럭.

그를 언급하면서.

화아악―

한령의 한쪽 팔이 바닥에 떨어져 잘게 부서졌다.

                    *   *   *

엘로힘의 중심 기관, 원로 의회.

"그것참. 때마침 제가 없었으면 큰 횡액을 치를 뻔했습
니다그려."

쑥대밭이 된 의회장을 가로지르는 한 사내를 보면서.

원로 의원들은 하나같이 이를 악물었다. 유구한 전통과 역사를 자랑하는 그들의 유산이 근본도 모르는 잡종에게 능욕당하는 것으로도 모자라, 이제는 그들이 야만인이라면서 멸시하던 작자에게 구원의 손길을 바라야 하는 입장이 되었으니.

도무신의 영체로 보이는 언데드와 그림자 군단이 원로의회를 습격한 것은 너무 삽시간에 벌어진 일이었다.

독재관 마그누스와 7인대가 용의 미궁에 갇힌 채로, 스테이지가 단절되어 비상 회의를 하고 있던 도중에 이뤄진 습격은.

너무나 갑작스럽고 위협적이라, 원로 의원들도 어떻게 손을 쓸 겨를이 없을 정도였다.

─전부 처치해. 위험하다 싶으면 바로 뒤로 빠지고.

엘로힘의 주축이라 할 수 있었던 명문가, 프로토게노이 족의 가주들이 대거 죽은 이때.

엘로힘의 전력은 이미 절반 이상이 깎여 나갔다고 봐도 과언이 아닌 상태였다.

물론, 엘로힘이 가진 전력이 프로토게노이 족만 있는 건 아니었다.

엘로힘은 탑의 탄생과 함께 시작된 오랜 역사를 지니고 있었고, 그동안 단 한 번도 큰 부침을 겪지 않고 항상 손꼽히는 세력으로 군림해 왔을 정도로 탄탄한 인재 집단을 보유하고 있었다.

권력을 중앙 집권화시켜 수뇌가 날아가면 기능이 정지해 모래성처럼 너무 쉽게 무너지고 마는 혈국과 다르게.

엘로힘은 권력을 고루 분산시키고, 개개인의 의무와 명예를 중시하는 공화정 체제를 지니고 있었고.

초월자로들로부터 이어져 온 뛰어난 유전자를 보존하고자 하는 오랜 노력 덕분에 구성원의 실력도 하나같이 뛰어난 편이었다.

반마족이나 타천, 하이 엘프 같은 후예들은 물론, 바니르 족 같은 옛 신족들도 있었으니.

그러니 설사 지금 새로운 전쟁이 벌어진다고 해도, 예전과 같은 위업은 달성하지 못할지언정 쉽게 당할 곳은 아니란 뜻이었다.

다만, 이번에는 달랐다.

원로 회의가 한창 벌어지고 있는 와중에, '정확하게' 그들의 머리 위로 포탈이 열리면서 기습이 이뤄졌으니.

원로 의원들로서는 절대 이해가 가지 않는 상황이었다.

엘로힘이 위치한 외우주는 좌표가 철저하게 비밀에 가려

져 있었고, 그중에서도 의결 기관인 원로원의 위치는 더더욱 기밀에 부쳐져 있었다.

심지어 1선이나 2선에 불과한 초선 의원들에게는 접근조차 허용되지 않는 게 원로원의 좌표였다.

그리고 그마저도 3중, 4중으로 보안 체계가 구성되어 있었다.

이런 모든 보안 체계를 해제하고, 곧장 좌표를 열기 위해서는 그만한 비상 특별 권한이 필요한바.

독재관 마그누스가 '직접' 열어 준 것이 아니고서야 절대 불가능한 일인 것이다.

때문에 원로 의원들은 평상시처럼 원로원의 규칙에 따라 모든 무장을 해제하고 토론에 임하고 있었고.

기습에 속수무책으로 큰 피해를 당할 수밖에 없었다.

외부에서 대기하고 있던 병력이 다급하게 내부 건물로 침투를 시도했지만, 그림자 군단이 아주 용의주도하게 모든 출입 통로까지 통제하면서 접근이 쉽지 않았다.

결국 그렇게 부지불식간에 4할에 가까운 의원들이 단번에 쓸려 나가고 말았으니.

남은 의원들은 정신을 차리면서 어떻게든 반격을 시도하려 했지만, 무장이 빈약한 데다가 물밀 듯이 쏟아지는 군세에 계속 허물어졌다.

특히 선봉에 선 한령의 활약이 가장 눈부셨다.

눈치가 빠른 의원들은 그가 청화도의 도무신이라는 것을 금세 알아챘을 정도로, 한령은 아홉 개의 칼을 자유자재로 다루면서 의원들 사이를 종횡무진 누비고 다녔다.

죽었다고 알려질 당시보다 훨씬 더 날카로워진 칼춤은 너무나 매섭기만 했으니.

바로 이때 등장한 것이, 바로 베이럭이었다.

엘로힘은 오래전부터 숙원 사업이었던 '고대종 복원 계획'을 위해 연금술사 출신인 베이럭을 특별히 초빙한 상태였고.

때마침 의회장에 난리가 났다는 소식을 들은 베이럭이 압도적인 화력을 자랑하며 통로의 통제를 뚫고 진입을 시도했으니.

과거에는 아르티야의 적대 세력이었지만 지금은 아르티야가 된 도무신과, 아르티야 출신이나 이제는 적대 세력이 된 안티 베놈의 충돌은 아주 거셌다.

가뜩이나 다 무너져 가던 의회장은 완전히 반파되었고, 눈먼 칼바람과 맹독에 죽어 나가는 의원들의 수도 만만치 않았다.

베이럭은 왜 자신이 여러 플레이어들로부터 '반칙'이니 '재앙'이니 하는 소리를 듣는지를 증명하려는 듯, 여태 보도 못 한 독극물을 잔뜩 사용했다.

무너지지 않을 것 같던 그림자 군단이 녹아내리기 시작한 것도 바로 그때부터였다.

절대 죽을 수가 없는 것이 영체였지만, 베이럭의 맹독은 그런 영체마저도 녹여 버렸던 것이다.

그리고 서서히 의회장이 베이럭의 영역으로 변해 가자, 한령은 재빨리 퇴각을 시도했다. 패퇴(敗退)였다.

결국 그렇게 원로원은 위기에서 벗어날 수 있었지만.

의원의 절반 이상이 죽고 마는 대참사만큼은 돌이킬 수가 없었다. 그들 하나하나가 엘로힘을 떠받치는 중요 가문 및 세력의 수장들이고 후예들이었으니.

결국.

원로원의 사건은 엘로힘의 소속원들 사이에 금세 퍼져 나갔고, 불같은 여론이 들끓기 시작했다.

지금 임시로 구축한 의회장의 바깥에서는 연신 집회와 시위가 벌어지고 있는 중이었다.

하나같이 '전쟁을 선포하라', '아르티야에 죽음을' 과 같은 선동적인 문구는 물론.

'구원자인 베이럭에게 힘을 실어라' 와 같은 구호도 이따금 들리는 중이었다.

여태 엘로힘의 명예를 먹칠하기만 한 팔푼이 같은 원로원은 물러나고, 영웅인 베이럭에게 당장 실권을 쥐여 주어

곧 닥쳐올 아르티야의 새로운 공세에 대비하라는 여론이
급속도로 고개를 들고 있었다.

가만히 있다가 권력을 빼앗기게 생긴 원로 의원들로서는
날벼락과 같은 구호인 셈이었다.

구원을 받은 건 사실이지만, 자신들의 권력은 별개의 이
야기였으니까.

그런데 이대로 주도권을 고스란히 빼앗기게 생긴 것이다.

역시나 근본도 모르는 외부 인사에게.

하물며 베이럭은 지금 그들을 위기로 몰아넣은 아르티야
의 출신이기도 하지 않은가.

하지만 그런 여러 의원들의 생각과 다르게, 이미 여론은
원로원으로부터 등을 돌리고 있는 중이었으니. 민심을 어
떻게 잡아야 할지가 막막한 상태였다.

더구나.

베이럭은 아주 영리하게 여론을 이용할 줄 아는 수완도
지니고 있었다. 정말 골방에 틀어박혀 실험만 일삼는 샌님
이 맞나 의심이 들 정도로.

그는 아주 영악했다.

의원들이 혼란을 수습하기에 바빠 겨우 정신을 차렸을
무렵. 이미 베이럭은 의원 자격이 없어도 자연스럽게 의회
에 참석하고, 중요 발언을 할 수 있을 정도로 입지가 커진

상태였다.

그렇기에.

베이럭이 의회장의 중심을 가로질러 아무렇게나 빈자리에 착석하는 내내. 중진 의원들의 눈총은 따갑기만 했다.

하지만.

베이럭은 코웃음만 칠 뿐 그런 걸 전혀 신경 쓰지 않는 투였다. 오히려 그의 주변을 눈치 빠른 젊은 의원들이나 초선 의원들이 보호하듯이 둘러싸고 있었으니. 그 숫자도 맹렬하게 불어나는 중이었다. 새로운 당파의 시작이었다.

폭풍이 만들어지고 있었다. 어쩌면 원로원을 통째로 집어삼킬지도 모를.

"무엇들 하십니까? 어서 본회의를 시작하시지 않고요. 지금 한시가 급박한 상황이지 않습니까."

베이럭의 말투에 의원들은 눈살을 찌푸렸지만, 지금은 외적이 더 급한 상황이었으니 어쩔 도리가 없었다.

"지금부터 논의할 안건은."

결국 안건 발의자가 고요한 분위기에서 눈치를 살피다가, 단상에 나와 발표를 하기 시작했다.

"아르티야에 대한 전쟁 선포 및 마군과의 동맹 제안에 대한 건입니다……."

＊　　　＊　　　＊

「못난 꼴을 보이고 말았습니다…….」

연우는 다 쓰러져 가면서도 어떻게든 자세를 갖추려는 한령을 보면서 눈을 예리하게 떴다.

이미 한령이 감염된 독은 영체의 구성 성분부터 잘게 부수고 있노라고, 이대로 있다가는 정말 위험하다고, 용신안이 말하고 있었다.

이미 한 차례 죽었던 녀석에게 또 다른 죽음이라니.

이 무슨 말도 안 되는 모순인지.

문제는 소울 컬렉션에서 제공되는 흑기도 중독 속도를 더디게만 할 뿐, 해독에는 전혀 힘을 쓰지 못하고 있다는 점이었다.

「'괴랄'을 주시고도 이렇게 되었으니. 면목이 없습니다.」

연우는 괴·력·난·신을 각각 한령, 샤논, 부, 레베카에게 나눠 준 상태였다. 괴랄이 아홉 개의 칼을 부리는 한령의 칼춤에 가장 어울린다고 생각했기 때문이었다.

덕분에 전력은 도무신 때보다 한 단계 더 성장할 수 있었지만. 베이럭에게는 패퇴하고 말았다.

"누구라고?"

「안티 베놈이었습니다.」

베이럭.

그놈이 엘로힘에 있었을 줄이야.

전혀 생각지도 못한 일이었다.

그것도 무시 못 할 독을 갖고 있었다.

녀석에게 이런 성질의 독이 있었던가?

없었다.

그렇다는 건.

'정우가 죽고 난 후에 만든 새로운 독이란 뜻.'

연우는 문득 28층에서 지나쳤던 베이럭의 섬이 떠올랐다.

사람들은 증발한 듯 자취를 감추고 휑하니 남아 있던 연구소. 그곳에서 갖가지 실험이 행해졌던 것은 분명했다.

거기서 연구하던 것이 무엇인지는 아직도 알아내지 못했지만. 그것과 연관이 있는 결과물은 아닐는지.

독은 지독해도 너무 지독했다. 데스 노블인 한령에게 중상을 입히고, 그와 같이 딸려 보냈던 그림자 군단 중 상당수가 폐기 처분되었다.

연우로서도 절대 무시할 수 없는 상황이었다.

어쩌면 칠흑왕의 권능에 맞설 수 있는 무기가 만들어진 것일지도 모르니.

"부."

「하명. 하십시. 오.」

"해결법을 찾아라. 어떻게든."

「명. 을. 받듭. 니다.」

스르륵—

부가 표홀하게 자취를 감추고, 브라함이 자리에서 일어났다.

"나도 개인적으로 한번 연구를 해 봄세. 이 독의 성질, 뭔가 수상쩍어."

"부탁드리겠습니다."

연우는 브라함에게 고개를 숙이고, 한령에게 천천히 다가갔다.

한령의 영체는 색이 엷어지면서 서서히 흩어지려 하고 있었다.

「염치 불고하고, 주군께 간곡히 요청드릴 것이 있습니다.」

"⋯⋯."

연우는 아무 말도 하지 않았다.

그런데도 한령은 연우가 반드시 자신의 유언을 들어 주리란 걸 아는 듯, 담담하게 말을 이어 나갔다.

「여러모로 귀찮으시겠지만. 불필요하다고 여기실지도 모르겠습니다만, 제가 사라지고 난 후에도. 부디 못난 아들을 보살펴 주시기를 바랍니다.」

마지막까지 손을 꼭 붙잡으며 동생을 부탁한다고 간절히 말씀하시던 어머니의 모습이 언뜻 떠올랐다.

자신이 죽어 가는 와중에도. 자식을 걱정하는 부모의 마음은 똑같은 걸까.

「성정이 못나고, 한때 큰 잘못을 저지르긴 했습니다만. 그래도 어미 없이 자라야만 했고, 부족한 제 손에서 커야만 했던 아이입니다. 부디 가련하게 여겨 주십시오. 많이 바라지는 않겠습니다. 자립할 수 있을 때까지만. 스스로 일어날 수 있을 때까지만 돌봐 주십시오.」

그렇기에.

"아니. 그럴 생각 없다."

연우는 단호하게 거절했다.

「아.」

한령은 자신의 마지막 바람이 끊어졌다는 사실에 조용히 고개를 떨어뜨렸다.

그런 그를 보면서. 연우가 가볍게 코웃음을 쳤다.

"무슨 생각을 하는 거냐? 네가 직접 챙기란 뜻이다."

「무슨……?」

"마셔라."

연우는 다시 고개를 천천히 드는 한령에게 유리병을 던졌다.

「이게 무엇입니까?」

"엘릭서."

「……!」

한령의 인페르노 사이트가 확 하고 커졌다. 연우에게 엘릭서가 어떤 의미인지를 잘 알고 있기 때문이었다.

「주군, 이것은……!」

"갖고 있는 전승이 전승이니만큼, 영체에도 큰 효과가 있을 것이다. 만약 효과가 부족하다면, 어떻게든 해결책을 마련할 테니 죽는다느니 하는 소리 따윈 절대 하지 마라."

「하지만!」

"잊지 마라. 너는 나의 권속. 죽는 건 허락지 않아."

「주군…….」

한령은 감격에 젖은 눈빛으로 연우를 바라보다가, 갑자기 칼 한 자루를 바닥에다 꽂았다. 그리고 한쪽 무릎을 꿇으면서 고개를 숙였다.

「제 이 목숨이 다하는 한, 주군께서 걷고자 하시는 길, 바라시는 종착지까지 바로 곁에서 보필할 것입니다.」

충성 맹세를 한 이후, 엘릭서를 마시기 시작한 한령을 보면서.

연우는 아주 잠깐 눈을 감았다.

'이거면 되겠지?'

『응. 이걸로 만족해. 고마워, 주인.』

'고맙다는 말은 내가 해야겠지. 이해해 줘서 고맙다.'

연우는 가볍게 웃는 니케의 웃음소리를 가만히 들었다.

사실 그는 아주 잠깐 갈등을 했었다. 한령을 버릴지, 아니면 살릴지에 대해서.

사실 샤논과 다르게 한령은 그와 처음부터 원수로 만난 적. 니케의 어머니인 피닉스를 죽였던 자였고, 당시에는 그만한 재료가 없었기에 아들을 볼모로 삼기도 했었다.

하지만 지금은 한령에 버금가는, 아니, 잘하면 그 이상 되는 재료들도 있었다. 그러니 한령을 폐기 처분하고, 다른 녀석을 데스 노블로 만들어도 될 일이었지만.

─그러지 마, 주인. 살려 줘. 나랑 똑같은 일을 겪게 하고 싶지 않아.

니케가 툭 하고 던진 말이 연우의 마음을 움직였다. 마지막까지 아들을 걱정하는 한령에게서, 니케는 자신의 모습을 본 것이다.

'어쩌면 네가 나보다 더 어른일지도 모르겠다.'

원수를 사랑으로 품는 것은. 아무나 할 수 있는 일이 아니었으니까.

아마 한령도 연결 고리를 통해 니케의 부탁을 알았을 테지.

『히히. 대신에 앞으로 한령은 내가 부려도 되지?』

니케의 농담을 그렇게 들으면서.

"샤논."

스르륵—

연우는 조용히 그림자를 열고 나타난 샤논을 돌아보았다. 조용히 부복한 샤논 뒤쪽으로 디스 플루토가 조용히 시립해 있었다.

언제나 농담을 즐겨 하던 샤논이었지만, 지금만큼은 살벌한 기세를 띠고 있었다.

"라퓨타의 항행로를 돌려라."

「어디로 가시겠습니까?」

순간, 엘로힘의 외우주로 곧장 향할까 하는 생각도 들었지만. 저들도 천치가 아니고서야 벌써 방비를 해 놨을 것이다. 지금 쳐들어가는 것은 자살행위나 마찬가지였다.

그렇기에. 이번에는 공격 루트를 조금 선회할 필요가 있었다.

"탑 외 지역."

연우의 눈빛이 예리하게 빛났다.

"거기서 아르티야가 되돌아왔다는 사실을 공표할 것이다. 그리고 선전 포고도 함께. 첫 번째 대상은 엘로힘이다."

탑에서 살아가는 거주민들은 이제 곧 선택해야만 할 것이다. 어디에 서야 할지를.

아르티야에 설 것인지.

아니면.

적의 편에 서서 그와 맞설 것인지.

Stage 56.
클랜 창설

"저, 저, 저게 대체 무, 뭐야?"

"어, 어어어?"

탑 외 지역이 패닉 상태에 빠진 건 평소와 다를 게 없는 어느 날이었다.

헤븐윙이 되돌아왔다는 소식으로 떠들썩한 상황이긴 했지만.

낙오자들이 살아가는 땅인 탑 외 지역에서 그런 소식은 별세계에서 벌어지는 흥미로운 소식에 불과할 뿐이었다.

입방아에 올리기 좋은 화젯거리라는 면에서 즐겁기만 했지, 그들에게는 피부로 크게 와닿는 현실은 아니었기 때문이다.

하지만. 드높은 상공에서 부유성 라퓨타가 공간을 찢으며 천천히 모습을 드러낸 순간.

탑 외 지역을 바쁘게 돌아다니던 플레이어들이며 네이티브들까지, 모두가 놀란 눈이 되어 하늘을 올려다보기 시작했다.

거대한 그림자가 탑 외 지역의 상당수를 뒤덮었다.

기어 다니는 혼돈으로 인해 상당수가 파괴되었다고 할지라도, 라퓨타는 마지막 용왕 칼라투스가 레어로 삼았던 곳.

당연히 그 어마어마한 규모는 탑 내에서도 보기 힘든 웅장한 것이었으니.

그것이 하늘에 떡 하니 하늘에 나타난 순간, 플레이어와 네이티브들이 압도되는 것도 무리는 아니었다.

그리고.

이에 호응하듯이. 탑 외 지역에 있는 모든 플레이어와 네이티브들 앞으로 메시지창이 떠올랐다.

라퓨타에서 전역으로 송출한 포고문.

그 내용을 확인한 순간.

"아, 아르티야가 나타났다……!"

"헤븐윙이 선전 포고를 했다!"

모든 이들이 경악하고 말았다.

헤븐윙이 다시 등장한 것만큼이나 새로운 충격이 탑의 세계를 강타하는 순간이었다.

*　　*　　*

—오늘 이 시간부로 아르티야가 되돌아왔음을 공표한다.

탑 외 지역의 모든 플레이어와 네이티브들에게 송출된 메시지는 딱 한 줄에 불과했다.

다른 말은 쓸데없는 미사여구에 불과하다는 듯.

이렇게만 말해도 충분히 모두가 알아들을 것이라는 듯한 오만한 태도였다.

하지만. 그들의 오만한 예상은 정확했다.

실제로 그 포고문을 본 모든 이들이 몸을 부르르 떨었던 것이다.

처음 헤븐윙이 되돌아왔다는 소식을 들었을 때까지만 하더라도. 셋이나 되는 '왕'이 죽었다는 소문이 돌 때까지만 하더라도, 대부분의 플레이어들은 앞날을 걱정하긴 했어도 크게 실감하지 못하고 있었다.

전운이 감돌고 있으며, 앞으로 큰 전쟁이 발발하리라는 것쯤은 쉽게 짐작할 수 있었지만. 그리고 거기에 많은 플레이어들이 쓸려 나가겠구나 하는 생각도 했지만, 결국 남의 일이라고 여겼던 것이다.

하지만.

이렇게 직접 포고문을 접하고 나니, 두려움의 체감 정도가 너무 달라졌다.

그 속에 담긴 진의를 읽은 것이다.

그들이 지난날에 겪었던 고초와 원한을 절대 잊지 않았으며, 여기에 대한 응징과 반격을 가할 모든 준비가 되었다는 의미가 아니고서야.

홀로 탑을 상대할 만한 능력을 갖췄고, 만반의 준비까지 해 뒀다는 게 아니고서야 절대 저런 포고문을 던질 수 없을 테니까!

그리고 실제로 그것을 증명하듯. 새로운 소식이 때맞춰 탑의 세계를 강타했다.

—혈국이, 무너졌다.

8대 클랜 중 하나로서, 견고한 성채처럼 우뚝 서서 아주 오랜 시간 동안 정점에 군림해 왔던 혈국이, 개새끼 한 마리 남기지 않고 전부가 몰살되었다는 소식은.

'탑은 더 이상 올라갈 곳이 없어진 지 오래되었다'는 선

입견을 가지고 있던 플레이어들을 공황 상태에 빠지게 만들기 충분했고.

이후, 각자 서로 다른 반응을 보이게 만들었다.

전쟁에 대해 우려를 표하는 사람이 있는가 하면.

누군가는 새로운 돌풍이 불어닥칠 거란 사실에 흥분을 감추지 못했고.

또 다른 누군가는 아주 바싹 몸을 낮추면서 돌아가는 정황을 지켜보고자 하기도 했다.

그리고 여기에 호응하듯이, 다른 대형 사건들도 줄지어 터졌다.

—엘로힘, 반파(半破)!

—사자 연맹, 자발적 해체.

—환상연대, 고층 공략을 통해 그린 드래곤을 병탄.

—블랙 드래곤, 자중지란.

—화이트 드래곤, 층계 폐쇄를 통한 숨 고르기 돌입.

이미 용의 미궁에서 별다른 활약상을 보이지 못했던 사자 연맹은 용병 연합의 붕괴와 마탑의 해체, 기타 클랜들의 전멸 이라는 뼈아픈 피해만 입은 채로 사실상 모든 수명이 끝났다.

더불어.

엘로힘이 아르티야의 갑작스러운 기습을 받아 혈국처럼 무너지기 일보 직전까지 갔다가, 겨우 방어에 성공했다는 소식과 함께.

여태껏 신흥 클랜으로만 손꼽히던 환상연대가 곧장 칼날 을 고층으로 돌리면서, 단번에 그린 드래곤이 궤멸에 가까 운 타격을 입고 기존 영토를 내어 주었고.

수장을 잃은 블랙 드래곤은 다시 그들끼리 여러 파벌로 나뉘어 아귀다툼을 시작했으며.

화이트 드래곤은 즉각 외부 활동을 전면 중지하고, 외우 주로 철수해 무기한 휴식에 들어갔다.

용의 미궁에서부터 시작된 파문이 멀리 퍼지고 또 퍼져, 플레이어와 네이티브들이 예상했던 범주를 훨씬 넘어선 것 이다.

영원히 견고할 것만 같았던 8대 클랜의 아성이 흔들리 고, 기존 질서 체제가 요동치기 시작했다는 뜻이었다.

그러니.

당연히 이에 대한 플레이어들의 반향도 클 수밖에 없었다.

각계에서 다양한 목소리가 터져 나온 것도 바로 이 무렵부터였다.

"아홉 왕을 새롭게 재편해야 한다!"

"혈국이 무너진 것은 시작에 불과하다."

"8대 클랜으로만 이뤄지던 구체제가 무너지고, 이제 아르티아를 중심으로 한 새로운 체제가 만들어질 것이다."

"이후 탑의 역사는 되돌아온 헤븐윙과 아르티아에 의해 새롭게 쓰일 것이다."

가장 먼저 바뀐 건, 아홉 왕과 8대 클랜의 명단이었다.

기존의 아홉 왕은 다음과 같았다.

올포원.

무왕.

대주교.

봄의 여왕, 왈츠.

가을군주, 탐.

독재관, 마그누스.

식탐황제.

흑태자.

달의 아이.

원래는 여름여왕과 검무신이 있던 자리를 각각 왈츠와 탐이 파고 들어간 형세였지만.

이제는 이마저도 완전히 무너지면서 도중에 세 개의 자리가 텅 비고 말았다.

그리고 서열 매기기를 좋아하는 호사가들은 빈자리를 바로 다른 인물들로 대체했다.

헤븐윙과 환상연대장, 그리고 새롭게 거론되기 시작한 인물, 안티 베놈으로.

헤븐윙은 식탐황제와 마그누스를 처치하면서 이제 왈츠와 견주거나, 대주교와 비길 만한 실력자로 꼽히기 시작했고.

환상연대장은 탐을 쓰러뜨리고 환상연대를 블랙 드래곤에 버금가는 거대 클랜으로 급부상시키면서 '왕' 의 자리에 앉을 수 있었다.

더불어 안티 베놈, 베이럭은 일찍이 소속이 없어도 '왕' 의 후보로 거론되었을 정도로 뛰어났던 인물. 그러다 이번에 새롭게 엘로힘을 등에 업으면서 말석(末席)에나마 이름을 올릴 수 있었다.

이렇다 보니, 8대 클랜의 명단에도 큰 변화가 일어났다.

혈국과 블랙 드래곤이 빠지고, 그 자리를 다른 두 단체가 차지한 것이다.

올포원.

화이트 드래곤.

마군.

엘로힘.

다우드 형제단.

시의 바다.

환상연대.

그리고 아르티야.

단 하룻밤 사이에 크게 개편된 질서를 보면서.

네이티브들은 여기서 그치지 않고 계속 이어질 태풍을 우려했고, 플레이어들은 그 태풍에 어떻게 올라타야만 떠오르는 저 하늘의 별이 될 수 있을지 고민하기 시작했다.

그리고.

바쁘게 움직이는 이들만큼이나, 다른 방향으로 기민하게 움직이는 이들도 있었다.

* * *

"……드디어 움직이시는구나."

하이디는 수하들과 함께 상위 층계로 오르다 말고, 아

르티야의 소식을 접하며 뭔가를 다짐한 듯 주먹을 꽉 쥐었다.

신혈(神血)을 타고난 그녀는 어느 정도 예지력도 지니고 있는바.

29층에서 독식자와 헤어질 당시. 하이디는 언젠가 그가 세간에 알려진 것보다 훨씬 크고 화려하게 비상하리라고 예상했었다.

그가 품고 있는 가능성이 너무나 거대했기 때문이었다.

다만, 그는 '달'이었기에 언뜻 잘 보이지 않았던 것일 뿐.

달은 평소엔 어둠에 묻혀 모습이 잘 보이지 않지만, 만월에 가까워질수록 밤하늘을 가장 눈부시게 장식하는 법.

그녀가 봤을 때, 독식자는 아직까지 반달이 된 것에 불과했다.

그 달이 꽉 차고 나면. 어느 태양보다도 화려하게 타올라 밤을 모두 불사를 게 분명했다.

그리고 그 전까지는. 달과 함께 밤하늘을 장식할 '별'들이 필요했다.

하이디는 바로 그런 별이 되고자 했다.

그래서 델란, 준과 함께 고생해가며 어떻게든 세력을 크게 일구려 노력했고.

드디어 그 결실을 조금씩 맛볼 수 있었다.

"하이디!"

델란이 허겁지겁 다급하게 뛰어왔다. 하이디가 얼마나 이 시간만을 고대했는지를 잘 알고 있었기에, 그의 얼굴도 잔뜩 상기되어 있었다.

하이디는 무겁게 고개를 끄덕였다.

"그래. 가자. 탑 외 지역으로. 저기야말로 우리가 있어야 할 곳이야."

그녀의 두 눈이 깊게 가라앉았다.

"클랜원들 전부 소집해 줘."

                    *   *   *

"크하하! 그렇구나! 그런 것이었어! 헤븐윙! 너라면 충분히 가능한 일이지. 한령, 그 친구를 어떻게 데리고 있을 수 있는지, 이제야 납득이 가."

페이스리스는 무릎을 치면서 크게 웃음을 터뜨렸다. 중년인과 같이 굵었던 목소리는 앙칼진 여인의 것으로 확 돌변했다.

"그래. 나도 죽다 살아났는데, 너라고 해서 다시 일어나지 못할 것도 없지. 안 그러니, 나의 아이들아?"

그가 광기에 젖은 눈빛으로 아래쪽을 돌아보는 순간.

츠츠츠—

다양한 원귀들이 기괴한 형태로 일그러지면서 그의 주변을 맴돌았다.

수천을 넘어 수만 개에 다다르는 원귀들이 입을 모아 기괴한 소리를 냈다.

우—

우우— 우—

"자, 나의 아이들아. 우리 다 함께 춤을 추자꾸나!"

그 날.

46층에 위치한 다섯 개의 성이 불에 타고, 네이티브들이 모두 사라지는 사태가 벌어지고 말았다.

까악! 까아악!

까마귀들만이 그 빈자리를 채우며 날아다닐 뿐이었다.

＊　　　＊　　　＊

"역시 우리 대장. 재미난 장난을 치시는군. 기만하는 솜씨하며, 인성질 할 준비까지. 아주 완벽해."

장웨이는 벽에 붙은 포고문을 쭉 찢으면서 활을 어깨에 메었다.

저렇게 기세등등할 때일수록 이쪽에서 할 수 있는 것도 아주 많아지는 법이지.

그렇게 생각하면서.

장웨이는 어두운 골목 안쪽으로 조용히 스며들어 사라졌다.

＊　　　＊　　　＊

"꽤 떠들썩하네요."

에도라는 로브를 깊게 눌러쓰면서. 라퓨타가 있는 하늘을 멍하니 바라보는 사람들을 슬쩍 엿보았다.

저렇게 무지막지한 거대 성채가 아무런 징조도 없이 나타났으니 난리가 나리라 예상은 하고 있었지만.

그래도 반향은 그녀가 생각했던 것 이상으로 아주 컸다.

탑 외 지역의 대부분은 사실상 기능이 정지된 것이나 다름없는 상태가 되어 버렸으니.

하지만 코앞으로 다가온 전쟁의 위협에 모든 일에서 손을 놓아 버린 네이티브들과 다르게 플레이어들은 한없이 바쁘게 어디론가 이동 중이었다.

라퓨타가 아르티야의 클랜 하우스라는 사실은 이미 입소문을 타고 탑의 세계 전역으로 퍼졌을 게 분명한바.

당연히 여러 클랜으로서는 머리가 아파질 수밖에 없을 것이다.

그들의 상식으로, 클랜 하우스는 반드시 보호해야 하는 곳이고, 외우주는 철저히 숨겨 적으로부터 멀리해야만 하는 것이었으니까.

하지만 연우는 도리어 라퓨타를 모두가 볼 수 있는 탑 외 지역의 상공에다 떡하니 가져다 놓았으니.

용의 미궁 때처럼 저기에 무슨 함정이 숨어 있는 건 아닌지, 있다면 그게 무엇일지, 머릿속이 여러 계산으로 복잡해질 수밖에 없는 것이다.

아르티야와 원한으로 얽힌 거대 클랜으로서는 함부로 건드릴 수도, 그렇다고 그냥 내버려 둘 수도 없는 상태.

때문에 탑 외 지역은 아침부터 계속 들썩이고 있는 중이었다.

아마 몇몇은 일단 라퓨타를 공략해 보자는 의견을 나누기도 했을 것이다.

하지만. 에도라는 연우가 그런 위험 요소에도 불구하고, 라퓨타를 그냥 내버려 두리라는 것을 잘 알고 있었다.

어차피 너무 높은 상공에 있어 접근이 쉽지 않은 데다가, 어떻게 한다고 하더라도 아홉 왕이 직접 나서지 않는 이상에야 공략이 불발에 그치리라는 것을 잘 알고 있었으니.

'그리고 설마 여름여왕이 직접 나서서 도와주겠다고 할 줄은 몰랐어.'

에도라는 지금쯤 라퓨타의 상황 통제실에 앉아 부유성을 다루고 있을 여름여왕을 떠올리면서. 눈을 가느다랗게 좁혔다.

　—마지막 용왕의 거처라. 오냐. 좋다. 이런 곳이 라면, 숨겨져 있는 마법들이며 저장된 장치들 중에 쓸 만한 것들이 아주 많겠지.

여름여왕이 아직 '존재'로 남아 있다는 것도 신기한 일이었지만.

그 오만한 성정에 라퓨타를 지켜 달라는 연우의 부탁을 흔쾌히 들어준 것도 신기한 일이었다.

여름여왕은 라퓨타가 칼라투스의 레어이니 자신도 배울 것이 많지 않겠냐는 의미로 대답했다지만.

에도라의 〈혜안〉은 사실 진짜 이유는 그게 아니라고 말해 주었다.

'아르티야의 클랜 하우스…… 오라버니의 동생분에 대한 그리움 때문이었어. 분명.'

여하튼.

여름여왕이 라퓨타에 상주하고 있는 한, 외부 공격으로부터 라퓨타가 공략당할 위험은 거의 없다고 봐도 무방했다.

그리고. 라퓨타가 저렇게 탑 외 지역에 위치해 있는 것만으로도, 아르티야는 여러 가지 이점을 획득할 수 있었다.

첫째는 과거와 다르게, 이제 어느 적대 세력이 오더라도 건재할 수 있다는 자신감을 강하게 내비칠 수 있다는 것이고.

둘째는.

'아르티야와 함께할, 혹은 산하에 들어올 여러 세력들을 결집시킬 이정표가 된다는 것.'

비록 이미 과거에 무너진 헤븐윙이지만, 그가 탑에 끼친 영향은 절대 작은 것이 아니었다.

숨기고만 있을 뿐이지, 여전히 헤븐윙을 그리는 추종자들은 적지 않은 편이었고. 아르티야와 좋은 관계를 맺었던 세력들도 많았다.

그들이 모두 돌아올 수는 없겠지만. 그래도 일부만 끌어들인다 하더라도 아르티야의 전력에 큰 보탬이 되는 것이다.

또한, 새롭게 관계를 맺고 싶어 하는 곳들도 있을 수 있었으니.

'오라버니는 동생분과 달리, 아르티야를 그저 그런 클랜으로만 끝내실 생각이 절대 없는 거야. 아주 크게 만드실 테지. 제국이라도 만드시려는 걸까?'

그리고 그렇게 비대해진 세력은 언젠가 탑을 완전히 집어삼킬 테고, 마지막에는 직접 제 손으로 부숴 버릴 테지.

에도라가 아는 한. 연우는 탑을 깨뜨리는 게 목적이었지, 단순히 권력 놀이나 할 사람은 아니었으니까.

그리고 그런 목적을 위해서라면. 동생이 남긴 소중한 유산인 '아르티야' 도 도구처럼 마구 부릴 수 있는 사람이었다.

그렇게.

에도라는 머릿속을 정리하면서, 역시나 정체를 숨기고 인파 사이로 저만치 앞서 걸어가는 연우의 뒤를 따랐다.

목적지는 외뿔부족의 마을.

'그동안 잘 지내고 있었으려나.'

못난 오빠, 판트를 데려가기 위해서였다.

*   *   *

외부는 헤븐윙과 아르티야의 귀환으로 한창 떠들썩했지만.

외뿔부족의 마을은 그런 속세의 화살이 완전히 빗나간 것처럼 평소와 다를 게 없었다.

차이점이 있다면 딱 한 가지.

가면을 벗은 연우의 얼굴을 구경하기 바쁘다는 점이었다.

"뭐야? 가면 벗으니까 잘생겼잖아?"

"그새 내 말 잊었냐? 헤븐윙의 쌍둥이 형이라잖아. 그러니까 당연히 잘생겼겠지."

"젠장! 그래도 난 가면으로 가리고 있길래 못생겼을 거라고 생각했었는데. 기만충이다! 기만충이 그동안 우리를 기만했다아아!"

"그새 제법 강해진 것 같은데?"

"'왕'과 비교가 되던데. 한판 붙어 보고 싶은걸. 어떻게 안 되나?"

"야야! 순서 지켜, 이것들아! 내가 먼저라고!"

"뭐라는 거냐. 먼저 찜한 놈이 임자지."

"으아아! 시끄러워 죽겠네!"

외뿔부족이 외부와 교류를 많이 하지 않는다고 해서 관심까지 전부 끊는 건 아니었다. 그들도 탑이 돌아가는 정황쯤은 늘 소상하게 파악하고 있었고, 들려오는 소식에는 당연히 연우에 대한 것도 있었다.

게다가 이미 에도라가 인편을 통해 부족원들에게는 따로 연우가 진짜 헤븐윙이 아닌, 쌍둥이 형제라는 사실만 귀띔해 둔 상태.

그렇기에 착각한 부족원은 없었지만.

도리어 호승심과 전의를 불태우는 부족원들이 대부분이었다.

설령 연우가 진짜 헤븐윙이었어도 그들에게는 중요한 게 아니었다. 중요한 건 연우가 그들의 왕과 같은 반열에 놓였다는 것.

물론, 그렇다고 해서 무왕과 진짜 어깨를 나란히 할 정도라고 믿는 건 아니었지만, 그래도 어느 정도 실력이 되니 그런 평가를 받는 게 아니냐는 게 그들의 생각이었다.

당연히 전투를 위해 살아가고, 명예와 긍지를 최고의 가치로 두는 부족원들로서는 연우와 한판 겨뤄 보고 싶다는 충동심이 마구 들 수밖에 없었다.

그래서 부족원들은 연우가 별다른 말을 하지 않았는데도 불구하고, 벌써부터 저들끼리 연우와의 대련 순서를 정하기 시작했다.

뒤로 빠진 이들 사이에서는 내기도 벌어지는 중이었다. 연우가 몇 승을 하게 될지. '진짜' 실력은 어느 정도나 될지에 대해서.

만약 여기서 연우가 대련하기 싫다고 해 버리면, 그들이 먼저 달려들 태세였다.

"줄 서라고, 이것들아아아!"

질서라고는 눈을 씻고 봐도 찾을 수 없어 혼란만 가중되는 가운데.

"오랜만이군."

대장로가 연우를 반갑게 맞이했다.

"간만에 뵙습니다."

"가면을 벗었다는 소식은 이미 들었네만. 생각했던 것보다 훨씬 더 훤칠한걸."

"말씀 감사합니다."

"그러니."

대장로는 잠시 말허리를 끊고, 안경을 고쳐 쓰면서 연우를 위아래로 훑었다. 눈빛이 강렬하게 빛났다. 짙은 호승심이었다.

평소 개인 수양을 게을리하지 않아, 외뿔부족답지 않게 평정심이 뛰어난 그조차도 흥분을 좀처럼 가라앉히지 못할 만큼 연우가 뛰어나 보였던 것이다.

대체 못 본 사이에 어떤 경험을 했기에, 어떤 전장을 전전하고, 얼마나 수없이 사선을 넘나들었기에 이토록 강해진 것일까.

대장로는 연우의 눈에서 무수한 죽음의 위기를 통해, 남들은 쉽게 범접할 수조차 없을 정도로 큰 경험을 쌓은 이들만이 가질 수 있는 눈빛을 읽어 냈다.

외뿔부족 내에서도 대장로를 비롯한 몇몇의 장로들, 과거 '대전쟁'을 겪은 세대들만이 가진 눈빛이었다.

그래서 어떤 일들을 겪은 건지, 나중에라도 가르쳐 줄 수 있느냐고 물어보려 했지만.

"앗! 대장로님이 새치기하려고 하신다!"

"줄 서시란 말입니다, 대장로!"

"우우! 권력자는 물러나라, 우우우!"

"……이것들이."

대장로는 시끄럽게 떠들어 대는 부족원들을 한차례 노려보다가, 가볍게 한숨을 내쉬면서 길을 열었다.

아무래도 연우와 대련을 해 보려면 꽤 많은 순서를 기다려야 할 것 같았다. 아니면 힘으로 죄다 내쫓아 버리든지.

"아 참. 그리고 세샤는 잘 지내고 있다네. 자네를 많이 보고 싶어 하더군."

연우는 대장로를 지나치려다 말고 도중에 발걸음이 뚝 멈추고 말았다. 회중시계를 넣어 둔 왼쪽 가슴이 잘게 떨리고 있었다.

우웅—

'딸'에 대해 언급되자 녀석이 절로 반응을 한 것이다.

사실 연우가 타르타로스의 일이 끝나자마자 곧장 외뿔부족 마을을 찾지 않았던 이유도 바로 이것 때문이었다. 세샤와 아난타의 얼굴을 볼 면목이 없었기에.

하지만 그렇다고 해서 계속 미룰 수도 없는 일. 그래서 돌아온 것이긴 했지만, 마음 한편이 무거워지는 건 어쩔 수가 없었다.

탁!

그때, 브라함이 뒤에서 괜찮다며 연우의 어깨를 짚어 주었다. 연우는 가만히 그를 보다가 무겁게 고개를 끄덕이고, 어귀에서 마을 중심으로 들어갔다.

판트를 데려가기 전에 먼저 스승님부터 뵈어야 했다.

그런데.

"이노오오옴! 내 눈에 흙이 들어가기 전까지는 절대 안 된다아아아!"

부족장의 거처 앞에는. 무왕이 두건을 머리에 두른 채로 바닥에 누워 있었다.

연우의 뒤를 따르던 에도라는 벌써부터 그런 자신의 아버지가 부끄러운 듯, 고개를 슬쩍 돌리면서 모른 척하고 있는 중이었다.

"……뭐 하십니까?"

연우도 어이가 없다는 표정으로 무왕을 봤다.

하지만 그러거나 말거나. 무왕은 더더욱 떼쓰는 아이처럼 바닥을 뒹굴면서 고래고래 소리를 질러 댔다.

"내 딸만큼은 안 된다, 이놈아! 감히 내 귀한 딸을 데려가려 하다니! 그러려면 날 밟고 넘어가라아아!"

"……판트를 데리러 왔습니다만."

"응? 이거 아녔어?"

무왕이 상체를 벌떡 일으키면서 물었다.

연우는 가볍게 한숨을 내쉬었다.

"예. 잘못 짚으셨습니다."

"젠장. 이런 거 꼭 해 보고 싶었는데. 딸 데려가려는 사위 반대하는 아버지 같은 거."

무왕은 인상을 잘게 구기면서 홱 하고 에도라를 돌아봤다.

"넌 그동안 대체 뭘 했냐? 이놈 자빠뜨리지도 못하고."

"아버지!"

에도라가 얼굴이 빨개진 상태로 빽 소리를 질렀다.

무왕은 검지로 귀를 막으며 손사래를 치다가, 불현듯 좋지 않은 예감이 떠올랐는지 황급히 연우를 돌아봤다.

"그것도 아니면. 제자, 네 녀석 설마 관심 있는 대상이 에도라가 아니라 판……."

"무슨 쓸데없는 소리를 하는 거예요, 아버지!"

"그렇지? 후! 다행이야. 성적 기호나 그런 게 아무리 개인의 성향이라고 해도, 그래도 이왕이면 내 제자와 자식은 이성애자였으면 하는 바람이었……."

"제발 닥쳐요, 좀!"

에도라의 얼굴은 이제 대춧빛으로 물들다 못해 빨갛게 달아올라 있었다.

그래도 여전히 무왕은 뻔뻔하게 검지로 귀를 꾹 누르는 게 전부였지만.

"알았다, 이 망할 것아. 하여간 누구를 닮아서 목청이 저렇게 큰…… 응? 으하하! 자기야, 그럴 리가. 내가 설마 자기에게 그러겠어?"

그러다 무왕은 어디서 메시지를 들었는지 변명하기에 급급해졌다. 아무래도 어디선가 여기를 보고 있었을 영매에게서 한 소리를 단단히 듣는 모양이었다.

여름여왕이 죽은 이때. 올포원을 제외하면 탑 내에서 명실상부한 최고의 일인자라고 불리는 무왕이었지만. 그런 그조차도 가정 앞에서는 약한 남자였던 셈이었다.

"에구. 암요, 암, 그렇고 말굽쇼. 네. 네. 그렇게 전달하겠습니다요. 응? 비꼬는 거냐니요. 절대. 그럴 리가. 으하하. 네. 이따 찾아뵙겠습니다."

무왕은 한창 변명을 늘어놓다가 겨우 깊은 한숨을 내쉬었다. 그러더니 피곤해진 얼굴로 고개를 절레절레 흔들다, 다시 익살맞은 모습으로 되돌아왔다.

"너네들, 뭐냐? 벌써 짝짜꿍한 거였냐?"

"……!"

"……어머니가 말씀하세요?"

"그렇다는데? 그러니까 딸내미 연애 방해할 생각 말라고 한 소리 들었다. 그래. 그렇단 말이지? 푸하핫! 그렇다면 그냥 그렇다고 말하지 뭘 그렇게. 새삼스럽게. 으하하!"

"아아, 엄마……."

"푸하하하! 푸학학!"

"그만 좀 웃어요!"

"푸학학학학!"

이래서 아버지한테는 들키고 싶지 않았던 건데. 에도라는 관자놀이를 꾹꾹 눌렀다.

가만히 제자리에 앉아서도 천 리를 내다보는 게 자신의 어머니이니만큼 들켰을 수 있으리란 생각은 했었지만. 그래도 저 능글맞은 아버지한테 곧이곧대로 말할 줄은 생각도 못 했다.

"우리 딸, 드디어 소원 성취했……."

스르릉!

결국 에도라는 참지 못하고 신마도를 절반쯤 칼집에서 뽑아야만 했다. 여기서 조금만 더 놀리면 사생결단을 낼 분위기였다.

"험험! 알았다. 그만하면 되지 않느냐. 푸흡."

"……."

그래도 여전히 무왕은 말려 올라간 입꼬리를 좀처럼 내버려 두지 않고 있었지만.

그러다 그는 살짝 눈꼬리를 말면서 두 사람에게 말했다.

"참. 에도라, 너는 떠나기 전에 영소(靈沼)에 잠깐 들렀다 가라."

"거긴 왜요?"

이 망할 아버지가 또 무슨 꿍꿍이인 걸까. 에도라는 영미심쩍은 표정으로 무왕을 노려봤다.

무왕의 미소가 더 크게 번졌다.

"넌 이 아비가 늘 장난만 치는 못된 사람으로 보이디?"

"……아닌 척 마시죠?"

"흐흐. 그래. 맞긴 하다만. 영소에 들르라는 건 네 어머니의 당부다."

"뭘 하시려고요?"

"〈양도(陽刀)〉를 열어야 하지 않겠느냐고. 이제 슬슬 '영접(靈接)'을 시작할 때가 된 것 같다고 하는구나."

영접이라는 단어에. 에도라의 안색이 딱딱하게 굳었다.

"영접을…… 왜 벌써?"

"아무래도 뭔가를 본 것 같구나. 시기도 시기이고."

"……."

에도라는 뭔가를 깨달은 듯, 잠시간 연우를 보았다.

"왜 그러지?"

"아니에요."

영접. 수없이 많은 정보가 담긴 일기장 내에도 그게 무엇인지 적혀 있지 않았기에. 연우가 물을 수 있는 건 그게 고작이었다.

에도라는 쓰게 웃으면서 고개를 가로젓다가, 다시 무왕을 돌아보았다. 그녀는 어느새 굳게 다짐한 얼굴이 되어 있었다.

"알겠어요. 그럼 지금 가면 되죠?"

무왕은 가만히 고개를 끄덕였다.

에도라는 가볍게 한숨을 내쉬다가, 다시 연우에게 말했다.

"금방 다녀올 테니 그동안 오라버니는 먼저 판트 오빠와 만나고 계세요."

"그러지. 무엇인지는 모르겠다만, 잘 다녀와."

연우는 굳이 영소가 어디인지, 영접이 무엇인지 묻지 않앉다. 정황상, 에도라의 어머니인 영매와 어떤 관련이 있는 듯싶었지만, 자신이 개입할 문제가 아니라고 판단한 것이다.

다만, 에도라의 표정이 비장한 것을 보니 쉽지 않을 것 같다는 생각이 들었을 뿐. 힘내라며 응원을 해 주는 것이 전부였다.

에도라도 그제야 마음이 풀렸는지 배시시 웃다가, 다른 방향으로 몸을 돌려 사라졌다.

그렇게 결국 연우와 무왕만 남았을 때.

"이제 제법 사람 구실 좀 하게 되었구나."

무왕이 씩 웃으면서 연우를 위아래로 살폈다. 살짝 벌어진 입술 사이로 송곳니가 드러났다.

분위기도 확 돌변했다. 마치 재미난 먹잇감을 장난감처럼 갖고 놀겠다는 욕망으로 똘똘 뭉친 맹수를 보는 것 같았다.

"그럼 확인 좀 해 봐야지?"

"……해야 하는 일이 있어서. 스승님의 가르침은 나중에 받겠습니다."

연우는 언뜻 불안감이 들어 한발 뒤로 슬쩍 빠지려 했지만.

"흐흐. 수장이 되었으니 위신을 차려야 한다, 뭐 이런 거냐? 좋은 자세긴 하다만."

순간, 무왕의 눈빛이 살벌하게 번들거렸다.

"근데 그게 어디 쉽나."

연우는 반사적으로 허리춤에서 마장대검과 카르슈나의 단검을 뽑아 올렸다.

뒤이어 폭발이 따랐다.

콰아앙—

*　　　*　　　*

"으아아! 저 빌어먹을 족장 놈이 또 새치기를 했어!"

"하여간! 저 인성, 진짜……!"

"족장이랑 카인이 한판 붙는다!"

"젠장! 전부 물러서서 봐!"

연우와 무왕의 충돌로 인해 빚어진 폭발은 단숨에 부족장의 거처를 넘어, 마을 전체를 뒤덮을 정도로 확장되었다.

그리고 이어지는 시뻘건 불길은 단숨에 마을을 불살라 버릴 것처럼 맹렬하고 뜨거웠지만.

부족원들은 캠프파이어라도 하러 나온 것처럼 별달리 걱정하지 않는 투였다.

이 정도로 타격을 입을 그들이 아닌 데다가, 마을 내에 설치된 결계가 피해를 막아 주리란 걸 잘 알기 때문이었다.

그리고 설사 집이 몇 개쯤 무너진다고 해도, 여기선 늘 있는 일이라 크게 개의치 않는다는 점도 한몫 단단히 했다.

도리어 그들이 화를 내는 이유는 딱 하나.

이미 대기 순번(?)이 정해져 있는데도 불구하고, 무왕이 그 자리를 먼저 가로챘다는 점이었다.

쿠르릉—

콰릉, 콰르르!

하지만 연우는 그런 걸 신경 쓸 겨를이 없었다. 시뻘건 불길 사이, 대체 어디로 무왕의 주먹과 발길질이 날아올지 전혀 예측할 수 없었기 때문이었다.

화안금정과 현인의 눈을 동시에 발동시켜도, 도저히 무왕의 투로를 예측할 수가 없었다.

[비마질다라가 흥미 가득한 시선으로 이곳을 바라봅니다.]

[케르눈노스가 당신과 당신의 스승을 예의주시합니다.]

"이것밖에 안 된다면, 좀 실망이 큰데? 제자님?"

불의 파도가 만들어 내던 화염 폭풍을 가볍게 찢으면서. 무왕이 차갑게 웃는 얼굴로 나타났다.

입가는 분명히 웃고 있었지만, 눈빛은 깊었다.

만약에 정말 이것밖에 안 되면서 '왕' 급을 논한 것이라면. 그리고 복수를 하겠노라고 섣불리 나선 것이라면 절대 가만히 놔두지 않겠다는 듯.

무왕은 연우의 맨얼굴을 봤을 때에도 크게 놀라지 않았다. 처음부터 그의 정체를 꿰뚫어 봤거나, 어느 정도 짐작했다는 뜻일 테지. 아마 그쯤 되는 존재라면 '감'이 예지 영역에 가까운 건지도 몰랐다.

그렇기에. 연우는 예나 지금이나 태도가 별반 다를 게 없는 무왕에게 감사했다.

그러면서도 한편으로는. 일기장에서 동생의 부탁을 매몰차게 거절했던 무왕의 모습이 언뜻 떠올랐기에 조금 미운 감정도 들었다.

그래서 문득 그런 생각이 들었다.

스승님의 저 낯짝을 딱 한 대라도 때릴 수 있다면.

정말 얼마나 통쾌할까?

그래서.

[하늘 날개]

화아악!

연우는 거리낌 없이 죽음의 날개와 투쟁의 날개를 모두 크게 뽑아 올렸다. 망막 한쪽 아래에서 리미트 타임이 빠르게 돌아가고, 수많은 권능이 그에게로 단단히 집약되었다.

사왕좌의 권능이 깨어나기 시작했다.

"그래. 이래야 좀 두들겨 팰 맛이 나지! 딸내미가 보는 앞에서는 그럴 수가 없어서 얼마나 답답했다고!"

무왕도 그제야 마음에 드는 듯, 송곳니가 훤히 드러나라 크게 웃으면서 주먹을 거칠게 휘둘렀다.

순간, 거센 태풍이 휘몰아쳤다. 과거 주먹질 한 번에 도시 쿠람을 반파시켰던 그 힘이었다.

콰아아앙!

「캬! 스승 얼굴 때리고 싶다는 놈이나, 그런 제자를 두들겨 패겠다는 스승이나, 똑같아! 어떻게 이렇게 똑같지? 역시 우리 스승님! 인성왕의 스승다운 생각이야. 저쯤 되면 인성황제, 아니, 인성신쯤 되는 거 아닌가?」

샤논이 즐거워하는 목소리가 울려 퍼졌다.

「인성신 대 인성왕의 대결이다! 파티다! 빅 파티!」

콰아앙—

쾅, 콰앙—

들리는 것이라고는 귀가 떨어져 나가는 게 아닐까 싶을 정도로 큰 폭발 소리밖에 없었다.

무왕은 정말이지 강해도 너무 강했다.

발로 땅을 디딜 때마다 격진이 일어나고, 주먹을 휘두를 때마다 태풍이 휘몰아쳤다.

젊은 시절, 무왕이라는 별칭을 얻기 전에는 '걸어 다니는 재앙'이라고 불렸다더니.

연우는 왜 그런 별칭이 따라붙었는지 이해할 수 있을 것 같았다.

움직일 때마다 일어나는 충격파가 이렇게 번번이 이어지는데 어떻게 그렇게 불리지 않을 수 있을까.

하물며 당시보다 훨씬 강해졌을 지금은 더더욱.

하늘 날개를 최대한 크게 일으키면서 어떻게든 비그리드로 무왕의 공격을 막아 내고 있는 중이긴 하지만.

말 그대로 막는 게 전부였다.

용신안으로는 무왕의 움직임을 쫓는 데만 급급할 뿐. 도저히 투로를 예측하거나 할 겨를이 없었다. 반격은 생각도 못하고 있는 상황이었다. 버티는 게 전부인 싸움인 것이다.

문제는.

"좀 더 힘내 봐."

무왕은 이마저도 너무 여유롭게 보인다는 점.

그는 아직 가진 힘의 일부밖에 내비치지 않고 있었다.

"아무리 봐도 네가 가진 건 거기서 그칠 게 아닌데 말이지."

이전에도 비슷한 말을 들은 적이 있었다.

　　—이제 좀 쓸 만해진다 싶더니. 어째 이것밖에

　되질 않는 건지. 아직도 모자라, 아주. 그릇을 갖추

　고도 왜 그것밖에 못 하는 거냐?

올포원과 마주쳤을 때. 위기에 빠졌을 당시 마성이 대가

리를 치켜들면서 지껄였던 말이었다.

녀석은 항상 묻곤 했었다.

어째서 그것밖에 안 되냐고. 네가 가진 게 얼마인데 이

정도밖에 부리지 못하느냐고.

사실 따지고 보면, 마성이 했던 말이 옳았다.

연우는 탑이 탄생한 이래 처음으로 발현됐을 마신룡체라

는 특이한 특성을 갖고 있었고, 여기다 영혼석도 두 개나

보유하고 있었다.

비에라 둔이 단 한 개의 영혼석만으로도 대지모신을 감

염시켰던 것을 떠올려 본다면. 아직 연우가 딛고 있는 위치

는 너무나 낮았다.

그래서 마성은 그와 하나로 섞이면서 '어떻게' 싸워야
하는지를 몸소 보여 주었고.

당시에 마성이 움직였던 연우는 올포원과도 대적할 수
있을 정도로 강했다.

하물며 영혼석을 하나 더 흡수하며 죄악석을 만든 지금
이라면.

단순히 '1+1=2'의 효과가 나지는 않더라도, 더 많은 가
능성을 품게 된 것이다.

무왕은 바로 이 점을 꿰뚫어 보았고, 왜 그것밖에 되지
않느냐고 물었다.

효율이야말로.

무왕이 추구하는 최고의 가치였으니.

"예나 지금이나 너의 문제는 딱 하나다."

무왕은 익살맞게 웃고 있지만, 두 눈은 예리하게 번뜩이
고 있었다.

"정신적 경지가 육체를 따라가지 못한다는 것."

"……."

"내가 말했던 재능은 어떻게든 인위적으로라도 만들어
낸 것 같다만. 그리고 갖가지 권능과 스킬로 효율을 최대한
뽑아 육체를 거기에 맞추려 하는 것 같은데. 그렇다고 해도
아직 갈 길이 멀어."

어쩌면 무왕의 말마따나, 연우는 자신에게 부족한 것이 무엇인지 알고 여태껏 갖가지 스킬과 권능을 조합해 부족분을 메우려 했던 것인지도 몰랐다.

깨달음이라는 것.

영혼을 키운다는 것.

20층, 고행의 산에서 개인적으로 수양을 해 본 것 외에는. 이와 관련해서 따로 뭔가를 추구해 보려 노력한 적이 없었으니.

"그렇다면 남은 방법은 하나밖에 없구만."

"무엇입니까?"

순간, 무왕의 입꼬리가 씩 하고 말려 올라갔다.

아주 장난스럽게.

"어떻게든 강제로 끄집어 올려야지."

"……!"

부족한 제자를 이끌어 주는 것. 그게 스승이 할 일이 아니냐.

무왕은 그렇게 말하려는 듯 보였지만, 연우는 어째 그가 자신을 괴롭히는 게 너무 재미있어 죽겠다고 이야기하는 것 같은 인상을 받았다.

연우가 자기도 모르게 본능적으로 몸을 뒤로 물리려는 순간.

쾅!

무왕이 대지를 강하게 찍었다. 하늘과 땅이 크게 요동쳤다. 지금 이 순간, 이 세상에는 그만이 유일하게 있는 것처럼 보였다.

그리고 뱀이 허물을 벗고 일어서듯. 제자리에 있던 무왕에게서 여덟 명의 무왕이 생겨나 사방으로 달려 나가기 시작했다.

원영신. 용의 미궁에서 왈츠가 보인 적 있었던 분신의 상위 기예가 펼쳐진 것이다.

당연한 말이지만, 왈츠의 것보다 훨씬 완벽하고 '진짜'처럼 보이는 것들이었다.

츠츠츠—

〈연대구품〉. 아홉 개의 품세를 동시에 풀어낸다는 기예. 각각의 무왕은 서로 다른 이질적인 목소리를 내면서 삽시간에 연우를 에워쌌다.

"하나만 해도."

"번거로워 죽겠는데."

"아홉이라니. 죽을 맛이지?"

"그러라고 한 거야."

무왕의 원영신들은 낄낄거리는 웃음소리와 함께 연우를 전방위로 압박하면서 서로 다른 기예를 맘껏 풀어냈다.

무왕이 자랑하는 팔극권의 팔대 비기가 잇달아 펼쳐진
것이다.

퍼버벙—

콰르르릉!

면전으로 날아오던 주먹은 가까스로 옆으로 돌면서 피하
고, 허리를 갈라 오던 손날은 간신히 비그리드로 쳐 낼 수
있었다.

쩌엉!

비그리드가 부서질 것처럼 울렸다. 손목이 금세 떨어져
나갈 것처럼 아팠다.

하지만 연우는 싱긋 웃고 있는 무왕의 얼굴을 본 순간,
이것이 그가 노리고 있던 것이란 걸 깨달을 수 있었다.

바로 후방에서, 다른 두 무왕이 서로 다른 기예를 펼쳐온
것이다.

콰쾅, 쾅—

파밧!

하나는 〈파공〉에 〈나한십팔장〉를 섞은 것이었고, 다른
하나는 〈관악〉에 〈호왕지흔〉을 합친 공격이었다.

열여덟 개나 되는 손그림자가 머리를 덮어 오고, 허리춤
에서는 공간을 찢는 호랑이의 발톱이 날아들었다.

연우는 불의 파도를 이용, 자신을 붙들고 있는 무왕을 강

제로 떨쳐 내는 것과 동시에 몸을 반대로 빠르게 돌리면서
불벼락을 뿌렸다.

[제천류 — 화염륜]
[불의 파도]

콰르릉!
하늘을 찢으면서 나타난 불벼락은 단숨에 손그림자를 찢
어 놓았다.
그사이, 연우는 날개를 접고 빠르게 앞으로 튀어 나갔다.

[바람길 — 광풍]
[제천류 — 신목령]
[팔괘검 — 비기 사일(射日)]

〈바람길〉을 이용해 광풍을 한꺼번에 터뜨리면서 공격력
을 최대한으로 증폭, 〈제천류〉를 통해 강화된 힘을 검으로
집약시키면서 비그리드를 앞으로 찔러 넣었다.
서로 다른 스킬과 기예, 그리고 무공이 한데 어우러지면
서 무왕의 손끝에 걸렸다.
챙—

무기 하나 없는데도 불구하고 쇠를 거세게 두들기는 소리가 났다.

〈호왕지흔〉을 펼치던 무왕은 제법이라는 듯, 거기서 그치지 않고 보법을 밟아 안쪽으로 깊숙하게 들어갔다. 그리고 세 번에 걸쳐 주먹을 내뻗었다.

〈궤월〉을 이용한 〈삼한나락〉. 역시나 팔대 비기를 다른 무공과 접목시켜 효과를 증대한 무왕 특유의 기예였고, 주먹 하나하나가 연우쯤은 쉽게 으스러뜨릴 수 있을 것 같은 어마어마한 압력을 싣고 있었다.

일격을 내뻗을 때마다 공간이 휘어지면서 소닉붐과 함께 제트 기류까지 남을 정도였다.

쾅—

연우는 가까스로 비그리드를 안쪽으로 잡아당기면서 첫 공격을 무사히 막아 냈지만.

우드득—

순간 방금 전의 충격으로 손목뼈가 부러져 뼛조각이 근육을 찢고 나오고, 어깨가 위쪽으로 탈골되었다는 사실을 깨달을 수 있었다.

단 한 번 부딪쳤는데도 이 정도라고? 마신룡체가 가지는 신체적 내구도를 생각해 본다면 도무지 말도 안 되는 일이었다. 비그리드도 금세 부러질 것처럼 휘어졌었다.

몇 번만 더 부딪쳐도 육체가 그대로 박살이 날 것처럼 보였다.

하지만.

무왕은 그런 말도 안 되는 일을 아무렇지 않게 해내는 사람이었고.

쾅, 쾌앙—

아직도 두 번의 연격(連擊)이 남아 있었다.

한 차례는 가슴팍, 다른 한 차례는 우측 어깨였다.

연우는 재빨리 날개로 화를 치면서 몸을 뒤로 내빼려 했지만. 가슴팍으로 날아든 일격은 비그리드를 단번에 위로 튕겨 올렸다.

그동안 발동된 666개의 죽음의 권능들은 무왕의 발목조차 잡아 내지 못했다.

[네르갈이 자신의 권능이 너무 쉽게 파훼된 것에 크게 경악합니다.]

[아이쉬마—다르바가 신중한 눈길로 상황을 지켜보고자 합니다.]

[헬이 노심초사한 얼굴로 손톱을 잘근잘근 물어뜯습니다.]

……

[모든 죽음의 신들이 고개를 내젓습니다.]

[모든 죽음의 악마들이 짜증과 분노가 섞인 시선으로 당신의 상대를 노려봅니다.]

[비마질다라가 흥미진진한 얼굴로 당신의 싸움을 지켜봅니다.]

[케르눈노스가 눈을 가늘게 좁힙니다.]

주인을 잃은 비그리드가 허공에서 아무렇게나 뱅그르르 도는 동안, 마지막 일격은 그대로 벼락처럼 연우의 어깨에 꽂혔다. 그리고 그대로 팔뚝을 뒤로 꺾어 뽑았다. 피가 분수처럼 튀었다.

푸우우―

연우의 오른쪽 팔이 통째로 뜯겨 나갔다.

대련이라고 생각하기 힘들 만큼 살벌한 공격. 연우의 눈꺼풀이 살짝 떨렸지만.

"흔히 검을 두고 신외지물이라고 하지. 몸이 아닌 그냥 물건이라고. 헛소리야. 네 손에 들렸으면 네 손이지, 뭐야? 하지만 버려야 할 때는 과감하게 버릴 수 있어야 한다."

이어진 무왕의 말에 연우는 이를 악물었다.

"팔이 잘려도, 목까지 내줄래? 아니잖아. 잘 싸워야지.

눈으로 좇아라. 어떻게든."

사나운 무왕의 눈빛이 연우의 심장에 단단히 아로새겨졌다.

"그리고 도구를 몸처럼 쓸 생각 말고, 몸을 도구처럼 써라."

도구처럼.

그 말이 연우의 귓가에 내리꽂혔다. 뭔가 알 듯 말 듯한, 간질간질한 느낌이 일었다.

평상시 자신이 했던 생각과 비슷했다. 스킬과 권능, 무공. 전부 무기나 다름없다. 그래서 여태껏 그렇게 사용해왔고, 그것을 조합하고 다양한 방식으로 사용하는 데 전혀 거리낌이 없었다.

자신의 무위에 자부심이 대단한 이들로부터 경멸을 받기도 했지만.

연우는 그럴 때마다 눈썹 한 번 꿈틀대지 않았다. 그것이 옳다고 여기고 있었기 때문이었다.

그런데 무왕은 그조차도 넘어, 육체도 도구처럼 사용하라고 이르고 있었다. 그래서 너의 목적을 이루라고 말하고 있었다.

목적이 뭘까.

단순하지 않은가.

싸움에서의 목적이라면 단지 하나.

'적의 명줄.'

휘리릭—

연우는 곧장 몸을 돌려 무왕의 뒤를 밟았다.

도구처럼. 그 말을 다시 되뇌면서 왼팔을 앞으로 내뻗어 제천류의 〈뇌벽세〉를 터뜨렸다.

드래곤 하트와 현자의 돌이 미친 듯이 마력을 쥐어짰다.

우우웅—

화아아악!

육체가 팽팽하게 부풀어 오르면서. 실핏줄 사이사이로 검고 붉은 비늘이 돋아났다.

잔뜩 성이 난 것처럼.

[5차 용체 각성]
[권능 전면 개방]

용이 기나긴 잠에서 깨어나 포효를 내지르듯이, 연우도 거칠게 울부짖었다.

[비마질다라가 감탄합니다.]

뇌기와 함께 터진 천둥도 똑같이 세상을 떨쳐 울렸다.

샛노란 뇌전이 세상을 가득 물들였다.

파지지직—

사방팔방으로 튄 뇌전이 단번에 튀어 오르면서. 주변에 있던 땅을 깡그리 밀어 버렸다.

하지만.

"이건 제법 쓸 만하다만."

무왕은 가볍게 코웃음만 칠 따름이었다.

"멀었어."

무왕은 〈쇄연〉과 〈백사토신〉을 섞은 손짓 한 번으로 뇌기를 너무 쉽게 밀어 버렸다.

"도구가 되라는 것은 함부로 다루라는 의미가 아니다. 겁을 먹지 말고, 냉철하게 상황을 판단하여 적재적소에 임기응변으로 맞서란 의미지. 그러려면 좋아야 한다. 눈으로 적을 놓치지 않아야 해."

연우로서는 자신의 전력을 쥐어짠 공격이 무위로 돌아간 셈이었지만.

그래도 이때 나타난 틈을 놓치지 않고 계속해서 공세를 이어 갔다. 〈단천〉에서부터 〈철토〉로 이어지는 8대 비기의 연격이었다.

검을 단련한 그로서는 비그리드가 있어야만 제대로 된 실력을 뽐낼 수 있었지만.

'도구처럼.'

무왕이 방금 전에 했던 말이 여전히 머릿속을 맴돌았다. 연우는 쉬지 않고 그 말만 되뇌었다.

퍼버벙—

도구처럼. 검이 없다면 주먹을 쓰면 된다. 오른팔이 없다면 왼팔로 싸우면 된다. 왜냐고? 도구가 되었으니까.

연우는 그런 생각으로 악착같이 무왕에게 따라붙으면서 공세를 멈추지 않았다.

"여기서 '눈'은 단순한 육안이 아니다. '감(感)'. 너의 감을 믿어라. 오감과 예감, 모든 육감(六感)을 하나로 모아서 상대를 절대로 놓치지 마라. 놓치지 않으면 보일 것이되, 놓치면 가려져 네가 당할 것이다."

흘리고, 막고, 찢었다.

단순히 공격에만 집중하는 것이 아니라, 모든 의념을 바로 눈앞에 있는 무왕에게 집중시켰다.

동작 하나하나, 미세한 근육의 움직임 하나하나, 숨결 하나하나까지, 모든 것을 파악하고자 했고, 어떻게든 쫓아서 빈틈을 찾아 찢어 버리고자 했다.

때문에 〈재생〉 스킬로 인해 새로운 팔이 돋아야 할 자리는 여전히 상처가 아물지 않았다.

대신에.

우우웅—

모든 마력이 연우의 눈으로 들어가고, 의념을 단단히 강화시켰다.

그리고 의념은 육체를 정밀하게 통제했다.

[시차 괴리]

이따금 발동되는 시차 괴리는 시간을 적절하게 배분하면서, 무왕을 예측하는 데 집중했다.

목표는 단 하나.

지금 눈앞에 있는 무왕을 꺾는 것에만 국한되었다.

육체, 마력, 정신, 의념. 모든 것이 무왕에게만 집중된 것이다. 다른 정보는 받아들일 시간도 여유도 없었다.

[과도한 몰입 상태에 빠졌습니다.]

[경고! 극심한 스트레스로 인한 정신적 과부하 상태에 빠졌습니다.]

[상태 이상, '망아(忘我)' 상태가 되었습니다.]

[상태 이상, '자아 손실' 상태가 되었습니다.

……

[비마질다라가 당신이 겪고 있는 상태 이상에 깊은 흥미를 느낍니다.]

[비마질다라가 당신이 어떻게 상태 이상을 극복할지 궁금해합니다.]

[만약 당신이 상태 이상을 제대로 극복하지 못할 경우, 비마질다라가 크게 실망할 수 있습니다. 유의하십시오.]

여러 메시지 따윈 눈에 잘 들어오지 않았다.

그만큼 뇌가 뜨겁게 타 버릴 것처럼 아팠다.

그런 와중에도.

도구가 되어라.

연우는 그 말을 다시 되새겼다. 그를 보조하는 수많은 권능들이 세밀하게 압축되면서 공세 하나하나에 단단히 실렸다. 이것을 위해 모든 연산 장치에 과부하가 걸려 현기증까지 돌았다.

하늘 날개에서 번져 나온 여러 권능의 효과로 인해 공간이 이리저리 휘어지는 게 보였다. 용체 각성뿐만 아니라, 이것까지 전부 한꺼번에 통제한다는 것은 절대 쉬운 일이 아니었다.

이대로라면 둘 중에 하나였다. 쓰러지든가, 뇌가 타 버리든가.

그러다.

언제부턴가 의식이 사라지고, 정신만 활동하는 상태가 되어 버리고 말았다.

마치 기능만 남은 기계처럼.

도구가 되어라.

적의 명줄을 끊는 데 집중해라.

두 개의 명령문만이 연우에게 남아 있을 뿐이었다.

아니.

한 가지가 더 있었다.

눈으로 쫓아라.

너의 감을 믿어라.

그래서 무왕에게 퍼붓는 공격은 점차 간결해지고, 뾰족해졌다. 날카롭다 못해 단지 옆에 있는 것만으로도 베이는 게 아닐까 싶을 정도였다. 그를 따라 감돌던 지옥겁화도 맹렬하게 타오르면서 화력을 더했다.

　[극심한 부상을 입었습니다.]
　[상태 이상, '빈혈' 상태가 되었습니다.]
　[상태 이상, '중상' 상태가 되었습니다.]
　……
　['망아' 상태가 더 악화되어 '사경(死境)' 상태가
　되었습니다.]

이미 옆구리가 터지고, 한쪽 안구가 부서져 핏물이 흘러
내리는데도.

왼쪽 다리가 거의 날아가다시피 했어도, 그는 악착같이
무왕의 빈틈을 찾아 움직였다.

그러다.

어느 순간부터 연우는 자신을 둘러싼 여러 가지 선을 발
견할 수 있었다.

세 개의 굵직한 선과 수십 개로 이뤄진 엷은 선들이었
다.

그게 무엇인지는 직감적으로 깨달았다.

무공, 스킬, 권능. 그 외에도 자잘한 것들, 마법, 가호,
축복, 옵션들이었다. 전부 한데 어우러지지 못하고 난잡하

게 실타래처럼 엉켜 있었다.

연우는 제 딴엔 그 많은 것들을 알맞게 조합해서 사용한다고 생각했지만.

사실 단순한 조합에만 그칠 뿐, 그 이상의 효과는 뽑아내지 못하고 있었던 것이다.

그래서 지금, 그것들을 하나로 섞고자 했다.

쉽지 않은 일이었지만, 어쩐지 할 수 있을 것 같다는 생각이 들었다.

분명 의념은 무왕에게 집중되었지만, 의식은 그 선들만 쫓았다.

그리고 그것들이 하나로 합쳐졌을 때, 단 하나의 선이 만들어졌다.

결(缺)이었다.

[비마질다라가 당신에게 건넨 눈을 통해 보인 세상에 아주 크게 흥분합니다.]
[비마질다라가 크게 고개를 주억거리며 무릎을 칩니다.]
[비마질다라가 당신을 따스한 눈으로 바라봅니다.]

연우는 강한 무언가로 뒤통수를 세게 두들겨 맞은 느낌이었다.

타인에게 약점이 될 만한 결이 있다면, 그 선이 자신에게도 있을 것이라고 왜 생각 못 했을까. 노력만 했다면 용신 안으로 얼마든지 볼 수 있었을 것을.

그리고 그것들을 하나하나씩 지웠더라면. 더 빠른 성장도 가능해지지 않았을까.

'아냐.'

그러다 연우는 고개를 내저었다.

'지금이니까 보인 거야.'

무아지경. 혹은 몰아(沒我)라고 불린 지금이었기에 보였다. 무왕이라는 거대한 벽과 마주했기에 이런 기회를 거머쥘 수 있었던 것이다.

그와 겨루지 않았더라면. 이것을 언제 엿볼 수 있었을까. 어쩌면 평생 힘들었을지도 모르는 일이었다.

그렇기에.

'스승님에게 더 정면으로 부딪쳐야 한다. 그리고 부순다.'

연우는 거침없이 자신을 둘러싼 결을 그대로 내리그었다.

[비마질다라가 당신의 선택에 찬성합니다.]

['검은 구비타라'의 가호가 언제나 당신과 함께
합니다.]

쩌걱. 뭔가가 부서지는 소리가 났다. 내면에서 나는 소리
였지만, 연우에게는 천둥소리보다도 더 크게 들렸다.

부서진 틈 사이로, 카타르시스가 물밀 듯이 들어와 육체
와 영혼을 휘감았다. 육체란 감옥에 금이 가면서, 여태껏
답답하게 갇혀 있던 영혼이 조금이나마 자유를 찾은 것 같
았다.

그리고.

현저히 느려졌던 시간이 되돌아왔다.

무왕이 기특하다는 듯이 그를 보며 웃고 있었다.

"……이제야 겨우 꼬리를 잡았구나."

연우는 금세 그 말뜻을 알아챘다.

이제야 이 대단한 육체를 제대로 사용하는 법을 터득했
단 뜻이었다. 아직은 실마리에 불과했지만, 계속 단련하다
보면 능숙하게 다룰 수 있으리라는 것도.

그리고 그 말은. 연우가 새로운 경지를 개척했다는 뜻이
기도 했다.

진인(眞人).

달인과 명인에서 이어지는 고수의 마지막 단계.

검을 쥔 이라면 언젠가 반드시 도달하고 싶은 영역.

거기에 드디어 첫발을 내디딘 것이다.

[비마질다라가 크게 만족해합니다.]

하지만 연우는 그런 성취감에 도취되지 않고, 여전히 자신을 둘러싸고 있는 겹 쪽으로 손을 밀어 넣었다.

콰르릉, 시뻘건 불길이 압축된 검은 오러가 그곳으로 파고들면서 무왕의 팔을 가르고 그대로 좌측 가슴에 틀어박혔다.

퍽—

비록 뚫지 못하고, 겉가죽만 긁은 것에 불과했지만. 여태껏 상처도 입히지 못했던 것을 감안한다면 장족의 발전이었다.

처음으로 연우의 입가에 만족에 찬 미소가 번졌다.

무왕도 제법이라는 듯 고개를 끄덕였다.

"고생했다."

"감사합니다. 스승님 덕분이었습니다."

"당연하지. 이 몸이 그만큼 대단하니 너 같은 둔재도 이만큼 끌어 올려 준 것 아니겠냐?"

연우는 무왕의 자화자찬에 쓰게 웃고 말았다. 사실 이것 저것 잡다한 것을 섭취한 덕분에 강해진 자신과 다르게, 무왕을 가리키는 단어는 딱 하나면 충분했다.

천재(天才). 그런 그의 눈에, 연우는 얼마나 답답해 보였을까.

"그런데."

"……?"

"그렇게 고마운 스승님의 옥체에 감히 피를 보게 해?"

무왕이 한쪽 입꼬리를 말아 올리면서 고개를 비딱하게 외로 꼬았다.

"뒈질래?"

연우는 여전히 비그리드가 무왕의 가슴팍에 박혀 있단 사실을 깨달았다. 순간, 그의 얼굴이 당황에 젖었다.

"자, 잠깐만 기다리십시오! 이건 불가항력이잖습……!"

"시끄럽고. 일단 좀 뒈지게 맞자꾸나, 제자야."

퍽!

무왕은 왼쪽 팔꿈치로 비그리드를 옆으로 치워 내는 것과 동시에 주먹으로 연우의 복부를 거세게 후려쳤다. 연우는 순간 정신이 뱅그르르 도는 듯한 충격에 빠졌다. 도무지 숨이 쉬어지질 않았다.

그런 연우의 귓가로. 무왕이 아주 사악하게 웃으면서 달콤한 목소리로 속삭였다.

"그리고 깜빡한 것 같다만. 네 앞에 있는 이 스승님 말고
도, 네 스승은 여덟 명이나 더 있단다."

"……!"

"참교육을 위한 시간을 좀 가지자꾸나."

연우가 뭐라고 대답하기도 전에.

뒤로 빠져 있던 다른 무왕들이 일제히 달려들어 연우를
지근지근 밟아 대기 시작했다.

*　　　*　　　*

그그긍—

여태 동굴을 막고 있던 석문이 열렸다.

판트는 간만에 보는 햇살에 살짝 눈살을 찌푸리다, 피식
웃고 말았다.

〈혈뢰〉를 단련하기 시작한 지 얼마나 지난 걸까. 폐관
수련을 하느라 정신이 없어 시간이 얼마나 흘렀는지 도무
지 종잡을 수가 없었다.

그래도 이따금 외부 소식은 들어 알고 있었다. 형님이 드디
어 돌아오고, 가면을 벗으며 세상에다 포고문을 던졌다지?

들으면 들을수록 통쾌하고, 가슴이 끓는 이야기였다.

형님이 얼마나 그 순간을 고대했는지를 잘 알고 있었으니까. 그리고 가면을 벗었다는 것은 그만큼 이제 세상과 맞서 싸울 준비도 다 되었단 뜻이 아닐는지.

앞으로 형님이 가시는 길에 돌부리며 가시덤불이 가득할 건 분명한 일.

거기서 불어닥칠 피바람이며 전운이, 자신을 얼마나 성장시키고 흥분케 할 수 있을지, 벌써부터 잔뜩 기대되기 시작했다.

또한.

형님은 또 얼마나 강해지셨을까. 그게 못내 궁금했다.

자신은 강해졌다. 그건 분명했다.

이전과 비교조차 할 수 없을 정도였고, 일족 내 '천재'라 불리셨다던 아버지의 젊은 시절과 비교해도 절대 뒤처지지 않으리라 자부할 수 있었다.

혹시 형님이 나보다 약하시면 안 될 텐데, 문득 그런 생각까지 들기도 했다.

만약 그렇다면 관계를 어떻게 정립해야 할까. 처음 그들이 서로를 형, 아우라 부르게 된 계기도 힘의 논리에 따른 것이 아니었던가.

'그때는 내가 형님이 되어서, 아우님을 보살펴 주면 되겠지.'

그렇게 생각하고 나니. 피식, 자기도 모르게 입가에 웃음기까지 돌았다. 그것도 그것 나름대로 재미있을 것 같다는 생각이 든 것이다.

그때.

활짝 열린 입구 너머로 한 남자가 서 있는 것이 보였다. 가면을 벗은 얼굴이었지만, 그 특유의 눈빛 때문에 누군지 모를 수가 없었다.

"형님!"

자신이 나온다고 하니 직접 찾아와 주신 거구나. 반가운 마음이 들면서도. 방금 전에 자신이 형님이 되면 좋지 않을까 하고 생각했던 게 못내 미안해졌다.

그런데.

"……음? 얼굴이 왜 그 모양이우?"

연우의 얼굴이 조금 이상했다. 두 눈두덩이가 시퍼렇고, 뺨이 잔뜩 부풀어 있었다. 옷도 여기저기 발로 짓밟힌 흔적이 가득했다.

어디서 실컷 두들겨 맞기라도 한 듯한 모습이었다.

"판트."

"왜 그러우?"

판트는 순간 자신도 모르게 흠칫 뒤로 물러섰다.

자신을 부르는 연우의 목소리에서 불길함이 느껴졌다.

등골이 오싹했다.

터벅.

터벅—

이쪽으로 걸어오는 연우의 꼴이 꼭 좀비 같았다.

"그동안 몰랐는데. 이렇게 보니까 너, 스승님과 많이 닮았구나."

"······?"

"많이 닮았어······."

"뭔······!"

판트가 어떻게 대답하기도 전에. 연우의 주먹이 먼저 날아들고 있었다.

참교육의 내리사랑이었다.

"억울하지? 나도 그래."

퍽—

＊　　＊　　＊

"삼초오오온!"

세샤는 우다다 하는 소리와 함께 달려와 연우에게 와락 안겼다.

하루가 다르게 자랄 나이라서 그런 걸까. 거의 일 년 만에 만난 세샤는 이전보다 키도 훨씬 많이 커져 있었다.

연우는 그런 세샤가 너무 귀여우면서도 미안한 마음에 그녀를 가뿐히 안아 올렸다. 회중시계는 방금 전부터 아무 반응도 보이지 않고 있었다.

그렇게 등을 다독여 주려는데.

"……세샤야?"

세샤가 뾰루퉁한 얼굴로 연우의 양 볼을 꼬집더니 옆으로 쭉쭉 잡아당겼다.

"못된 삼촌. 그동안 왜 안 나타난 거야? 미워!"

"……어쩌다 보니."

"금방 온다고 했잖아! 그런데도 오래 걸렸어! 삼촌이 탑으로 금세 돌아왔었다는 거 알고 있었거든?"

세샤는 연우의 볼을 더 길게 쭉 찢었다.

연우는 속으로 쓰게 웃고 말았다. 아무래도 자란 건 키만이 아닌 모양이었다. 똑똑한 아이이니만큼, 그동안 연우가 무엇을 하고 있었는지 알게 된 것일까.

이래서야 자신은 죄인이었다. 할 말이 없을 수밖에 없는.

"그래서 어떻게 됐어?"

"뭘?"

"하던 거. 어떻게 됐냐구."

"잘되고 있다."

"그럼 용서해 준다."

세샤는 한껏 젠체하면서 연우의 양 볼에서 손을 떼어 골반에다 척, 하고 얹었다. 연우는 그런 조카의 모습이 너무 귀여워서 더 세게 꼭 끌어안았다.

"근데 판트 아저씨는 얼굴이 왜 저런 거야?"

그러다 세샤는 뒤늦게 연우 뒤에 있던 판트를 발견하고 고개를 갸웃거렸다.

판트는 눈두덩이가 새파랗게 변해 있었다. 그는 뚱한 표정으로 연우를 한껏 노려보면서 달걀로 눈두덩을 문대는 중이었다.

하여간 저 빌어먹을 놈의 인성. 그 스승에 그 제자라고, 아버지랑 아주 똑같아, 아주. 그런 혼잣말도 같이 들렸다.

"혼자 자빠져서 그래."

"응? 넘어졌는데 왜 눈이 다쳐?"

"그러게나 말이다. 아무래도 한눈을 팔고 있었나 보다."

"힝. 조심 좀 하시지."

"그러게. 조심하면 됐을 것을."

삼촌과 조카의 대화를 듣고 있던 판트는 어이가 없다는 표정이 되었지만.

연우는 여전히 모른 척하면서 단박에 화제를 돌렸다.

"그보다 어머니는?"

"엄마, 나랑 같이 책 읽고 있는 중이었어! 내가 옆에서 읽어 주고 있었어. 잘했지?"

"우리 세샤, 다 컸구나. 엄마가 심심할까 봐 옆에서 책도 다 읽어 주고. 글자도 다 배우고."

"응! 나 다 컸어! 엄마랑 같이 공부하는 것도 재미나!"

세샤는 연우의 품에서 내려와 고사리 같은 손으로 그를 잡아끌면서 방으로 안내했다.

그녀의 말마따나, 아난타는 흔들의자에 조용히 앉아 있었다. 무릎 위에 덮인 담요와 발치에 놓인 책이 눈에 밟혔다.

"헤헤! 엄마! 삼촌 왔어! 삼촌이 이것도 선물로 줬다?"

세샤는 아난타의 주변을 뱅글뱅글 맴돌면서 밝게 웃었다. 이쪽으로 오는 길에 연우가 선물이라면서 줬던 선물 상자를 보이면서 한껏 자랑하기 바빴다.

여전히 아난타의 눈은 초점이 잡히지 않고 흐리멍덩했지만. 세샤는 그녀가 자신을 보면서 웃어 주는 것처럼 재잘재잘 떠들어 대기 바빴다.

연우는 말없이 그 옆에 서서 물끄러미 아난타를 바라보았다.

우웅, 웅—

그러다 잘게 떨리기 시작하는 회중시계를 밖으로 꺼내면

서. 한쪽 무릎을 꿇어 아난타와 눈높이를 맞췄다.

"아난타."

"……."

"당신이 꾸고 있는 꿈이 무엇인지는 알 수 없습니다만. 아마 거기선 정우와 세샤가 함께 행복하게 지내고 있을 테지요?"

브라함이 오래전에 지나가는 말로 그런 적이 있었다. 아난타가 점차 차도가 보이는데도 불구하고, 여전히 자폐 증상에서 벗어나지 못하는 것은 '꿈'에 갇혔기 때문일 거라고.

근심과 걱정만 가득하던 바깥세상과 다르게, 그곳에선 아난타가 그토록 바라던 가장 행복한 순간이 반복되고 있을 것이다.

그러니 아난타는 무의식중에 그 세상을 나오고 싶지 않아 한다. 바깥세상으로 나왔을 때에 받을 정신적 충격이 두렵기 때문이었다.

그래서 자폐 증상에서 깨어나려면, 그런 두려움을 깨야만 한다는 게 주요 골자였다.

하지만 그런 건 아버지인 브라함도, 딸인 세샤도 해 줄 수가 없었다.

다른 무언가가 필요했다.

그녀를 따스하게 안아 주고, 위로해 주며, 이곳으로 인도
해 줄 수 있을 무언가가.

그래서.

연우는 곱게 편 아난타의 손바닥 위에다 회중시계를 얹
어 주었다. 딸칵, 하고 뚜껑이 열렸다.

째깍. 째깍.

회중시계가 돌아가는 소리가 들렸다.

"거기서 정우 녀석이 어떻게 하고 있을지는 모르겠습니
다만. 앞으로는 여기서도, 녀석은 당신과 세샤를 지켜 줄
겁니다. 그러니 너무 걱정 마세요."

"……."

아난타는 여전히 아무 말도 않았지만.

연우는 자신의 말이 그녀에게 잘 전달되었으리라 생각
하고, 회중시계를 그녀의 손에 꼭 쥐여 주면서 천천히 자
리에서 일어났다. 세샤가 그런 연우의 옷깃을 잡아당겼
다.

"삼촌, 삼촌! 아빠 와?"

"어. 곧 올 거야."

"와! 진짜? 언제?"

"조금만 기다리고 있어. 너무 멀리 있어서 오는 데 시간
이 걸린다고 하니까."

연우는 반짝반짝 눈을 빛내는 세샤를 보면서 머리를 쓰다듬었다.

그러면서 생각했다.

아난타와 세샤를 안아 보고 싶다던 동생의 말을.

*　　　*　　　*

"소중한 것일 텐데. 저것을 저렇게 주어도 되겠는가?"

세샤와 놀아 주기 위해서 모옥을 나서는 길에. 브라함은 조금 걱정스러운 얼굴로 연우를 보았다.

회중시계. 연우에게 그게 얼마나 중요한 물건인지를 잘 알고 있기 때문이었다. 유일하게 남은 동생의 유품이 아닌가. 저대로 아난타에게 그냥 주어도 되겠냐는 의미였다.

하지만.

"준 게 아닙니다."

연우는 피식 웃으면서 담담하게 고개를 가로저었다.

"둘이서 함께 지낼 시간을 만들어 준 것일 뿐이죠."

동생은 아난타와 세샤를 보고 싶어 했다. 조금 늦었지만. 이제 와서 그 부탁을 들어주려 했을 뿐이었다.

연우는 잠시 걸음을 멈추고, 모옥 쪽을 바라보았다.

＊　　＊　　＊

　연우가 자리를 비운 사이.

　째깍, 째깍―

　아난타만이 홀로 남은 방에는 회중시계가 돌아가는 소리
가 적막을 흔들었다.

　그때.

　아난타의 초점 없는 눈이 회중시계에 단단히 고정되었
다.

　하지만 그녀가 보고 있는 건 회중시계가 아니었다.

　째깍, 째깍. 초침이 돌아가는 소리와 함께, 그녀의 눈가
로 지난 일들이 스치고 있었다.

　　―아난타라고 했지? 반가워.

　　―아난타?

　　―아난타…….

　　―고마워.

―가.

―다시는 얼굴 비치지 마. 다시는.

처음 만났을 때 나눴던 인사.

너를 좋아한다고 고백했을 때, 당황해하던 모습.

아버지와의 일로 방황하고 있을 때, 어쩔 줄 몰라 옆에서 노심초사하던 얼굴.

저 사람은 나에게 열어 줄 마음이 없다는 것을 확실히 깨닫고, 이제는 정말 그 마음을 접어야겠다고 다짐했을 때, 그 다짐을 다시 확 풀어 버리게 만들었던 웃음.

모두가 떠난 뒤, 세샤를 내가 데리고 있노라고 말해 주기 위해서 찾아갔을 때 꺼지라며 모질게 목소리를 높이던 모습.

그리고.

―어떻게든 지킬게.

그런 정우를 보며 내뱉었던 자신의 말까지도.

그리고 그때 했던 말은 아난타를 구속하는 자물쇠가 되었다. 세샤를 지키기 위해 무엇이든지 해야만 했다. 그가 남긴 유일한 흔적. 자신이 사랑으로 낳은 아이. 자신의 몸이 망가지는 한이 있더라도, 어떻게든 반드시 지켜야만 하는 소중한 딸이었다.

그런 지난날의 일들이 주마등처럼 빠르게 스치고 있었다.

연우나 브라함이 추정하는 것과 다르게. 아난타가 보고 있던 것들은 정우, 세샤와 함께 행복하게 지내고 있을 '꿈'이 아니었다.

오히려 마음이 시리고 아팠던 지난날들이었다.

비록 힘들고 지쳤던 하루하루였지만.

누군가를 열렬하게 짝사랑했었고. 그를 위해 목숨까지 내바쳐도 아깝지 않았던. 그래서 세샤를 보면서 마지막까지 웃을 수 있었던 순간들이었다.

지금 돌이켜 본다면. 그때가 그녀에게 가장 행복했던 순간들이었으니까.

그리고. 회중시계를 손에 꼭 쥐었을 때. 왠지 모르게, 차가운 쇠의 느낌이 아닌 따스한 체온이 손끝에 느껴진다는 생각이 들었을 때.

그녀의 망막을 항상 맴돌던 환상들이 유리창처럼 파편화되어 깨어져 나가고.

그 사이사이로 빛이 들어와 새로운 조각들이 생겨났다. 동시에 그것들이 퍼즐처럼 하나하나씩 맞춰지면서 회중시계가 조금씩 나타났다.

어딘가 낯익은 모습.

순간, 그녀의 귓가로 정우의 목소리가 아스라이 들리는 듯했다.

—이거? 아, 형이 줬던 선물이야. 고향에서 생일 선물로 받았던. 예쁘지?

들판에 누워 만지작거리던 물건이 무엇이냐고 물었을 때, 밝게 웃으면서 답하던 모습이 아직도 선명했다. 그때 손에 쥐고 있던 회중시계가 바로 저것이었다.

뚝.

뚝—

회중시계 위로. 눈물이 한두 방울씩 떨어졌다.

여전히 초점이 잘 잡히지 않는 눈동자였지만. 처음으로 동공이 흔들리고 있었다.

"정, 우야……."

그리고 잘게 떨리는 목소리에.

우웅, 웅—

회중시계는 자신이 여기에 있노라고 말하듯, 가만히 울렸다.

　　　　　*　　　*　　　*

"빠진 건?"

"없수다. 하고 싶은 건 있지만."

"뭐지?"

"그 낯짝, 딱 한 대만 갈겨도 되우?"

"그런 거라면야."

"오! 해도 되우?"

"물론. 서로 주고받는 걸로. 어때?"

"……됐수다. 일없소."

판트는 더 이상 이야기를 나누기 싫다는 듯, 입술을 삐죽 내밀면서 투덜거렸다. 이미 연우와 한 차례 손속을 섞어 본 뒤로 깨달았다. 그렇게 괴물 같던 형님은 더 큰 괴물이 되어 있었다.

하지만 그런 점이 더 재미있기도 했다. 저만한 전력을 가졌다면 충분히 탑과 전쟁을 치를 만할 테니까. 아버지에게 실컷 당했다지만, 애당초 아버지는 논외의 대상이었다.

마을을 나서는 길에는 에도라도 서 있었다.

신마도를 꼭 끌어안은 채로 서 있는 모습은 평소와 다르게 없었지만. 그러나 판트는 그런 여동생에게서 이질적인 느낌을 받았다. 분명히 낯설지만, 어딘지 모르게 낯익은 무언가가 있었다.

"하던 일은?"

연우도 그것을 느꼈는지 잠시 에도라를 바라보다가, 그렇게 질문을 툭 던졌다.

에도라는 가만히 고개를 끄덕였다.

"잘 마무리되었어요."

"그렇다면 다행이고."

"저도 제법 시간이 걸릴 줄 알았는데 빨리 끝나서 다행이에요."

에도라가 베시시 웃을 때 즈음. 판트는 뒤늦게 에도라에게 감돌던 낯선 기운이 무엇인지 깨닫고 눈을 크게 떴다.

"야, 너 혹시……."

"시끄러. 뒷말하지 마."

"……으으음."

판트는 말허리를 툭 자르는 에도라의 앙칼진 눈빛을 보고 엉거주춤 고개를 끄덕였다.

평상시 같았으면 깐족대거나 했겠지만, 그녀가 그럴 기분이 아니라는 것쯤은 쉽게 알 수 있었다. 자신의 예상이 맞다면, 지난밤 사이에 에도라가 겪은 일은 아주 상상을 초월했을 테니.

'영접……. 에도라가 이제 완전히 차기 영매로서 입지를

굳히는 건가. 생각보다 어머니의 결단이 빠르신 것 같은데. 대체 뭘 보신 거지?'

언제나 생각이 몇 수나 앞서는 분이니만큼 어련히 알아서 하시겠냐마는.

그래도 이것 하나만큼은 확실해졌다. 자신이 〈혈뢰〉라는 아주 큰 무기를 얻었듯이, 에도라도 그만한 무언가를 얻었다는 것. 연우와 아르티야에는 그만큼 큰 보탬이 될 터였다.

그리고.

판트는 문득 궁금해졌다.

연우의 말대로라면 아르티야는 이미 본격적으로 움직이기 시작했다. 머지않아 곧 흩어졌던 멤버들도 속속들이 모여들 것이라고 했다. 아주 강하고, 큰 힘이 되어 줄 존재들이라는 말도 덧붙이면서.

연우가 말한 '강하다'의 기준은 얼마나 될까? 그리고 그 사이에서 자신의 위치는 또 어떻게 될까? 호승심이 마구 들었다.

과연 그중에 자신과 어깨를 나란히 할 자격이 있는 이들은 몇이나 될지. 연우에게는 패했을지언정, 무왕의 아들이 되어서 머리는 못되어도 이인자는 되어야 하지 않겠는가 말이다.

이참에 서열 정리를 한번 해 보는 것도 나쁘지 않을 것 같다는 생각도 들었다. 겸사겸사 자신의 혈뢰가 얼마나 통할지 확인도 할 겸.

그리고.

판트의 그런 바람은 얼마 가지 않아 금세 이루어질 것 같았다.

"뭐야, 저것들은?"

평상시라면, 탑 외 지역의 상업 지구를 그림자로 거의 뒤덮을 만큼 으리으리한 크기와 규모를 자랑하고 있는 부유성을 구경하기에 여념이 없었겠지만.

지금은 아니었다. 지금 눈앞에서는 분쟁이 벌어지기 일보 직전이었다.

언제나 시끌벅적한 상업 지구에는 통행인 하나 없이 조용했다. 대신에 거리에는 서로 칼을 뽑은 채 흉흉한 분위기를 내면서 대치하고 있는 두 무리들만이 있었다.

뭐가 뭔지 알 수 없었지만, 이것 하나만큼은 확실했다.

하나는 아군, 다른 하나는 적군이라는 것.

아무래도 라퓨타를 보고 속속 모이기 시작한 아군과 산하 조직을 희망하는 클랜들을 견제하기 위해 적대 세력들이 병력을 파견한 것처럼 보였다.

아니면 적대 세력들이 라퓨타 침공을 시도하려던 중에,

아군 측이 힘을 모아 방비를 하려던 것이던가.

이유가 어찌 되었건 간에, 전투가 곧 벌어질 것처럼 보였다.

판트의 손끝이 간질간질해지려는데. 문득 적대 세력 쪽에 있는 한 녀석이 그의 눈에 밟혔다.

로브를 뒤집어쓰고 있어 얼굴을 알아보기 힘들지만, 어딘지 모르게 위화감을 조성하는 플레이어였다.

겉보기엔 그리 강해 보이지 않았지만. 전투로 단련된 감각이 말하고 있었다. 저놈은 뭔가 위험하다고. 아주 불길하다고.

"……베이럭."

바로 그때. 연우가 그렇게 중얼거리더니 불의 날개를 한껏 펼치면서 그곳으로 난입을 시도했다.

겉보기엔 평상시처럼 냉철한 듯 보이지만, 판트의 눈에는 그가 화를 단단히 억누르고 있는 것처럼 보였다. 연우가 남긴 투기 때문에 살갗이 따끔거릴 정도였다.

그 모습을 보면서.

"뭐가 뭔지, 당최 알 수가 없지만."

이에 뒤질세라, 판트도 히죽 웃으면서 바로 따라붙었다.

"시작부터 너무 재미있는데?"

파직, 파지지직—

콰르르릉!

피부를 따라 튀어 오르던 스파크가 강렬해지면서 핏빛 뇌기를 잔뜩 쏟아 내기 시작했다.

*　　*　　*

칸은 손바닥을 그어 〈블러드 소드〉를 길쭉하게 뽑으면서 인상을 찡그렸다.

방금 전까지만 하더라도.

연우가 용의 미궁을 열었다는 소식을 듣고 그쪽으로 움직였었지만, 계층이 폐쇄되어 발이 묶여 있다가 다시 탑 외 지역으로 나오던 길이었다.

'헤븐윙이라, 헤븐윙……'

이미 연우로부터 미리 언질을 들은 바가 있어 그의 정체에 대해서 알고는 있었다지만.

그래도 막상 헤븐윙이라며 나타나니 크게 놀랄 수밖에 없었다.

그 역시 헤븐윙이 일으키던 파란을 기억하고, 그의 슬픈 죽음을 추모하던 이들 중 하나였으니까. 사실 도일과 손을 잡고서 튜토리얼로 갔던 데에는 헤븐윙의 영향도 꽤 있었다.

그리고 이제 그의 쌍둥이 형이 그보다 더 큰 파란을, 아니, 격진을 만들어 낼 거라고 생각을 하니 가슴이 쿵쿵 뛸 수밖에 없었다.

그러다. 칸은 라퓨타 앞에서 크로이츠가 이끌던 환영기사단과 조우했고, 함께 연우를 기다리고 있을 때 즈음 하이디라고 이름을 밝힌 엘프와 그녀를 따르는 세력도 마주칠 수 있었다.

'숲의 아이들'. 칸도 이곳저곳에서 우연찮게 들었을 정도로, 최근 들어 두각을 드러내기 시작한 곳이었다.

단순히 전력적인 부문에서 대단하기 때문은 아니었다. 그만한 전력은 탑 내에서도 얼마든지 쉽게 볼 수 있었으니까. 오히려 다른 클랜에 비하면 부족한 면이 많았다.

하지만 숲의 아이들이 대단하다고 평가를 받는 이유는, 그들이 가진 특성 때문이었다.

숲의 아이들은 '어디에나' 있었다.

그들은 클랜원을 받아들이는 데 절대 차별을 두지 않았다. 탑 외 지역에 거주하는 낙오자들부터, 장사꾼, 네이티브, 각 층계에 가로막힌 거주민까지.

직업군도 다양했다. 음유시인, 과학자, 밀렵꾼, 밀매업자, 용병, 자유 기사, 떠돌이 마법사, 소수 종족 등 다양한 방면의 사람들이 있었다.

공통점이라고는 눈을 씻고 봐도 찾아볼 수 없을 것 같은 이들. 출신 행성도, 살아온 환경도, 추구하는 바도, 삶의 목적도 다 달랐다.

하지만 그들 전체를 관통하는 한 가지가 있었다.

세상으로부터 버림을 받았고, 자존심마저 꺾여 스스로 무기를 놓으면서 더 이상 '플레이어'라 할 수 없는 이들이라는 것.

보통 클랜들이 층계 공략이나 세력 확장, 권력 추구 등, 각자가 추구하는 목표가 분명한 데 반해.

숲의 아이들은 그런 것을 전혀 내세우지 않고 그저 그늘이 필요한 사람들에게 쉼터를 제공해 주고자 했다.

'세상은 너희들을 버렸으되, 우리는 그러지 않는다.' 그것이 숲의 아이들이 내건 표어였다.

때문에.

탑의 지나친 경쟁에 지쳐 세상을 등졌지만, 사람의 따스한 온정을 그리워하던 많은 이들이 속속들이 모이기 시작했고.

각 클랜과 랭커들은 그런 숲의 아이들을 괄시하면서 비웃었다. 못난 것들끼리 자기 위로나 하기 위해서 뭉친다고 여긴 것이다.

하지만 인원이 점차 불어나고, 각 분야에서 한때 일인자의 길을 걷다가 은퇴를 했던 이들도 섞여들기 시작하면서.

숲의 아이들이 가진 힘은 무궁무진하게 커지고, 세력도 삽시간에 큰 규모로 불어났다.

소속원들이 각 층계에 골고루 흩어져 있으며, 갖고 있는 직업도 다양하기 때문에 무수히 많은 방면으로 시너지 효과를 낼 수 있었던 것이다.

각종 정보를 한데 모아 큰 정보를 이룬다든지, 여론을 선동해서 흐름을 만든다든지, 기존에 무력을 썼던 플레이어들이 공략대를 구성한다든지 하면서. 정보전뿐만 아니라, 자체적인 무력 조직도 겸비하게 되었다.

덕분에 여러 거대 클랜들 간의 충돌로 시끄러운 이때. 숲의 아이들이 가지는 영향력은 나날이 커지는 중이었다.

그런데 그런 곳의 수장이 몸소 찾아와 산하 조직이 되고자 한다고 한다.

칸으로서는 놀랄 수밖에 없는 일이었다.

하이디는 연우로부터 받았던 은혜를 갚기 위해서 이렇게 찾아온 것이라고 했으니까. 칸이 아는 연우는 '인성질'로만 유명했기 때문에 이런 상황이 영 낯설었던 것이다.

이 외에도 아르티야의 산하 조직이 되겠다며 찾아온 세력들은 꽤 많았다.

'팔보 해적단', '녹염의 별', '저주받은 반달', '소피의 세계', '성광문', '뇌혼신류' 등…….

대개 과거 아르티야의 산하 조직으로 있었거나, 그에 준하는 인연이 있던 이들이었다.

헤븐윙이 되돌아왔다는 소식과 함께, 아르티야가 재건되어 '왕' 중 셋이나 죽인 사실이 알려지자 다시 찾아온 것이다.

게다가 '끝없는 종말'이나 '철의 왕좌'처럼 4대 신진 클랜에는 들지 못했어도, 그에 준하는 전력을 가졌다고 평가받는 이들도 더러 있었다.

그들로서는 떠오르는 신성이라는 아르티야를 직접 관찰하고, 참여 여부를 판단하고 싶은 것이겠지. 아르티야와 함께하는 것만으로도 앞으로 재편될 질서에서 차지할 수 있는 비중이 달라질 테니.

덕분에. 칸은 하루아침에 달라진 아르티야의 위상을 몸소 실감할 수 있었다.

불과 며칠 전까지만 하더라도. 플레이어들의 머릿속에서 헤븐윙은 '시대를 잘못 타고난 불운의 영웅'이거나, '날개가 꺾인 이카루스', '떨어진 태양'이라는 수식어로 점철되어 있었다.

찬란하게 떠올랐으나, 결국에는 모든 빛을 잃고 떨어지고 말았노라고.

그 속에는 탄식과 동경이 담겨 있었지만, 한편으로는 결국 아무것도 이루지 못하고 사라진 존재라는 비웃음도 섞여 있었다. 누구도 쉽게 따라가지 못할 만큼 커다란 존재감을 뽐냈던 이에 대한 시기였다.

하지만 지금은 달랐다.

헤븐윙이라는 이름은 다른 어느 때보다 화려하게 빛나고 있었고. 또한 어둡게 번져 나가며 플레이어들의 숨통을 옥죄고 있는 중이었다. 되돌아온 헤븐윙이 행여 그를 비웃었던 자신들에게 해코지나 하지 않을까, 두려워하는 시선이 너무나 많았다.

지금의 헤븐윙이 누군지 잘 알고 있는 칸으로서는 씁쓸할 수밖에 없는 일이었다.

결국 여기에 있는 무리들은. 헤븐윙의 화려함과 지난날의 영광만을 쫓아온 하이에나나 다름없었으니까. 그 속에 담긴 어둠이 얼마나 음험하고 날카로운지를 전혀 보지 못하고 있었다.

그래도 이들이 있어야만 본격적으로 거대 클랜으로서 발돋움을 하고, 앞으로 있을 기나긴 전쟁을 버텨 낼 수 있으리란 것을 알고 있었기에. 별다른 말을 하지 않고 그들을 관찰하고 있을 뿐이었다.

그리고.

아르티야의 아군이 되고 싶어하는 무리를 적대하는 세력이 나타난 것도 바로 그 무렵이었다.

엘로힘과 마군이 일단의 병력을 이끌고 나타난 것이다.

칸으로서는 기절할 일이었다.

그가 아는 상식선에서 두 클랜이 손을 잡는다는 건 절대 있을 수 없는 일이었으니까.

신의 후예를 자처하면서 선민의식으로는 둘째가라면 서러워한다는 엘로힘과, 다른 신과 악마들은 가짜이니 자신들만이 유일한 구원자라는 유일신 사상을 추구하는 마군은 절대 섞일 수가 없는 사이였다.

이전에 아르티야를 몰아낼 때 손을 잡기도 했다지만, 그때는 암묵적인 연합이었을 뿐이지, 직접적인 동맹은 아니었다.

하지만 지금은 달랐다.

헤븐윙이라는 공통된 적을 없애고자, 지난날의 은원이나 사상 차이를 잠시 묻어 두기로 한 것이다.

특히, 엘로힘을 이끌고 있는 자는 칸으로서도 어이가 없을 지경이었으니.

"저기에 클랜 하우스가 있단 말이지? 그렇군. 한번 보고 싶은데 말이야."

아르티야의 유명한 배신자, 안티 베놈 베이럭이 손으로

턱을 쓰다듬으면서 흥미로운 표정을 지었다.

그러다 베이럭은 자신을 조용히 노려보는 칸을 발견하고, 피식 하고 가볍게 웃음을 흘렸다.

"아무래도 네가 새롭게 내 포지션에 있게 된 놈인가 보지?"

베이럭의 목소리는 아주 여유롭게 보였지만. 칸은 그 속에 숨겨진 살의를 놓치지 않았다.

'베이럭은 아르티야에 원한이 강하다.'

원래대로라면 아르티야가 베이럭에 원한을 가져야 옳겠지만. 또 다르게 보면, 베이럭이 그렇게 악랄한 짓을 저지른 것에는 어떤 이유가 있을 터였다.

어쩌면. 베이럭이 그런 독한 마음을 먹게 된 중대한 계기 같은 게 있을지도 몰랐다.

하지만.

'내가 신경 쓸 필요는 없겠지.'

칸은 그런 베이럭의 이유 따위는 전혀 궁금하지 않았다. 무엇이 되었든 간에 자신 역시 아르티야에 몸을 담근 이상, 베이럭과는 충돌할 수밖에 없는 입장이었으니까!

"돕겠소."

"보잘것없는 힘이겠지만, 거들겠어요."

크로이츠의 명령에 따라 환영기사단이 일제히 와이번을

소환해 하늘 위로 날아오르고, 숲의 아이들도 하이디의 지시에 맞춰 재빨리 무기를 꺼내면서 전투를 준비하기 시작했다.

그러자 사정이 급박해진 것은 다른 클랜과 파티들이었다.

"젠장, 이게 뭔……!"

"일단 뒤로 빠져야 하나?"

그들은 아직 아르티야로의 합류를 결정한 게 아니었으니까. 그들이 여기에 온 건 어디까지나 아르티야와의 관계를 정립하고, 그들을 돕는 대가로 무엇을 얻을 수 있을지를 들어 보며 거래하기 위해서였다.

아무리 아르티야가 당장 날고 긴다고 한들, 다가올 대전쟁에서 자신들이 없다면 절대 전쟁을 길게 이어 나갈 수 없을 테니까.

당장 헤븐윙이 가진 전력이 '왕' 급이라고 한들. 그리고 아르티야의 구성원들 면면이 아무리 강하다고 한들, 뿌리가 단단해 인재가 넘쳐 나는 화이트 드래곤이나 엘로힘을 능가할 정도는 아니었다. 게다가 머릿수의 차이도 컸다.

그래서 이곳에 참여한 세력들 중 다수는 헤븐윙과 아르티야가 대전쟁에서 승리는 못 할지언정, 어느 정도 큰 기반은 확보할 수 있을 거라 믿었고.

그 안에서 아주 큰 지분을 차지할 수 있을 거란 판단하에 움직인 것이었다.

대부분이 아르티야와의 지난 관계 때문에 모여들었다지만. 이런 계산이 없었더라면 애당초 소집에 응하지 않았을 것이다.

그런데 아직 거래를 맺지도 않은 상태에서. 관계를 정리하지도 않은 상황에서 아르티야의 편에 서 버린다?

그들로서는 아무것도 얻은 바가 없이 엘로힘—마군과 척을 지는 것이기 때문에 이 상황을 빠져나가고자 하였지만.

처척—

"어딜 가려 하시는가?"

베이럭의 냉소와 함께 그를 따라왔던 군단이 일제히 타워 실드로 방벽을 세우고, 고슴도치처럼 그 사이사이로 장창을 뻗으면서 여러 클랜들의 이탈을 가로막았다.

무오병단(無誤兵團). 줄여서 '무오병'이란 이름으로 더 유명한, 엘로힘이 자랑하는 최정예 집단이었다.

그들은 태어났을 때부터 부모로부터 철저하게 유리되어 철저한 군사 훈련을 받으며, 오로지 엘로힘의 번영을 위해서만 살아가는 존재들이었다. 마술(馬術)과 마술(魔術), 창술, 검술, 궁술, 방패술 등에 두루 능통해 여러 세력들로부터 두려움을 사는 곳.

이미 베이럭은 원로원으로부터 외부 인사 최초로 독재관이라는 직함과 더불어 '대장군'이라 명명되어 군사 권력도 위임받은 상태.

권력 집중을 그토록 경계하던 원로원이 드디어 포기하고, 그에게 모든 힘을 실어 준 것이다.

따라서 상명하복에 철저한 무오병단은 그의 명령에 따라 꿈쩍도 않았다.

두려운 점은 병사라면 흔히 가질 법한 투기조차도 녀석에게서는 느껴지지 않는다는 점이었다.

"우리는 아직 아르티야와 한배를 탄 것이 아니오. 그러니 보내 주었으면 하오."

그때, 한 남자가 인상을 굳히며 앞으로 나섰다.

"그대는?"

"철의 왕좌라는 작은 집단을 맡고 있는 하나탄이요."

"'블레이드 마스터' 로군. 나도 익히 들은 바가 있지."

철의 왕좌는 원래 용병 집단에서 시작해, 철사자와 의견이 맞지 않아 클랜으로 방향을 선회하면서 유명해진 군사 집단이었다.

특히 하나탄은 철사자와도 비견될 만한 뛰어난 검술 실력을 지녔다고 알려진 자.

'왕' 급은 되지 못해도, 바로 그 아래는 자처할 수 있는 수준인 것이다.

무오병단의 포위망을 어떻게 뚫고 지나갈까, 고민하던 플레이어들의 얼굴에는 안도감이 어렸다. 설마 그만큼 되는 존재를 막지는 않을 테니. 저들로서도 쓸데없는 피해는 피하고 싶을 것이다. 그럼 자신들은 철의 왕좌의 뒤만 따르면 될 듯싶었다.

하지만.

"그래서?"

베이럭은 어쩌라는 투로 고개를 갸웃거렸다.

하나탄의 표정이 딱딱하게 굳었다.

"불필요한 충돌은 서로 피하는 것이……."

"뭔가를 착각하고 있나 보군."

베이럭이 차갑게 입꼬리를 말아 올렸다.

"불필요한 충돌이라니. 그딴 게 있을 리 만무하잖은가. 아르티야와 관련된 것은 모두 지운다. 그들과 거래를 하는 곳, 하려는 곳, 의중을 갖고 있는 곳까지…… 한 놈도 남기지 않고 치워 버린다. 이것이 본 원로회에서 가결된 안건이자, 엘로힘의 목표다."

"……!"

"……!"

"······!"

모두가 경악에 잠겼다.

단순히 이렇게 찾아온 것만으로도 적으로 삼는다고?

"그리고 마군도 우리와 의견을 같이하기로 했지."

여기에 베이럭이 완전히 도장을 찍어 버리자, 여러 클랜들은 인상을 굳히며 전투태세를 갖출 수밖에 없었다.

철의 왕좌에 소속된 플레이어들이 일제히 하나탄을 보호하듯이 에워쌌다. 하나탄은 일행들 사이로 보이는 베이럭을, 잔뜩 일그러진 얼굴로 노려보았다.

"그 말, 후회하게 될 것이오."

"후회?"

피식.

베이럭은 그렇게 웃으며 반문을 하더니.

"헛소리 마라. 그딴 건 이미 끝낸 지 오래니. 오히려 그 말은 너희들이 할 말이지."

딱!

가볍게 손가락을 튕겼다.

"큽!"

그러자 갑자기 하나탄이 눈을 번뜩 뜨더니 제 목을 붙잡고 발버둥 치기 시작했다. 마치 밧줄로 목이 매인 사람처럼 숨을 쉬지 못하고 있었다. 입가를 따라 게거품이 잔뜩 쏟아졌다.

"클랜장? 클랜장!"

"왜 그러십니까!"

소속 플레이어들이 깜짝 놀라 하나탄을 붙잡았다. 몇몇이 재빨리 해독 포션을 건넸지만, 아무런 도움도 되지 않았다.

독이었다. 어느새 베이럭이 하독을 끝낸 것이다. 아무도 눈치를 못 챈 사이에.

그리고.

화아아—

베이럭을 중심으로 녹색 운무가 잔뜩 피어나기 시작했다. 짙은 산성과 맹독이 같이 섞여 있어 닿는 모든 것들이 지글지글 녹아내리기 시작했다.

"도, 독 안개다!"

"젠장! 물러나!"

〈독 안개〉. 베이럭을 최고의 연금술사이자 독술가(毒術家)로 만들어 준 시그니처 스킬이 발동되었다. 많게는 수천 명의 목숨도 단번에 앗아 간다는 저주받은 스킬.

플레이어들이 혼비백산하여 뒤로 물러나기 시작하고.

베이럭은 그들을 보면서 사악하게 웃었다.

"죽어라, 옛 망령들아."

그렇게 독 안개가 번지면서 클랜들의 머리 위로 쏟아지

고, 무오병단을 비롯해 마군 측도 움직이려는 순간.

팟—

칸이 앞으로 나섰다. 왼쪽 손바닥에 난 상처를 따라 쏟아지기 시작한 핏방울이 확 번지면서 또 다른 붉은 안개를 만들어 독안개와 맞섰다.

그의 특성에 기반한 스킬, 〈블러드 스트림〉과 72선술 중 〈확(擴)〉과 〈해(解)〉를 섞은 기술. 독 안개는 번지다 말고 도중에 붉은 안개에 가로막혔다. 두 힘이 서로 충돌을 일으키기 시작했다.

쿠쿠쿠—

"나타날 줄 알았지, 혈검. 그대라면 정우가 나타나기 전까지 여흥은 될 테지."

베이릭도 차갑게 웃으면서 칸을 잡기 위해 움직이려던 그때.

하늘에서부터 강렬한 불꽃이 떨어졌다.

콰아아앙!

불벼락은 단번에 독 안개를 찢는 것으로도 모자라, 모든 것을 그대로 불살라 버렸고.

"카인!"

탄내와 매연이 자욱한 가운데, 그 사이로 나타난 연우가 단번에 베이럭에게로 쇄도했다.

베이럭이 지닌 동체 시력으로는 절대 따라잡을 수 없는 빠른 속도였다.

때문에 베이럭이 흠칫 놀라 뒤로 물러나려 했을 때에는 비그리드가 어느새 베이럭의 몸을 가로지르려 하고 있었다. 연우도 녀석이 자신의 공세를 이겨 낼 수 있을 거라 여기지 않았다. 바로 어제 무왕의 원영신에 상처를 입혔던 그 공격이었으니까.

바로 그 순간.

팟!

베이럭 앞으로 무언가가 튀어나오더니 연우의 공격을 그대로 튕겨 냈다.

분명 전력을 다한 일격이었지만, 맞받아친 힘도 그만큼 강했다.

연우는 인상을 살짝 구긴 채 불의 날개로 화를 치면서 자세를 바로잡아 가볍게 착지했다.

"후우! 위험했군."

베이럭은 간담이 서늘했는지 쓰게 웃으면서 안도에 찬 한숨을 내쉬었다.

하지만 연우의 시선은 증오스러운 베이럭이 아닌, 녀석의 앞을 꼿꼿하게 막고 서 있는 것에 단단히 고정되어 있었다.

로브를 뒤집어쓰고 있어 정체를 알아볼 수 없지만, 눈에 밟히는 게 있었다. 로브 사이로 언뜻 드러난 새하얀 날개. 너무나 낯익은 것이었다.

'설마.'

그런 단어가 머릿속을 빠르게 스쳤다.

그래서 연우는 애써 떠오르려는 불길함을 억누르며, 베이럭을 가만히 노려보았다.

"뭐지, 저건?"

"아, 이것 말인가? 하하! 사실 자네를 만나면 바로 보여 줄 선물이 있었지."

베이럭은 가볍게 웃으면서 로브를 꽉 잡았다.

"오랜만에 만난 것이니, 그에 걸맞은 서프라이즈가 있어야 할 거라고 생각해서 말일세."

그리고 로브를 잡아당긴 순간. 연우의 두 눈은 경악으로 물들다가, 이내 분노로 젖고 말았다.

"베이러어어어억!"

로브가 사라진 자리에는.

정우가 무표정한 얼굴로 서 있었다. 은색 갑주와 새하얀 날개, 그리고 찬란한 검을 꼭 쥔 채로.

※   ※   ※

28층에 황량하게 남아 있던 연구소.

그곳에 있던 각종 연구 일지나 시약들을 살펴보아도, 당시에는 대체 베이럭이 무슨 연구를 하고 있었는지를 알 도리가 없었다.

무언가 대규모 실험이 벌어지고 있으며, 그것이 항상 녀석이 말하던 '신인(神人)'과 연관되어 있지 않을까 하는 추측이 전부일 뿐.

그나마 한령을 중독시킨 독이 거기서 빚어진 결과물 중 하나라는 것이 추측할 수 있는 전부였다. 그때 추출한 독은 여전히 브라함이 분석 중이었다.

물론, 알아낸 바가 전혀 없는 건 아니었다.

　　—이 독, 아무래도 망량독(魍魎毒)의 일종인 것
　같네.

망량독.

구성 성분이 물질이 아닌, 영자(靈子)를 기반으로 하여 이루어져 있는 독이었다.

영적인 물질은 연금술 내에서도 대가 급의 인사가 아니

면 절대 손을 대지 못하는 영역. 하물며 이런 영적인 물질을 독으로 활용한다는 것은 이에 대한 이해도가 월등히 높다는 뜻이기도 했다.

그래서 망량독은 만들기도, 다루기도 아주 까다로운 편이었다.

브라함이 가지고 있는 학식이 탑의 세계가 구축한 문명 수준을 월등히 뛰어넘는다지만, 그런 그도 영적인 세계에 대해서는 그리 넓은 지식 체계를 구축하지 못한 상태였다.

그런 판국에 베이럭이 망량독을 사용했으니.

브라함은 그만한 지식을 대체 어떻게 쌓았는지에 대해 의문을 드러내기도 했다.

―문제는 이 망량독이 결과물이 아니라, 어떤 연구를 토대로 하다가 얻은 부산물일 가능성이 높다는 것이지. 대체…… 무슨 연구를 한 것일까? 영혼을 다루려 한다는 것은 알겠는데 말이지.

―다만, 짐작 가는 바가 전혀 없는 건 아니야.

―연구소에서 가져온 기존 자료들과 비교를 해 보면, 영혼을 연구하기에 앞서 1차적으로 인체 연성

(人體鍊成)과 관련된 무언가를 시도한 흔적들이 보여.

—아무래도.

—호문클루스를 만들려 했던 게 아닌가 하는 생각이 드네만⋯⋯.

호문클루스.

'작은 인간'이란 뜻으로, 연금술사가 만들어 낸 인공 지성체를 가리키는 말이었다. 브라함도 절반만 성공했을 뿐, 완전한 연성에는 실패했던 것이기도 했다.

지금 브라함은 그가 만들던 도중 중단한 육체에 연우가 칠흑의 권능으로 그의 영혼을 욱여넣은 것에 지나지 않았다.

그런데.

'그런 호문클루스를 만들었다고? 베이럭이?'

베이럭이 아무리 연금술사 출신이라지만, 그만한 지식 체계를 갖추었다고는 도무지 생각할 수가 없었다. 브라함도 갖지 못한 지식을 어찌 그가 가질 수 있단 말인가.

그래서 연우는 아니라고 부정하고 싶었지만.

냉철한 이성과 예민한 감각은 베이릭을 보호하기 위해 서 있는 것이 '정우'라는 사실을 말해 주고 있었다.

일말의 변화도 없는 무표정한 얼굴 때문에 그것이 감정 이나 이성이 없는 전투 인형이라는 사실은 알 수 있었지만.

그래도. 그것이 무엇을 토대로 만들어졌는지 알았기에, 쉽게 넘어갈 수 없었다.

그리고. 더불어서 연우는 그동안의 의문이 자연스레 해 소되는 것을 느낄 수 있었다.

"너, 설마 배신을 했던 이유가?"

"별 게 있겠는가. 다 이런 이유 때문이지. 단언컨대, 기 실 내가 숱하게 보았던 여러 인물들 중에서도 자네만큼 '신 인'에 가장 가까운 인물도 없었다네."

당연하지 않느냐는 태도에.

고오오—

연우를 따라, 살의가 잔뜩 담긴 열풍이 강렬하게 휘몰아 쳤다.

베이릭은 그의 비원이었던 신인 연성을 위해 오랫동안 실험 재료를 찾고자 노력했고, 결국 여러 관찰 끝에 그 대 상이 '정우'만 한 적합체가 없다는 것을 깨달았던 것이다.

그래서.

배신을 한 것일 테지.

정우의 DNA를 얻기 위해서.

정확하게는 그 속에 저장된 유전 정보와 영자 정보가 필요했을 것이다.

하지만 당시에 정우를 둘러싼 벽은 아주 단단했을 테고.

그것에 금을 내기 위해서 아주 오랫동안 공을 들였을 것이다.

정우에게 '홍련의 눈'을 꾸준히 먹이면서 중독을 시키는 한편, 보디가드나 마찬가지였던 발데비히에게 수작을 부려 곁을 떠나게 만들고, 아르티야의 정보를 외부로 유출시켜 계속된 패퇴를 이끌었던 것이다.

그리고. 아르티야는 그렇게 서서히 몰락을 거듭하며, 끝내 정우까지 쓰러지고 말았으니.

한번 굴러가기 시작한 눈덩이는 계속 불어나 이 지경에까지 다다르고 만 것이다…….

화아아아!

지난날에 있었던 모든 사정을 다 깨닫게 되자, 열풍은 더 거세지면서 상업 지역을 전부 뒤덮고 말았다.

아르티야와 엘로힘—마군 가릴 것 없이, 그 자리에 있던 모든 플레이어들이 황급히 뒤로 물러서기 시작했다.

유일하게 서 있는 건 베이럭뿐.

처척—

연우가 내뿜은 열풍은 베이럭에게 다가가지 못했다. 역시나 정우를 닮은 호문클루스가 앞으로 나서면서 가로막은 것이다.

날개를 활짝 펼치면서 검을 바닥에다 찍자, 하늘에서부터 빛의 기둥이 내려오면서 모든 열풍을 비껴 냈다.

"따갑군."

베이럭은 열풍에 의해 생채기가 난 볼을 매만지면서 작게 중얼거렸다.

"대체 그동안 무슨 일이 있었던 겐가? 아무리 몇 년이 지났다지만, 사람이 어떻게 이렇게까지 변할 수가 있는 거지? 성격은 그렇다 치더라도, 특성이며 스킬, 가호, 축복 등등, 나와 있는 정보가 전부 이전의 자네와 다르지 않은가? 다른 사람인가 싶어도 생체 정보를 보면 틀림없는데 말이지."

베이럭은 여전히 이해할 수 없다는 표정을 지으면서도, 한편으로는 학자로서의 호기심을 숨기지 않았다. 그러다 차갑게 웃으면서 연우를 응시했다.

"그보다 이왕 이렇게 된 것, 더 말해 줄까?"

베이럭의 두 눈이 차갑게 빛났다.

"원래는 자네를 산 채로 잡으려 했던 게 내 계획이었네. 한데, 그게 실패해 버리지 뭔가? '홍련의 눈'을 그렇게 마시고도 그만한 힘이라니…… 놀랄 일이었지. 그만큼 버틸 수 있을 줄은 몰랐어. 원래대로라면, 계산이 맞았다면, 과거의 용이라 하여도 곧장 쓰러질 만큼 많은 양이었거든."

연우는 더 이상 녀석이 지껄이는 말을 듣고 싶지 않았다.

계속 듣고 있자니, 귀가 썩어 버릴 것만 같았다.

"하지만 덕분에 확신을 얻었지. 이 탑 안에서, 과거에도 미래에도 자네만 한 원재료는 없을 거란 걸!"

광기에 서서히 젖어 가는 녀석의 눈을 본 순간.

콰아앙—

연우는 블링크를 밟으면서 단숨에 베이럭의 후방에서 나타났다. 독술가와 연금술사로서만 능력이 뛰어날 뿐, 체술에 있어서는 일반 랭커 수준에 지나지 않는 베이럭으로서는 알아차리는 게 한 박자 늦을 수밖에 없었고.

대신에 호문클루스가 재빨리 베이럭을 보호하듯이 에워싸면서 몸을 빠르게 측면으로 돌렸다. 손에 쥐고 있던 백색 검날이 사선을 그리면서 비그리드와 재차 충돌했다.

까앙!

맑은 쇳소리가 울리면서 커다란 파장을 만들어 내는 것과 동시에.

쿠웅, 화아악—

거기서 풍긴 어마어마한 풍압(風壓)에 두 사람이 부딪친
지반이 그대로 무너지면서, 열풍이 다시 회오리를 치면서
올라갔다.

탑 외 지역에서 가장 큰 규모를 자랑한다는 상업 지구는
단 한 번의 충돌로 3분의 2 이상이 소실되고 말았다.

"쉽지는 않을 거야. 이래 봬도 지금 자네 눈앞에 있는
건, 자네가 헤븐윙으로서 최전성기를 구가하고 있을 때의
데이터를 베이스로 하고 있거든."

연우는 쫑알쫑알 시끄럽게 떠들어대는 베이럭을 쫓고자
재차 몸을 움직였지만, 그럴 때마다 호문클루스도 빠르게
움직이면서 검격을 모두 비껴 냈다.

깡, 깡, 까앙—

콰앙, 콰앙, 콰아앙!

부서진 오러가 사방으로 튀고, 불길이 지면 곳곳에 크레
이터를 만들어 냈다.

연우와 호문클루스의 격돌은 그만큼 막상막하였다.

"생체 정보만이 아닐세. 입고 있던 축복이며 권능, 가호,
스킬 등등…… 전부 따라 할 수는 없었지만, 그래도 민망하
지 않을 수준만큼은 맞췄지. 대략 70에서 80퍼센트 정도?
엘로힘이 꽤 많은 도움이 되어 주었어."

대기가 지글지글 끓는 지옥도 같은 상황 속에서도. 베이럭은 여전히 여유를 잃지 않았다.

"이를테면."

가가가각—

"자네는 지금 과거의 자네와 마주치고 있는 셈이지."

콰르르릉!

연우는 다시 한번 더 큰 폭발과 함께 분진과 매연이 흩날리는 전장 한가운데에서, 베이럭을 어떻게든 제거하기 위해 입술을 달싹였다.

'샤논. 한령.'

「안 그래도 좋알좋알 시끄럽게 떠들어 대서 짜증 나던 참이었는데. 좋았어.」

「놈의 목은 기필코 제가 베겠습니다.」

휘이익—

연우의 명령에 따라, 그의 그림자가 땅거미가 지는 것처럼 길쭉하게 늘어나면서 하늘 위로 삐죽 솟아올랐다.

뒤쪽으로 빠져나가는 베이럭을 잡기 위해서였다. 호문클루스가 뒤늦게 쫓아가려 했지만, 연우가 깊숙하게 파고들면서 녀석의 발을 묶었다.

하지만. 베이럭은 연우의 그림자가 촉수처럼 날아와 면전에 거의 다다랐는데도 불구하고, 흐트러지기는커녕 여전히 여유를 잃지 않고 있었다.

아니, 도리어 재미있다는 듯. 크게 웃기까지 했다.

"그리고 이런 것을 만들 수 있게 되었는데, 설마하니 한 개만 만들어 내고 말았겠나?"

그 말이 끝나기 무섭게, 베이럭의 주변 공간이 흔들리면서 두 개의 섬광이 더 날아들었다. 그림자가 단박에 가로막혔다.

챙, 채앵—

그림자는 각각 샤논과 한령으로 변하면서 인페르노 사이트를 부릅떴다. 그들을 가로막은 것은 연우가 상대하고 있는 것과 비슷한 외양과 스펙을 자랑하는 호문클루스였다.

「이게 무슨……!」

「이 미친 것들이!」

그제야 연우를 비롯한 이들은 확실히 깨달을 수 있었다.

베이럭과 엘로힘이 손을 잡고 해낸 짓은 절대 용서할 수 없는 잔학무도한 짓이라는 것을.

고대종 복원 계획. 엘로힘이 오랫동안 시행착오를 거듭하면서 터득한 연구 성과와 베이럭의 광기 어린 집념이 손을 잡아 빚어낸 결과는.

이토록 말도 안 되는 것이었다.

하지만.

이해가 가지 않는 점이 있었다.

아무리 베이럭과 엘로힘이 모든 역량을 총동원했다고 하더라도, 하이 랭커 급의 인사를 이렇게 여러 기 만들어 내는 게 가능한 일일까?

그렇다면 지금 세간에 알려진 모든 하이 랭커나 '왕' 급 인사들의 DNA를 채취해 클론 군단을 만들어 버리면 그만일 텐데?

그랬다면 엘로힘은 진즉에 탑을 지배하고도 남았을 터. 하지만 여태 왜 그러질 못했던 걸까.

의문은 꼬리에 꼬리를 물었지만.

연우는 눈앞에 아른거리는 동생의 클론 때문에 도저히 이성을 되찾을 수가 없었다.

[강한 정신적 동요 상태에 빠졌습니다.]
[특성 '냉혈'이 불발되었습니다.]
[특성 '냉혈'이 불발되었습니다.]

웅, 우웅—

공간이 연속으로 울리면서 정우의 모습을 한 호문클루스가 속속들이 쏟아졌다.

넷, 다섯, 여섯…… 그렇게 쏟아진 개체가 도합 아홉 기에 다다랐을 때.

연우는 결국 완전히 이성을 잃고 말았다.

"베이러어어어억!"

[5차 용체 각성]

[권능 전면 개방]

콰드득―

연우의 피부가 뒤집히면서 용의 비늘이 잔뜩 올라왔다. 분노가 단단히 어린 비늘은 빳빳하게 일어난 채 짙은 열기를 피우고, 채널링으로 연결된 모든 권능을 속속 강화시키기 시작했다.

[제천류 ― 뇌벽세]

[불의 파도]

[검은 구비타라]

그리고 비그리드를 아래로 거세게 내리긋는 순간, 쩌거걱 하는 소리와 함께 갈라진 공간의 균열을 따라 십여 개의 불벼락이 잇달아 아래로 쏟아졌다.

콰르르릉!

불벼락에서 튀어 오른 뇌기가 서로 연결되어 하늘을 거미줄처럼 복잡하게 얽으며 대지를 강타하는 광경은.

보는 이로 하여금 압도되게 만드는 강렬한 무언가가 있었다.

목표는 이쪽으로 몰려오는 정우의 호문클루스들. 화안금정이 밝혀진 용신안이 녀석들의 결을 좇고 있었다.

하지만 녀석들에게도 방책이 없는 건 아니었다.

"펼쳐라."

〈망량독의 날개〉
〈망량독의 날개〉
……

베이럭의 시동어와 함께, 호문클루스들이 일제히 하늘 날개와 사뭇 비슷하게 생겼지만, 음울한 느낌을 풍기는 날개를 활짝 펼쳤다.

새하얗게 빛나는 날개 속에는 여러 종류의 맹독이 가득했다. 그것들은 정우의 유전 정보를 극한까지 쥐어짜, 육체의 수명을 대폭 깎으면서 가능성을 극대화시키는 효과를 지니고 있었다.

물론, 그렇다고 해도 모티브가 되는 하늘 날개에 비하면

턱없이 부족한 위력이었지만.

그래도 정우가 가진 가능성을 최대로 뽑아내는 만큼, 위력은 대단했다. 이런 것들이 아홉 개나 동시에 발동되니 일대는 화려한 빛의 명멸로 눈이 부실 정도였다.

그리고 그것이 연우의 분노를 더 거세게 부채질했다. 베이럭은 동생의 클론을 도구, 그 이상으로 취급하지 않고 있으니까. 그나마 몇 년 안 될 게 분명한 클론의 수명을 강제로 소모하게 만들고 있는 것이었다.

화아아—

그리고.

〈망량독의 파도〉

녀석들이 '빛의 파도'의 구성식에 따라, 양손에 뇌기 대신 독기를 끌어모아 터뜨렸을 때.

폭발은 독기와 함께 삽시간에 번져 나가면서 상업 지구는 물론, 탑 외 지역의 태반을 깡그리 '녹여' 버렸다.

하지만 망량독의 파도의 응집체는 어느 지점에서 더 이상 확산되지 못하고 가로막혔다. 연우가 화력을 더한 불의 파도와 뒤섞이면서 단숨에 하늘 위로 솟구쳐 높다란 기둥이 되어 모조리 갈려 나간 것이다.

쿠우우—

쿠릉, 쿠르릉—

그러다 모든 화력이 다해 불길이 내려앉았을 때.

호문클루스들 중 네 기가 모조리 갈려 나간 채, 다른 두 기가 겨우겨우 연우를 막아 내고 있었다.

그리고 베이럭은 호문클루스 세 기의 보호를 받으며 전장에서 멀리 이탈해 있었다.

여태껏 여유롭던 그의 얼굴엔 처음으로 당황하는 기색이 짜증과 함께 섞였다.

"……가뜩이나 괴물 같던 녀석이 더 괴물이 되고 말았구만. 아무리 클론(Clone)이라고 해도, '기어 다니는 혼돈'의 '잿빛 파편'으로 만든 것인데. 이렇게 허망하게 당할 줄이야."

엘로힘이 지니고 있던 고대의 지식과 베이럭의 경험, 그리고 기어 다니는 혼돈이 거래를 통해 건네준 재료를 바탕으로, '에메랄드 타블렛'의 지식 체계를 더해서 만들었는데도 불구하고.

엘로힘이 모든 역량과 재산을 총동원해 겨우 탄생시킨 보물 중 태반이 이번 일격으로 모조리 날아간 것이다.

"본체를 상대하기엔 아직 무린가……. 좀 더 개량을 해야겠어."

베이럭의 그런 혼잣말과 함께.

팟!

연우가 새롭게 날린 일격이 다다르기 전에 녀석은 어디
선가 '개입된' 기운과 뒤섞여 사라지고 말았다. 무봉병단
과 함께, 통째로. 공간이 '잘려' 나가듯이.

그리고 베이럭이 자취를 감춘 자리에는.

툭—

투둑—

녀석의 오른팔과 함께 추가로 잘린 호문클루스의 머리통
두 개가 힘없이 떨어졌다.

[아가레스가 믿을 수 없다는 눈으로 하계를 내려
다봅니다.]
[아가레스가 거친 분노를 토해 냅니다.]

[아가레스에게서 메시지가 도착했습니다.]
[메시지: 이런 미친놈들이…… 감히, 감히 내 것에
손을 대는 것으로도 모자라 이딴 짓을 저질러?]
[아가레스에게서 메시지가 도착했습니다.]
[메시지: 나는 여태 전혀 몰랐던 일이다. 나라고
해서 모든 하계를 매번 관찰하고 있는 건 아니니까.
하지만 이것은 용서할 수 없고, 용납할 수도 없는 일.

절대, 놈들을 용서치 않을 것이다.]

[아가레스의 격노가 천계에 공표됩니다.]

[아가레스의 강한 요청에 따라, '르 인페르날'이
이번 안건에 대한 표결에 들어갑니다.]

[대다수의 악마들이 하계에 개입하는 안건에 대
해 부정적인 의사를 밝힙니다.]

[아가레스의 분노 섞인 시선이 그들에게로 향합
니다.]

[동부의 대공이 의지를 드러냅니다.]

[하위 악마들이 깊은 공포에 질립니다.]

[대다수의 악마들이 생각을 바꿨습니다.]

[표결이 재진행됩니다.]

[1표를 제외한 모든 표가 찬성표로 변하였습니다.]

[악마의 사회, '르 인페르날'이 클랜 '엘로힘'에
적대 의사를 밝혔습니다.]

[아가레스에게서 메시지가 도착했습니다.]

[메시지: 이번 사안이 끝나지 않는 한, 나와 우리
들의 축복은 그대를 따라다닐 것이다.]

[악마의 사회, '르 인페르날'로부터 축복과 가호
가 더해졌습니다!]
　['아르티야'가 '엘로힘'을 적대하는 동안, 이 축
복과 가호는 사라지지 않고 당신을 계속 따라다닐
것입니다.]

　동생의 호문클루스가 나타났다는 소식은 아가레스를 격
노하게 만들었다.
　헤르메스와 아테나에게 입은 상처 때문에 상당한 힘을
소실하면서, 한동안 르 인페르날 내에서도 천덕꾸러기 신
세를 면치 못하던 입장이었지만.
　그래도 그는 여전히 동부의 대공이라는 위계를 잃지 않
을 정도의 힘과 영향력을 지니고 있었고.
　그런 그가 진심으로 분노를 드러내자, 르 인페르날이 통
째로 의견을 바꾸어 그의 의사에 동참하기 시작했다.
　처음에는 거부했던 악마들도 소스라치게 놀라면서 참여
했을 정도였다.
　물론, '인과율'이라 명명된 시스템의 제제 때문에 르 인페르
날이 간섭할 수 있는 데는 한계가 있을 수밖에 없을 테지만.
　그래도 그 자그마한 차이가 아귀다툼에서는 큰 변화를
일으킬 수도 있는 법이었다.

엘로힘으로서는 가만히 있다가 날벼락을 맞은 셈.

연우는 그렇게 쏟아지는 수많은 메시지들을 뒤로한 채, 주먹을 꽉 쥐었다.

'회중시계를 들고 오지 않은 게 다행이었어.'

우두커니 서 있는 그의 옆에는 불에 타 버린 호문클루스들의 잔해가 가득했다.

녀석들은 여전히 숨이 붙어 있는 듯, 기능의 거의 정지한 상태에서도 꿈틀대는 중이었다. 명령어에만 충실한 전투 인형이란 뜻이었다.

연우는 그 모습을 보면서 더 세게 이를 악물고, 발에 힘을 주어 호문클루스를 발로 밟았다. 퍼석 하는 소리와 함께 녀석들은 검은 재가 되어 흩어졌다.

동생의 모습을 한 호문클루스와 전투를 치르는 것은 처음에나 흠칫거렸을 뿐이지, 그 뒤는 별반 어렵지 않았다.

아무리 동생의 얼굴을 하고 있다고 해도, 놈들은 단순히 동생의 데이터를 바탕으로 만든 클론에 지나지 않았으니까. '진짜' 동생은 아닌 것이다.

그렇기에 베이럭을 탈출시키기 위해 남은 호문클루스들을 상대하는 것은 그리 어렵지 않았다. 한 기는 직접 생포해서 브라함에게 분석을 맡길 정도였다.

하지만 그렇다 하더라도.

마음 한편에서부터 꿈틀대기 시작한 분노는 도저히 그치질 않았다.

'베이릭, 엘로힘…… 너희들은 결국 끝까지 변함이 없구나.'

연우는 이를 악물었다. 안광이 분노로 강렬하게 빛났다.

'오냐. 그렇게 나선다면 나도 똑같이 나설 수밖에.'

*　　*　　*

연우는 크로이츠나 하이디의 인사를 받는 둥 마는 둥 하면서 곧장 라퓨타로 올랐다.

멤버들은 물론, 환영기사단과 숲의 아이들도 거리낌 없이 그 뒤를 따랐다. 라퓨타에서부터 지상으로 이어지는 환영 계단이 내려온 덕분이었다.

그렇게 되자 낙동강 오리알 신세가 된 건, 철의 왕좌와 끝없는 종말을 비롯한 클랜들이었다.

헤븐윙과 '대등한' 자리에서 협상을 벌이며 자신들의 지분을 확실하게 챙길 수 있을 거라고 생각했던 것과 다르게, 초장부터 엘로힘과 마군이 나타나면서 계획이 단단히 어그러지고 말았으니.

더구나 방금 전에 그들이 보았던 연우의 무위는 실로 경악할 만한 것이었다.

과거의 모습을 똑같이 한 클론을 여러 기 상대하면서도 전혀 밀리지 않고 되레 몰아붙이던 모습은.

그의 전성기라 일컬어지던 헤븐윙 때보다 훨씬 강해졌다는 것을 말해 주는 반증이기도 했으니.

거기다 탑 외 지역을 거의 불사르다시피 하면서 폭발하던 불길은 여전히 그들의 눈가에 아른거리는 중이었다.

이미 이 자리에 있는 모든 플레이어들 중에 여전히 그와 '대등한' 협상을 벌일 수 있을 거라고 안일하게 생각하는 자는 아무도 없었다. 이미 어깨가 잔뜩 움츠러든 마당에 뭘 할 수 있단 말인가.

그나마 그들에게 남은 일말의 자존심이 발을 묶고 있었다. 이대로 환영기사단과 숲의 아이들을 따라서는 무조건적인 굴종을 하겠다는 의사 표시밖에 되지 않을 테니까.

그래서는 이리저리 부림만 당할 뿐, 끝내는 아무것도 챙기지 못한 채 닭 쫓던 개 신세가 될 수도 있는 것이었다.

그때.

"우리는…… 오를 것이오."

여태 베이럭이 남긴 독을 치료하느라 고생하던 하나탄이 이를 악물면서 자리에서 일어났다.

질식사하기 직전까지 갔던 그는 연우가 건넨 해독제— 정확하게는 브라함이 정제해서 만든—를 마시고 겨우 의식을 되찾을 수 있었다.

비록 기력은 상당수 소실해서 지쳐 보이는 인상이었지만.

그렇기에 그의 두 눈은 다른 어느 때보다 강렬하게 빛났다.

이미 한차례 사경을 헤맨 탓에 속에서는 원한과 분노가 불꽃처럼 타오르는 중이었다.

그리고 그건 그의 뒤를 따르는 철의 왕좌 소속 클랜원들도 마찬가지였다.

아무리 그들이 용병 출신이고 이익을 좇는 집단이라고 하지만, 그렇기에 그들은 스스로에 대한 명예와 자긍심 하나로 살아왔다.

하지만 그게 베이럭과 엘로힘에 의해 짓밟혔으니.

"은인에 대한 보은을 하지 않을 수 없거니와, 이 수모를 전부 갚지 않는 이상 나와 철의 왕좌는 절대 엘로힘과 같은 하늘을 이고 살 수 없소. 가자."

하나탄은 씹어 삼키듯이 그렇게 외치면서 클랜원들과 함께 환영 계단을 오르기 시작했다.

그리고.

"그래…… 까짓것 해 봅시다."

"애당초 지난날에 대한 속죄를 위해 온 것이니. 이번만큼은 돌아서선 안 되겠지. 응당 사람이라면."

과거, 헤븐윙과 아르티야로부터 도움을 받았지만 이렇다할 힘이 되어 주지 못했던 곳들은.

하나탄이 던진 '보은'이라는 단어에 이를 악물면서 자리에서 일어났다.

한편으로는 헤븐윙이 이제 지난번처럼 무너지지 않겠다는 희망을 보기도 한 까닭에, 그들의 발걸음은 비교적 가벼웠다.

그렇게 하나둘씩 환영 계단을 오르기 시작하자, 다른 클랜들도 서로 눈치를 보다 뒤를 따랐다. 상당수는 두 눈에 열의가 피어오르기도 했다.

연우를 쫓아 탑을 오르면 커다란 무언가를 볼 수 있지 않을까 하는 순수한 추종자들도 더러 섞였다.

그리고.

"……많이도 오는군."

연우는 관제실에서 스크린을 통해 그 광경을 가만히 지켜보고 있었다.

라퓨타를 탑 외 지역에 띄우고, 찾아오는 이들을 적아로 명확하게 구분 짓는 것. 그리고 아군으로 들어온 이들을 강제로 포섭하는 것이 계획의 주요 골자였으니, 이 의도에는 정확하게 들어맞은 셈이었지만.

『……그래서 이것은 단순히 만들어진 클론은 아니야.

짐작했다시피 클론을 기본 바탕으로 한 호문클루스지. 풍부한 데이터를 바탕으로 이뤄진 전투 인형이라고 해야 할까.』

예기치 못한 변수 때문에 속은 여전히 단단히 끓고 있는 중이었다.

브라함의 보고가 올라온 것도 바로 그 무렵이었다.

『주인으로 지정된 대상자의 명령어에 충실하도록 프로세스가 짜여 있어. 알고리즘을 구성하는 암호 체계가 너무 복잡해서 더 자세히 분석을 하려면 상당한 시일을 필요로 할 것 같네. 대체 이런 구성 요식은 어디서 갖고 온 건지.』

"해킹은 가능할 것 같습니까?"

『일단은 시도해 보겠네. 하지만.』

"……크게 기대는 하지 말라는 말씀이시군요."

『수식이 너무 복잡해서 말일세. 이건 기존에 탑 내에서 쓰이던 체계가 절대 아니야. 근본부터가 기존의 것과는 차원이 다른…… 전혀 별개의 양식이라. 엘로힘도 아마 이것을 거의 이해하지 못할 걸세. 수준도 아주 높은 편이고. 마법, 술법, 사법, 전부를 능가하는 바가 있어. 완전히 해독하려면…… 그만한 신능이 필요할 것으로 보이네만.』

브라함은 뒷말을 생략했다. 하지만 연우는 쉽게 그 말뜻을 알아차릴 수 있었다.

격이 모자라다.

이미 도무신으로서의 힘을 되찾은 것은 물론, 그것을 넘은 경지를 개척 중인 한령과 다르게.

브라함은 여전히 원래 그가 부릴 수 있었던 힘의 일 할도 꺼내지 못하는 상황이었다.

한때 전지(全知)와 전능(全能)을 지녔다고 평가될 정도로, 신의 사회 '데바'에서 최고신으로 분류되기도 했던 그의 온전한 능력이라면 호문클루스의 정신 방어 체계를 쉽게 뚫을 수 있겠지만.

지금은 대부분의 지식을 유실하고, 권능을 상실해 버린 상태이기에 힘이 부족할 수밖에 없었다.

"어쩔 수 없지요. 그래도 부탁드리겠습니다."

연우로서는 브라함도 질문을 던질 정도로 방대한 지식을, 대체 베이럭이 어떻게 소지할 수 있었는지가 궁금했지만. 그래도 당장 그것을 알아낼 겨를이 없기 때문에, 지금은 브라함에게 모든 것을 맡기는 수밖엔 없었다.

『알겠네. 한번 해 봄…….』

「주인님. 드릴. 말. 씀이. 있습니. 다.」

그때, 브라함과의 통신에 부가 불쑥 끼어들었다.

언제나 말없이 뒤에서 묵묵히 제 할 일만 하던 부가 이런 경우는 거의 없었기에. 연우와 브라함의 의식도 그쪽으로 향했다.

「지금. 이 체계. 는. '은가이의 숲'. 에서. 사용되는. 체계. 와. 흡사. 한 것. 같습니. 다.」

"은가이의 숲?"

『뭣이? 그게 사실인가?』

연우는 처음 듣는 지명에 고개를 갸웃거렸지만, 브라함은 무엇 때문인지 크게 놀라고 있었다.

"브라함은 그게 무엇인지 알고 계십니까?"

『알다마다. 어찌 모르겠나. 그곳은…….』

브라함은 허탈한 듯 잠시간 말을 잇지 못하다가, 깊게 한숨을 내쉬면서 말을 이었다.

『몇 개 관측되지 않은, 차원 밖의 차원에 존재하는……타계(他界)의 한 곳인 것을.』

순간, 연우도 정신이 번뜩 뜨이는 기분이었다.

브라함을 비롯한 98층의 신과 악마들이 '타계'라고 지칭하는 것은 딱 한 가지였다.

외신.

타계의 신들이 관장하는 영역.

『그중에서도 은가이의 숲은 기어 다니는 혼돈이 관장하는 곳이기도 하지. 안 그런가?』

「그렇. 습니다.」

'또 기어 다니는 혼돈인가?'

부—파우스트와 칼라투스에서부터 베이럭까지. 기어 다니는 혼돈의 손길은 여기에까지 다다르고 있었던 것이다.

「그렇. 습니다. 이. 체계는. 에메랄드 타블렛. 속의. 내용과. 구조. 가. 흡사. 합니다.」

『자네는 전생에 메피스토펠레스를 중개자 삼아 기어 다니는 혼돈과 거래를 한 적이 있으니…… 알아보는 것도 무리는 아니겠지. 허허! 타계의 신은 거의 탑 내로 손길을 뻗지 못한다고 생각했었는데. 그것도 아닌 셈인가?』

브라함은 허탈하게 중얼거리다, 이내 진지한 목소리로 연우에게 말했다.

『우선 부가 어느 정도 지식을 갖추고 있으니 시도는 해 봄세. 어떻게든 해킹을 성공해 낸다면, 정우에게도 큰 도움이 될 것이니.』

"부탁드리겠습니다."

『수고는 자네가 하는 것을. 그런 말은 내가 해야겠지.』

브라함은 그 말을 끝으로 통신을 끊었다.

연우는 검지와 엄지로 피로해진 두 눈두덩이를 가볍게 문질렀다. 하지만 머릿속은 빠르게 돌아가고 있었다.

베이럭이 전생의 부가 그랬던 것처럼 기어 다니는 혼돈과 모종의 거래를 맺었고, 여기서 얻은 지식을 바탕으로 호문클루스를 만든 것이라면 모든 게 납득이 갔다.

28층에 연구소를 만든 것도. 망량독이라는 신기한 독이 만들어진 것도. 브라함이 이해하지 못할 정도로 복잡한 마법 체계를 사용하는 것도.

'역시 이 일이 끝나는 대로 뒤를 밟아 봐야 하나?'

부의 잃어버린 기억을 되찾기 위해서라도 언젠가 기어 다니는 혼돈의 행적을 쫓을 생각이긴 했었다지만.

이렇게까지 가깝게 밀접해 있다면, 도저히 찾지 않을 수가 없었다.

무엇보다.

본능적으로 그런 예감이 들었다.

기어 다니는 혼돈이 탑 내에서 시도하고자 하는 뭔가가, 자신이 하려는 일과 모종의 연관이 있을 것 같다는 예감이.

그러다. 연우가 생각을 정리하기 위해 잠시 몸을 누이던 그때.

『오라버니.』

또 다른 윈도우 스크린이 열리면서 에도라가 나타났다.

이제 나서야 할 때라는 뜻.

홀에는 많은 플레이어들이 그가 나타나길 기다리고 있었다. 일부러 방치를 해 뒀다지만, 계속 그대로 두면 반발만 심해질 수 있었다.

연우는 팔걸이를 밀치면서 천천히 자리에서 일어났다.

베이럭이 기어 다니는 혼돈과 무슨 거래를 했는지는 알수 없지만, 사실 그런 건 별반 중요하지 않았다.

녀석이 어떤 힘을 지녔다 한들, 언젠가는 처리해야 할 족속이었으니.

차라리 엘로힘, 마군과 손을 잡은 지금이라면 같이 일망타진할 수 있으니 한결 편했다.

그리고 서로가 한 번씩 일 합을 주고받았으니.

'이번엔 다시 내가 줄 차례겠지.'

그 생각과 함께.

"포탈 오픈."

연우는 발밑에 깔린 포탈을 따라, 모두가 모여 있을 홀로이동했다.

*　　　*　　　*

화려하고 웅장한 규모의 홀에는 여러 클랜과 파티가 모여 있었다.

아르티야의 멤버들과 환영기사단, 숲의 아이들은 비교적평온한 데 비해, 다른 플레이어들은 잔뜩 긴장한 표정이 역력했다.

이미 이곳 홀로 넘어오기까지, 여러 성채를 지나면서 압도적인 규모에 완전히 압도되어 버린 것이다.

마지막 용왕이 남긴 터전이니만큼, 아무리 뛰어난 랭커라고 해도 경악할 수밖에 없는 곳이 바로 라퓨타였다.

게다가 이곳은 연우의 영향권.

그들은 라퓨타에 입성했을 때부터 이미 알게 모르게 연우에 대한 굴종심도 새겨지고 있는 상태였다. 라퓨타에서 느낀 경악과 긴장이 조금씩 연우에 대한 두려움으로 변하고 있는 것이다.

그러다 홀의 중앙, 일흔일곱 개의 계단 위에 마련된 단상에서 포탈이 열리고 연우가 나타났을 때.

웅성대던 소리가 일제히 멈추고, 모든 시선이 그쪽으로 향했다.

적막이 내려앉은 순간.

연우가 사나운 목소리로 그 적막을 깼다. 마치 짐승이 울부짖는 것처럼 홀을 따라 메아리가 쩌렁쩌렁하게 울렸다.

"두말 않겠다. 나는 오늘, 당장 지금부터 전쟁을 시작할 것이다."

"……!"

"……!"

방금 전에 전투를 벌이긴 했다지만, 지금 바로라고?

모두가 충격에 젖은 얼굴이 되었다. 아르티야의 멤버들도 이렇게 빠를 줄은 몰랐던지 놀란 눈으로 연우를 보았지만.

연우는 여전히 차가운 말투 그대로 말을 이어 나갔다.

"사활을 건 전쟁이고, 언제 끝날지 모르는 전쟁이다. 그러니 지금 마지막으로 기회를 주겠다. 두려운 자는 당장 떠나라. 이후에는 절대복종 외에는 죽음으로 다스릴 것이니."

"······."

"······."

잠시간의 침묵이 흐르고.

"당신이 어느 길을 걷든지, 그 뒤를 따라 걷겠습니다. 그림자의 왕이시여."

하나탄이 먼저 앞으로 나서서 검을 뽑아 바닥에다 꽂으며 부복했다. 철의 왕좌 소속 클랜원들도 그들의 수장을 따라 일제히 부복하며 고개를 조아렸다.

그것을 시작으로.

"그림자의 왕을 따르겠나이다."

"당신을 따르겠습니다."

"지난날처럼, 과거처럼 다시 우리를 인도해 주십시오. 군주시여."

혜븐윙과 인연이 있던 이들이 차례로 머리를 조아리고, 뒤따라 다른 플레이어들도 일제히 부복하면서 소리를 높였다.

"그림자의 왕!"

"그림자의 왕……!"

"그림자의 왕! 그림자의 왕!"

하나탄이 내뱉었던 '그림자의 왕'은 어느새 구호가 되어 라퓨타를 따라 울려 퍼졌다.

그림자의 왕. 혹은 그림자 군주.

통칭 '영왕(影王)'이라 불리게 되는 새로운 '왕'이 탄생하는 순간이었다.

Stage 57.
영왕(影王)

"부디…… 지난 인연을 생각해서라도 용서해 주십시오, 비희."

"부탁드리겠습니다."

봄의 여왕, 왈츠는 자신 앞에 무릎을 꿇고, 고개를 조아린 이들을 보면서 인상을 굳혔다.

'망상망귀' 가라비토, '철혈 재상' 비스마르크, '라이온 하트' 리처드, '쌍둥이 살인마' 잭과 리퍼…….

레드 드래곤을 상징하는 81개의 눈으로서, 한때 탑을 지배하다시피 하던 이들.

그리고 언제나 왈츠의 든든한 배경이자 동료로서, 언젠

가 자신의 곁에서 어머니의 뒤를 이어 레드 드래곤을 통치할 손과 발이 될 것이라 생각했던 이들이었지만.

그래서 언제나 고고하고 오만하던 그들이었지만.

지금은 한낱 패잔병 신세가 되어, 형편없는 몰골로 살려 달라 요청하는 꼬락서니밖에 보이지 않았다.

탐을 따라 블랙 드래곤으로 전향해, 그녀에게 칼을 겨누었던 자들.

애원 따윈 묵살해 버린 채, 단박에 목을 쳐 버리고 싶은 마음이 굴뚝같았지만.

세월의 무상함인가, 아니면 이제는 불쾌하기 짝이 없는 지난날의 인연 때문인가, 손이 쉽사리 움직여지질 않았다.

딱딱하게 굳은 왈츠의 얼굴은 좀처럼 펴질 기미를 보이지 않았다.

"호크 아이."

나지막한 부름에. 트로이의 어깨가 잘게 떨렸다.

"그대는 어머니의 '눈'으로서 사실상 우리 남매들을 제외하고 나면 모든 '눈'들의 수장 역할을 자임하고 있었지. 그런데도 정통성이 있는 날 두고, 탐을 모셨던 이유가 뭐지?"

트로이는 잠시 고개를 들어 왈츠를 바라보았다. 슬픈 기색이 눈가에 잠시 감돌다가, 입가에 쓴웃음이 걸렸다.

"이제 와서 변명을 한들 뭐가 달라지겠습니까마는. 멀리 있는 것은 볼 수 있어도, 가까이 있는 것은 보지 못하는 제 눈의 탓이겠지요. 다만, 제 못난 눈은 가져가시고, 대신에 이들만은 용서해 주십시오. 이들에게 죄가 있다면, 저의 그릇된 판단과 잘못된 결정을 믿고 따라온 죄밖에는 없습니다."

트로이는 슬픈 눈망울로 동료들을 보면서 간청했다.

"위대하신 어머니께서 그리하셨던 것처럼, 비희께서도 잠시 길이 어긋났던 자식들을 사랑과 자비로 품어 주십시오."

"……."

트로이는 정말 바라는 것이 그것밖에 없다는 듯, 떨어뜨린 고개를 올리지 않았다.

왈츠는 묵묵히 그런 트로이를 내려다보다가, 다른 이들에게로 시선을 돌렸다.

'눈' 들은 하나같이 왈츠와 눈을 함부로 마주치지 못한 채, 고개를 옆으로 돌렸다.

이미 오랜 세월 동안 여름여왕을 곁에서 보필해, 더 이상 삶에 미련이 없는 '검노' 하난이나 '철혈 재상' 비스마르크는 담담하게 트로이의 뒤를 따르겠다는 의사를 보이고 있었지만.

다른 녀석들은 왈츠의 시선을 피하면서도, 혹시나 하는 간절한 마음으로 트로이를 힐끗힐끗 훔쳐보았다. 정말 그 하나의 희생으로 자신들이 살아남을 수 있을까 하는 막연한 기대심이 보였다.

피식—

왈츠는 자기도 모르게 입가로 바람 빠지는 소리를 내고 말았다. 그래. 이것들에게 무엇을 기대한단 말인가. 결국 어머니를 등에 업고 잘난 척만 할 줄 알았던 못난 놈들에 지나지 않았던 것을.

그런 생각을 아는지 모르는지, 가라비토나 잭과 같은 녀석들은 그녀의 실소를 웃음소리로 알아듣고 혹여나 하는 마음에 고개를 들었고.

왈츠는 가차 없이 구부리고 있던 손을 그대로 들어 횡으로 그어 버렸다.

촤아악—

트로이와 하난, 비스마르크를 제외한 '눈' 들이 모조리 머리를 잃고 옆으로 기울어졌다.

"아, 아아……!"

트로이는 죽은 동료들의 시체를 보며 작은 탄식을 흘렸다. 눈동자가 요동치고 있었다.

왈츠가 가볍게 코웃음을 치면서 말했다.

"예나 지금이나, 설 자리를 어떻게 옮겨 가야 하는지 누구보다 잘 아는구나, 호크 아이."

순간, 트로이의 얼굴에서 슬픈 기색이 온데간데없이 사라지고, 입꼬리가 살짝 말려 올라갔다.

"……들켰나이까?"

"나는 간웅으로서의 총기를 잃지 않은 그대를 절대적으로 아낀다. 탐을 따랐던 것도, 그가 둘이나 되는 형제를 먹어 어머니와 가장 가까이 다가갔다고 판단해서가 아니었더냐?"

트로이는 미소를 거두고 이마를 바닥에다 찧었다.

"말씀드렸다시피, 당시의 제 눈은 너무나 멀어 있었습니다."

"멀었던 눈이야 교정해서 되찾으면 그만. 하지만 한 번은 용서할지언정, 두 번은 가납하지 않겠다."

"자비를 베풀어 주셔서 감사하나이다."

"하난, 비스마르크."

갑작스러운 트로이의 돌변에 황망하게 있던 하난과 비스마르크도 황급히 정신을 되찾았다. 그리고 다시 고개를 조아렸다.

도저히 왈츠를 올려다볼 용기가 나지 않았다.

좌중을 압도하는 패기(覇氣). 그리고 카리스마.

이것은 그들이 오랫동안 모셨던 여름여왕에게서나 느낄 수 있었던 지배력이었다.

그런 기질을, 왈츠에게서 느끼게 된 것이다.

때문에 하난과 비스마르크는 그들이 했던 지난 선택이 얼마나 잘못되었었는지를 절실하게 실감할 수 있었다.

아직 연륜이 부족할 뿐이지, 왈츠는 이미 '왕'의 그릇을 갖춘 지 오래였다.

부족한 것이야 앞으로 시간이 알아서 채워 주지 않겠는가.

그리고 그 부족한 것들이 다 채워졌을 때, 화이트 드래곤은 감히 새로운 레드 드래곤이라고 칭해져도 될 터였다.

지잉―

지잉―

더불어서 두 사람은 왈츠와 보이지 않는 고리가 연결되었다는 것을 깨달았다.

〈종속의 고리〉. 어머니 여름여왕이 81개의 눈들과 맺었던 마법으로, 주체가 지닌 힘과 권능을 나눠 주는 대신, 저절로 그들의 생살여탈권을 가져가는 효과를 지니고 있었다.

이제 그들은 왈츠의 종복으로서, 그리고 개가 되어 짖으라 하면 짖어야 하는 신세가 된 것이다.

"말했듯이 나는 두 번의 기회를 주지 않는다. 호크 아이를 따라, 탐 녀석이 남긴 모든 것을 지워라."

"명을 따르겠나이다."

"명을 따르겠나이다."

비스마르크와 하난이 트로이와 함께 남은 잔당들을 정리하기 위해 빠르게 움직이는 사이.

왈츠가 손날에 묻은 핏물을 손수건으로 조용히 훔치면서 뒤에서 조용히 시립해 있던 수하에게 고개를 돌렸다.

"이곳은 이만하면 되었고. 그보다. 엘로힘과 마군이 정식으로 손을 잡았다고?"

"예. 그렇다고 합니다."

순간, '혼군(昏君)' 바르샨은 말을 하다 말고, 왈츠와 눈이 마주칠까 싶어 황급히 고개를 숙였다.

아무리 그녀와 계약을 맺은 아군이라 하여도, 지금 이 순간 왈츠의 눈, 특히 왼쪽 눈을 보면 위험하다는 사실을 누구보다 잘 알고 있었다.

〈카피캣(Copycat)〉. 세간에는 잘 알려지지 않은 왈츠의 '재능', 즉, 타고난 특성 때문이었다.

카피캣은 한번 본 물체 및 사람에 대해 분석하고, 그들의 행동과 습관을 모방할 수 있는 특징이 있었다. 그리고 대상에 대한 이해도가 높을수록 모방의 범위도 점차 넓어지는 방식이었다.

때문에 적으로 만난 대상에 대해서는 그들을 분석하여 약점을 잡아내기가 쉽고, 아군으로 만난 대상은 만약 뛰어난 실력자일 경우, 그의 노하우를 훔쳐 성장의 버팀목을 쓸 수 있다는 장점이 있었다.

뒷골목의 허름한 빈민촌에서 자란 왈츠가 살아남을 수 있었던 이유도 바로 그것이었다.

빈민촌은 질이 좋지 않은 이들이 가득하다. 때문에 왈츠처럼 어리고 약한 여자아이는 범죄에 노출되기가 너무 쉬운 환경이었다.

하지만 왈츠는 재능을 십분 활용하여, 자신을 어찌해 보려는 자들을 어떤 방식으로든지 쓰러뜨리면서 어떻게든 악착같이 살아남고자 발버둥 쳤다.

너무나 더럽고 비루한 세상이었지만. 그래도 어린 시절 부모님이 남기신 행복한 기억이 그녀를 지탱했고, 언젠가 외뿔부족으로 돌아가 지난 죗값을 치르게 하겠다는 목표가 그녀를 계속 움직이게 했다.

이것을 지켜보던 이가 바로 여름여왕이었다.

그녀는 왈츠가 가진 재능과 가능성이 무궁무진하다는 것을 단번에 꿰뚫어 봤고, 딸로 받아들이면서 외뿔부족의 피에 자신의 피를 더해 그 가능성이 화려하게 꽃필 수 있게끔 도왔다.

덕분에. 왈츠는 단번에 용생구자 중 맏이로서, 외뿔부족의 육체와 용체라는 특성을 겸비한 전후무후한 기틀을 갖게 되었고.

이를 바탕으로, 6차 용체 각성을 이루면서 재능을 뛰어넘는 새로운 과실을 따내는 데 성공했다.

〈용성(龍聖)의 좌목(左目)〉. 넘버링 한 자릿수에 빛나는, 세간에는 알려지지 않은 왈츠만의 유니크 스킬이 만들어진 것이다.

용마안과 카피캣이 결합하고, 용체의 특성이 더해지면서 만들어진 이 스킬은.

한번 포착한 대상에 대한 이해도가 깊어질수록 그가 가진 것을 차례로 '복제' 및 '강탈'을 할 수 있는 효과가 있었다.

문제는 그 대상이 생명체와 죽은 망자를 가리지 않는다는 점이었다.

그래서.

왈츠는 휴식을 명분으로, 클랜의 모든 기능 정지 및 층계 폐쇄라는 극단적인 대처를 발표하여 전장에서 한발 뒤로 물러나고.

곧장 비밀리에 움직여 그린 드래곤과 블랙 드래곤의 영역을 침범했다.

층계를 장악하고 있는 화이트 드래곤과 다르게, 엘로힘과 마군, 혈국은 외우주에 본거지를 마련하고 있는바.

아르티야가 전쟁을 치른다면 자신들이 아닌, 다른 세 곳과 먼저 충돌할 것이라고 내다봤기 때문이었다.

아무리 헤븐윙이 날고 기는 재주가 있다고 해도, 이제 갓 50층을 돌파한 새내기 랭커가 76층까지 단기간에 주파할 수는 없을 거란 예상이었다.

그리고 그녀의 예상은 정확하게 적중했다.

혈국이 무너지고, 엘로힘이 큰 피해를 입고 만 것이다. 반대로 그녀가 있는 화이트 드래곤이 추가로 받은 피해는 전무했다.

이런 와중에 단단히 분기탱천한 엘로힘이, 그동안 원수처럼 으르렁거리던 마군과 손을 잡고 동맹군을 결성했으니.

왈츠로서는 76층에 가만히 앉아 그들이 부딪치는 것을 방관하고 있다가, 때를 노려 어부지리를 취하기만 하면 되는 것이었다.

그러면서 왈츠는 자신이 취할 수 있는 모든 이점을 챙기고자 하였다.

삼파전으로 갈라졌던 옛 레드 드래곤의 통합을 시도한 것이다.

이미 저들의 수장이 모두 줄줄이 나가떨어진바. 손쉽게 접수할 수 있을 거라 여겼고, 가장 먼저 블랙 드래곤을 공격했다.

그리고.

결과는 지금과 같았다.

이미 자중지란을 일으키고 있던 블랙 드래곤을 병탄하는 건 그리 어렵지 않았다.

또한, 왈츠는 통합의 과정에 있어 숙청을 하는 데 전혀 미련을 두지 않았다. 필요 없거나 분란의 조짐이 있는 싹은 모두 잘라 내고, 자신에게 힘이 될 수 있는 것들만 골라냈다.

이번에 선택을 받은 자들은 트로이, 하난, 비스마르크. 트로이는 설 곳을 잘 아는 간옹이었고, 다른 둘은 무도가로서의 긍지가 더 강한 자들이었기에 품을 만했다. 다른 놈들은 등을 보이면 언제든지 칼을 꽂을 수 있는 놈들이었기에 미련 없이 제거한 것이다.

그리고 더불어서, 왈츠는 용성의 좌목을 시전해 죽은 녀석들의 사체를 면밀히 관찰했다.

어머니 여름여왕이 그들에게 나눠 주었던 권능의 조각들을 수거하기 위해서였다.

찰칵, 찰칵—

심장 한편에서 무언가 조각들이 맞춰지는 소리와 함께.

우우웅—

영혼이 잘게 떨렸다.

'다음 각성까지 남은 회수분은 이제 15%.'

왈츠는 주먹을 움켜쥐었다 놓았다를 반복하면서 작게 중얼거렸다.

레드 드래곤의 통합도 중요하지만, 그녀에게 현재 가장 중요한 건 바로 7차 각성이었다.

'7차 각성만 이룬다면, 용언(Draconic)을 획득하는 것은 물론, 본격적으로 용으로의 폴리모프(Polymorph)도 가능해진다. 놈을 꺾으려면, 두 가지가 반드시 필요해.'

왈츠는 여전히 용의 미궁에서 있었던 연우와의 결투를 잊지 않고 있었다.

비록 그녀는 대부분의 권능이 봉인당한 채로 싸워야 하는 불리한 입장이었다지만. 그렇다고 해도 비장의 한 수를 던졌는데도 불구하고 '도망' 을 쳐야만 했단 사실을 도저히 참을 수 없었다.

도망은. 그녀에게 있어 과거 불우한 어린 시절에나 있었던 단어에 지나지 않았으니까.

문제는. 연우가 무슨 수를 썼는지는 몰라도 5차 각성밖에 되지 않는데도 불구하고, 그녀와 동등한 수준을 이뤘다는 점이었고.

만약 그녀처럼 6차 각성을 이룬다면 필시 패배를 겪을 수밖에 없는 입장이 되었다는 것이었다.

그렇다면 왈츠에게 남은 방법은 단 하나밖에 없었다.

곳곳에 흩어진 어머니 여름여왕의 흔적들을 수거하고, 그것을 바탕으로 새로운 각성을 이뤄 '진짜' 용으로 거듭나는 것.

그리하여 여름여왕과 같은 절대적인 힘과 권능을 보유하는 것.

비록 가장 큰 조각을 가졌을 형제들이 다른 곳에서 줄줄이 개죽음을 당해 빠른 복구는 힘들었지만.

그래도 퍼즐을 하나하나씩 맞추다 보니 틀이 어느 정도 모양을 갖추고 있었다.

조금만 더 움직인다면, 어머니의 권능을 모두 복구하지는 못하더라도 7할 이상은 수복할 수 있을 듯싶었다.

"이제 남은 건 그린 드래곤인가? 그곳으로 움직인다."

헤븐윙과 아르티야가 엘로힘—마군과의 전쟁에 정신이 팔린 틈을 타, 신속하게 움직여 이미 환상연대에 의해 지리멸렬한 그린 드래곤까지 모두 복속시킬 참이었다.

그런다면 어머니에 대한 숙원을 이루는 것은 물론, 7차 각성도 마무리할 수 있겠지.

'헤븐윙…… 아니, 독식자. 조금만 더 그렇게 기분 좋게 날뛰고 있어라. 네놈의 목은 반드시 내가 가져갈 터이니.'

그런 혼잣말과 함께.

팟—

왈츠는 화이트 드래곤을 이끌고서 포탈을 타고 그린 드래곤의 영토로 움직였다.

*　　*　　*

쿵—

쿵—

콰직, 콰지직!

엘로힘을 보호하는 외우주, '위대하신 분들의 종소리'를 둘러싼 외부 결계가 계속된 차원 간섭으로 인해 요동치는 것이 보였다.

마치 금방이라도 하늘이 깨질 것 같은 광경에, 엘로힘의 모든 클랜원들이 수성(守城)을 위해 바쁘게 움직이기 시작했다.

"무, 무너지려 한다! 결계를 어떻게든 보완하라!"

"아르티야가 침공을 시도한다!"

"전원 방어 태세를 갖춰라!"

아르티야의. 본격적인 침공의 시작이었다.

『꿈이…… 저문다.』

하늘을 따라 검은 용이 언뜻 나타났다가 먹구름을 풍기며 사라지는 것과 동시에.

츠츠츠—

「한미. 한. 것들.」

부유성 라퓨타의 뒤쪽으로 거대한 두 개의 실선이 그어지면서 부의 인페르노 사이트가 나타났다.

저 아래, 무수히 많은 벌레들이 그들을 보며 칼을 겨누고, 고래고래 소리를 질러 대고 있었다.

그는 이제 진정한 군주로 거듭나기 시작한 자신의 왕을 거부하는 버러지들을 도저히 용서할 수가 없었다.

「열려. 라.」

그렇기에 네메시스가 침범을 시도하는 심상 세계를 따라, 던전의 포탈을 곳곳에다 활짝 열었다.

크아앙!

크오, 크와아—

하늘에서부터 봇물이 터지듯이 수많은 언데드들이 줄줄이 쏟아지기 시작했다.

이곳은 엘로힘의 본거지. 이미 며칠 전에 있었던 한령의 기습 때문에 보안 경계가 최고 단계까지 올라가 결계가 몇

겁이나 쳐져 있었다.

그나마 바깥쪽에 있는 결계는 라퓨타가 풍기는 마력장(魔力場)에 의해 부서져 나갔지만.

그래도 여전히 안쪽에 많은 결계가 설치되어 있어 마법이 침투하기가 어려웠다.

그래서.

부는 방향을 바꿔 던전의 포탈을 결계 안쪽이 아닌 바깥쪽, 하늘 위에다 줄줄이 설치했다.

그러다 보니 언데드들은 별다른 안전 장비도 없이 줄줄이 낙하하고 말았고.

마치 물속에 빠진 것처럼 상공에서 이리저리 허우적대다가 결계에 부딪치면서 허망하게 몸통이 터져 나갔다.

퍽—

퍼퍼퍽—

때문에 둥근 반구 형태를 띠고 있는 결계 겉면을 따라, 피떡이 된 언데드의 흔적들이 멍울처럼 줄줄이 남았다.

좀비와 구울의 녹색 핏자국이 곳곳에 남고, 부서진 사지가 눈송이처럼 우수수 쏟아졌다. 스켈레톤의 뼛조각들이 허망하게 결계를 따라 구르는 모습도 보였다.

"저게…… 뭐 하는 짓이야?"

"하! 하하! 아무래도 신의 가호 때문에 들어오기가 힘든 모양인데. 괜히 놀랐나 보군."

엘로힘의 플레이어들은 그런 광경을 보고 어이가 없어 피식 헛웃음을 흘려 댔다.

아무리 언데드라고 하더라도, 저들에게는 막대한 자원이 투입되었을 게 분명한 병력일 텐데.

이런 결계도 제대로 뚫지 못하고 부질없이 소모전만 치르는 것을 보니, 이번 수성전이 얼마나 자신들에게 유리한지를 깨달을 수 있었다.

엘로힘은 타고난 태생 덕분에 예로부터 수많은 신들로부터 축복과 가호를 받던 이들.

외우주를 보호하고 있는 결계에도 그만큼 많은 신들의 축복이 걸려 있었다. 특히 가장 안쪽에 있는 '대결계'는 여러 창조신 및 고대신들의 손길이 닿아 있다는 전승도 있을 정도였으니.

한낱 필멸자들이 어떻게 할 수 있는 게 아니었다. 엘로힘의 선민(選民)이라면 누구나 다 알고 있는 상식이었다.

다만, 이전에 원로원에 기습을 허용한 것이 트라우마가 되어 갑작스러운 라퓨타의 등장에 당황했던 것일 뿐.

사실은 이게 지극히 정상적인 전개였던 것이다.

원로원 기습은 아마도 녀석들이 죽은 독재관 마그누스에게 어떤 사악한 술수를 써서 좌표를 알아내 벌인 것이리라.

하지만 그것은 폐쇄한 지 오래되었으니 두 번 다시는 시도할 수 없는 방법이었다.

"전원, 정해진 자리로 움직여라! 곧 반격을 개시할 것이다!"

그래서 엘로힘의 플레이어들은 다시 여유를 되찾으면서 각자가 맡은 보직으로 움직였다. 그들의 머릿속에는 저 시건방진 아르티야를 어떻게든 무너뜨리고 말겠다는 일념으로 가득 차 있었다.

"너희들이 감히 누구를 건드렸는지를, 찾아와서는 안 될 지옥에 제 발로 찾아왔다는 것을 가르쳐 주리라."

'위대하신 분들의 종소리'의 수비 대장을 맡고 있던 천호아리의 두 눈도 시뻘겋게 변해 있었다.

일전에 원로원 침공을 당한 이후로, 존경하던 상관들이 줄줄이 처형되는 것을 힘없이 봐야만 했던 그로서는.

어떻게든 지난 원수를 갚고자 하는 열망이 강했다. 아르티야? 헤븐윙? 이미 한 번 꺾였던 날개가 아닌가. 아무리 다시 붙이려 노력해 본다 한들, 하늘을 날 수 있을 리가 만무했다.

퍼퍽—

퍼퍼퍽—

지금도 보라. 하늘에 숭숭 뚫린 구멍을 따라 여전히 언데드가 헤아릴 수도 없이 쏟아지고 있지만, 결계는 그 자리 그대로였다. 꿈쩍도 않았다.

저들은 계속 저렇게 멍청한 짓밖에 못 하는 것이다. 저것이 바로 선민인 자신들과 우민(愚民)인 저들의 차이점이었다. 어리석은 행동인 줄도 모르고 계속 같은 짓만 반복하는 것들.

퍼퍼퍽—

웃음만 나왔다.

퍼퍼퍼퍽—

보면 볼수록 헛웃음만 나왔다.

퍼퍽!

"뭐…… 지?"

퍽, 퍼퍼퍽—

그러다 천호아리는 자기도 모르게 인상을 딱딱하게 굳혔다. 순간 정체를 알 수 없는 위화감이 들기 시작했다. 뭔가 일이 심상치 않게 돌아가고 있었다.

벌써 아르티야가 소모한 언데드는 대충 어림잡아 헤아려 봐도 수만 마리.

그런데도 여전히 녀석들은 물량 공세를 멈추지 않고 있었다.

오히려 시간이 갈수록 꾸역꾸역 쏟아 내는 언데드의 숫자가 더욱 많아지는 것 같았다.

그럴 때마다 결계 위에는 언데드의 부서진 육편이 계속 더해졌고, 반구에는 어느덧 외부의 빛이 전부 차단되었다.

간간이 들리는 파육음과 잘게 떨리는 진동만이 언데드 공세가 계속 이어진다는 것을 알려 줄 뿐.

아무리 우민이라고 해도, 저렇게 많은 자원을 낭비시킬 수는 없을 텐데? 언데드 공세로 결계를 뚫을 수 없다는 것을 안다면 어떻게든 다른 방법을 찾는 게 상식이 아닐까?

하지만 저들은 그럴 기미가 전혀 보이지 않았다.

마치 이게 당연하다는 듯.

순간, 천호아리의 머릿속으로 불길한 생각이 스쳤다.

"전원, 결계 복구를 하……!"

하지만 그가 소리치기도 전에.

치이익!

갑자기 하늘을 따라 무언가 빠르게 산화를 하는 소리가 들리더니.

쩌걱—

결계를 따라 거대한 균열이 가기 시작했다.

정확하게 중앙을 가로지르던 균열은 삽시간에 반구 전체로 퍼져 나가 거미줄 모양을 그렸다. 위에 계속 더해진 언데드의 하중을 결국 결계가 버티지 못한 것이다.

거기다 언데드는 자체적으로 강한 부시독(腐屍毒)을 품

고 있는바. 부는 연구를 통해 이런 부시독을 몇 배나 강하게 개량했고, 여기에 연우가 스킬로 재탄생시킨 잔독혈까지 더해지면서 결계를 '녹일' 정도로 강한 독성과 산성을 자랑하게 된 것이었다.

그런 무시무시한 것들을, 이참에 전부 소모해 버릴 각오로 사용해 버렸으니.

아무리 단단한 축복과 가호가 더해진 결계라 하더라도 버티는 데 한계가 있을 수밖에 없었고.

결국.

결계는 그대로 무너지고 말았다.

와장창!

퍼퍼퍼퍽―

부서진 결계 사이사이로 헤아릴 수도 없을 만큼 많은 언데드의 육편들이 쏟아지는 광경은. 비위가 약한 사람이 보았다면 그대로 쓰러질 정도로 기괴하기까지 했다.

하물며 지독한 악취와 독기까지 품고 있다면?

엘로힘에 있어 언데드의 홍수는 재앙이나 다름없었다.

"이, 이게 뭐야!"

"으아악!"

"내 눈! 내 누우우운!"

"내 팔! 크아악! 힐러! 힐러 어딨어! 아아악!"

비교적 여유롭게 움직이려던 엘로힘의 플레이어들은 부시독과 잔독혈에 휩쓸려 비명을 지르기 시작했다.

신관과 사제들이 바쁘게 움직이면서 정화 마법을 걸어 댔지만, 이미 결계 위에서 뒤섞여 부패할 대로 부패해 버린 독은 너무나 지독했다.

언데드의 조각들이 닿는 모든 것들이 녹았다. 플레이어 며 랭커는 물론, 건물이며 장비들까지 전부 빠른 속도로 산화가 되었다. 성채가 약화되고, 지붕이 무너져 줄줄이 쓰러졌다.

엘로힘의 본거지 곳곳이, 길목 전부가 죄다 언데드로 가득 차 버렸다.

거기다.

「일어. 나라.」

뒤이어 부의 명령에 따라, 언데드의 부서진 파편 틈 사이로 마기가 스멀스멀 올라오더니 서로를 연결하기 시작했다.

〈페이탈리티 엑소더스(Fatality Exodus)〉. 부가 엘더 리치로 승격하면서 터득한 스킬이었다.

이미 쇠락할 대로 쇠락해 버린 망자들을 다시 하나로 묶어, 새로운 죽은 생명을 부여하는 재앙 급의 흑마법.

쿠드득, 쿠득—

크와아앙!

육편이 덕지덕지 발린 언데드가 천천히 일어나면서 포효를 내질렀다.

수 미터에 달하는 거대한 언데드들. 자이언트 구울과 빅 좀비, 스켈레톤 킹과 같은 최고위 언데드들이 일제히 살아 있는 생명체들을 자신들과 똑같은 모습으로 만들기 위해 움직였다.

쿵, 쿵, 쿠쿠쿵—

"막아라아아! 어떻게드으은!"

천호아리는 목이 터져라 소리를 질러 대면서 페이탈리티 언데드(Fatality Undead)를 막고자 애쓰고자 했지만.

곧 자신과 수하들의 머리 위를 크게 덮쳐 오는 거대한 그림자를 확인하고 고개를 들었다가, 두 눈을 크게 뜨고 말았다.

도저히 저항할 수 없을 것 같은 더 큰 재앙이 이쪽을 보며 아가리를 크게 젖히고 있었다.

본 드래곤.

여름여왕의 사체로 만들었다던 저주받을 언데드가, 이쪽을 향해 브레스를 내뱉었다. 천호아리의 사고는 거기서 정지하고 말았다.

콰아아아—

브레스가 휩쓸고 지나간 자리에는 플레이어며 성채, 건물 무엇 하나 남지 않았다. 짙은 독기만이 검은 아지랑이와 뒤섞여 나풀나풀 흔들릴 뿐이었다.

＊　　＊　　＊

「우리 여왕님, 볼 때마다 느끼는 거지만 행동거지 하나는 참 과격하시단 말이야. 평상시에는 그렇게 고고한 척하시면서.」

페이탈리티 언데드가 지상을 활보하고, 하늘에서 본 드래곤이 액시드 브레스를 뿌려 대는 동안.

샤논은 라퓨타의 끄트머리에 서서 빠른 속도로 무너지는 엘로힘을 보며 고개를 절레절레 흔들었다.

본 드래곤은 원래 연우에게도 중요한 전력 자원이었지만, 여름여왕의 사념체가 한자리를 꿰찬 뒤부터는 그다지 유용하게 쓰이지 못하고 있는 중이었다.

칠흑의 권능에 단단히 속박된 샤논이나 한령과 다르게, 그녀는 비교적 구속에서 자유로워 연우의 명령을 쉽게 거부할 수 있었기 때문이었다.

하지만 지금은 평소와 달랐다. 여름여왕이 참전을 선언하면서 빠른 속도로 엘로힘을 붕괴시켰던 것이다.

「헤븐윙의 클론을 봤던 게 그만큼 충격이었던 것이겠지.」

한령은 비교적 차분하게 전장을 주시하면서 대답했다.

샤논이 인페르노 사이트를 가늘게 떴다.

「역시 그거 맞는 거 같지? 우리 여왕님…….」

「뒷말은 생략해라. 귀가 밝으니 이곳의 대화를 듣고 있을 수도 있다.」

「흐흐. 비에라 듄도 그렇고, 아난타에 여름여왕에…… 헤븐윙, 알고 보니 완전 인기남이었잖아? 반대로 우리 인성왕은 늘 남자들한테나 인기 많으신데 말이야. 쌍둥이 형제가 달라도 어떻게 저리 다르누.」

샤논은 지금쯤 남자들의 틈바구니에 있을 연우를 떠올리면서 피식 웃음을 흘렸다.

한령이 천천히 철함에서 칼을 꺼내기 시작했다.

「쓸데없는 말은 그만하고. 이쯤 되었으니 우리도 시작하지.」

「그러자고.」

샤논은 자신의 뒤에서 오와 열을 맞추며 질서 정연하게 서 있던 디스 플루토를 돌아봤다.

그들은 하나같이 팬텀 스티드(Phantom steed)나 디시드 플라이어(Deceased flier) 같은 탈것에 올라 있었다.

「자, 이제 다 같이 날뛰어 보자고! 파티, 시작이다!」

「주군에 반하는 것들에게 죽음의 축복을!」

「죽음의 축복을!」

「가즈아아!」

샤논과 한령을 필두로, 디스 플루토는 네메시스가 내려 준 몽계 축복을 한껏 받으면서 죽음의 대지 위로 강하를 시도했다. 그 뒤를 따라 그림자가 크게 일렁이면서 영괴들이 곳곳으로 퍼져 나갔다.

그들을 보고 있던 아르티야 산하의 클랜들도 덩달아 전장이 주는 흥분에 잔뜩 고취되었다.

"저들에게만 모든 걸 맡길 것인가? 우리를 증명하여 군주께 승리를 가져다 드리자!"

"아르티야의 멸망과 함께 숨을 죽여야만 했던 우리들의 한을 갚을 기회다! 형제들이여, 모두 일어나라!"

그들은 일제히 브라함이 내려 준 '셰이드 윙(Shade wing)'과 함께 빠르게 이동하면서 화려한 이펙트를 터뜨려 허공에다 수를 놓았다.

"이놈들, 감히 이곳이 어디라고!"

"신이시여, 저희들에게 축복을!"

한편, 아래에서는 원로원의 의원들이 분개하면서 무장을 선포했다. 그들이 한껏 내뿜은 기세가 뒤섞이며 대지를 따라 사방으로 번져 나갔다.

이곳은 그들에게 있어 소중한 대지. 아주 오랜 고대부터 이어져 온 선조들의 얼과 정신이 남아 있는 땅이었다. 뿌리도 없는 것들에게 절대 허락해서는 안 될 신성한 장소. 함부로 발을 디디게 할 수 없었다.

그래서 그들은 발을 거세게 구르면서, 일제히 하늘 위로 치솟아 올랐다.

쿠쿠쿵, 쿠쿵!

콰르르르—

허공 한가운데에서 적아가 마구잡이로 뒤엉키면서 혼란이 벌어졌다.

하지만 그중에서 단연 돋보이는 것은 따로 있었으니.

콰르릉!

화려한 이펙트 사이로, 핏빛 벼락이 단숨에 엘로힘의 원로원 의원 셋을 찢어 버리고 대지에 작렬했다.

"크하하하! 내게 덤빌 자, 이곳에 누가 있느냐! 너냐? 아니면, 너냐?"

판트가 붉은 뇌기를 잔뜩 드러내면서 흉포하게 웃었다. 웃음소리가 번져 나갈 때마다 대지가 들썩이고, 대기가 떨렸다.

주변에 있던 적들이 하나같이 그의 패기에 짓눌려 뒷걸음질을 쳤다.

그러거나 말거나. 판트는 조무래기에 불과한 그들에게는 일절 눈길을 주지 않았다.

오로지 하나. 강해 보이는 자만 찾고자 했다. 그가 대장로를 졸라 혈뢰를 익힌 이유는 딱 하나. 더 강해지기 위해서였다. 그렇다면 이 끓어오르는 힘을, 주체하기 힘든 힘을 어떻게든 써먹어 봐야만 했다.

그러다 근처에서 가장 강해 보이는 놈을 발견하고, 단번에 그쪽을 향해 발을 굴렀다.

"그쪽이구나."

쾅!

목표는 원로원의 의원들이 한데 모여 있는 곳. 그가 마구잡이로 날뛰기에 딱 안성맞춤인 장소였다.

그리고.

그 시각.

연우는 라퓨타와 용근(龍根) 사이에 링크된 시각망(視覺網)을 통해 전지적 시점으로 전장을 내려다보면서, 혹시 자신이 놓치고 있는 부분이 있는지, 저들이 숨겨 둔 게 있는지 면밀하게 살폈다.

라퓨타에 내장된 우발라 시스템은 역대 모든 용종들의 지식이 총집합된 인공 지능으로, 주인을 보조하여 수많은 정보를 처리할 수가 있었다.

그 안에는 당연히 위험 요소를 판별할 수 있는 기능도 있었고.

덕분에 연우는 단번에 엘로힘과 마군의 수뇌가 비밀리에 뭉쳐 있거나, 수상쩍다고 판단되는 장소를 몇 군데 점찍을 수 있었다.

'처음부터 봐줄 필요는 없겠지.'

연우는 전력을 숨기거나 할 생각이 전혀 없었다. 애당초 지금 아르티야가 가진 전력으로는 엘로힘과 마군의 동맹을 완전히 깨뜨리기란 요원하다.

그렇다면 저들이 정신을 차릴 수 없도록, 초장부터 확 몰아붙여 숨통을 완전히 끊어 놓을 필요가 있었다.

그렇기에.

"이곳으로 오라."

연우는 하늘 날개를 있는 힘껏 활짝 열었다. 망막 한편에서 짧은 타이머와 함께 666개의 메시지가 떠오르기 시작했다.

쾨드득—

[네르갈이 당신의 부름에 응답합니다.]
[태산부군이 당신의 부름에 응답합니다.]
[오시리스가 당신의 부름에 응답합니다.]
……

[모든 죽음의 신이 당신과 함께합니다.]
[모든 죽음의 악마가 당신과 함께합니다.]
[신위 '사왕좌'가 깨어났습니다.]

연우는 한껏 고양된 마신룡체의 힘과 사왕좌의 신성을 체감하면서 비그리드를 한껏 거칠게 휘둘렀다. 비그리드가 금방이라도 부러질 듯이 떨리고 있었다.

우우웅—

[사왕좌에 예속된 권능, '지옥겁화(地獄劫火)'가 발휘되었습니다.]
['비그리드—???'가 숨겨진 진명, '듀렌달'을 개방합니다.]
[전승: 일진광풍]

지옥의 불길이 대지 위로 떨어졌다.

화아악!

[드래곤 브레스]

연우가 노린 타깃은 하나.

엘로힘의 중추와 수뇌들이 모여 있다는 곳.

원로원.

그 위로 용의 숨결이 내려앉았다.

연우가 날린 브레스가 하늘을 타고 지상으로 작렬하는 순간.

후끈하게 끓어오르는 열기 때문에 적아를 막론하고 모든 플레이어들이 싸움을 중단하고, 전부 그쪽으로 고개를 돌리고 말았다.

"안 돼애애애!"

"막아라!"

엘로힘의 플레이어들이 뒤늦게 그쪽으로 뛰어가려 했으나, 그때는 이미 브레스가 원로원을 한껏 휘젓고 지나간 뒤였다.

온갖 방호 결계가 구축되어 있었다지만, 그리고 위기를 느낀 원로원의 의원들이 다급하게 뛰어나와 갖가지 가호와 스킬을 전개했다지만.

그런 것들은 막강한 사왕좌의 신성이 담긴 브레스 앞에서 무력하게 부서지는 모래성에 불과했다.

오만의 돌과 식탐의 돌을 합친 죄악석이 내뿜는 동력은, 이미 연우가 주체하기가 힘들 정도로 너무 강했다.

더군다나.

문제는 폭발이 거기서 그치지 않는다는 점이었다.

콰릉, 콰르릉—

쿠르르르—

사방으로 튄 불똥이 다시 연쇄 폭발을 일으키고, 거기서 일어난 뇌기가 서로 연결되면서 남아 있던 것들마저 모조리 갈아 버렸으니.

해일처럼 일어난 화마는 몇 번씩이나 들썩이면서 원로원의 건물은 물론, 사방에 있는 모든 것들을 휘저었다.

"……!"

"……!"

후폭풍에서 겨우 몸을 보전한 플레이어들만이 황망한 표정이 되어 그쪽을 바라볼 뿐이었다.

하늘을 뚫을 것처럼 높게 치솟은 검은 구름 아래에는. 시커멓게 탄 암석 사이로, 지글지글 기포를 내며 강처럼 흐르는 마그마가 보였다.

다가갈 엄두는커녕, 생존자가 있을 거라고 생각하기도

힘든 환경.

지옥이 따로 없었다.

탑의 지난 역사와 함께 수천 년이라는 장구한 세월을 함께 했다던 건물이 무너진 것이다.

너무나 허망하게.

"말도…… 안 돼."

모두가 충격에 젖었다. 깊은 적막이 내려앉았다.

연우가 강하를 시도한 것도 바로 그 무렵이었다.

쐐애액—

연우는 마치 당연한 일을 했을 뿐이라는 듯, 무심한 얼굴 그대로 비행을 시도하면서 품에 있던 여의봉의 조각들을 밖으로 꺼냈다.

철컥, 철컥—

여의봉의 조각들이 한데 맞물리면서 봉의 형태로 변하고, 그 위로 비그리드가 합쳐졌을 때 즈음.

"헤븐위이이잉!"

"죽여 주마!"

지옥으로 변한 폐허에서 겨우겨우 살아남은 원로원의 의원들이 하나같이 눈에 불을 켰다.

그들 중 태반이 브레스에 잔뜩 노출되어 팔다리가 뭉개지거나, 전신 화상을 입는 등 치명적인 피해를 입은 상태였지만. 그들은 전혀 그런 것을 개의치 않고 있었다.

의원들의 머릿속에 든 생각은 단 하나.

어떻게든 이딴 짓을 저지른 연우를 쳐 죽여야 한다는 것!

"신이시여, 선조들이시여! 불쌍한 저희들을 굽어살피소서!"

의원들의 그런 외침과 함께.

화아악!

그들의 체내에 봉인되어 있던 신의 인자가 일제히 깨어나기 시작했다.

인자가 요동치면서 그들을 구성하고 있던 유전 정보와 형질을 근본부터 바꿔 버렸다.

사람의 형체가 이리저리 일그러지면서 살갗과 근육이 뒤틀리고, 저마다 독특한 형태를 한 이형(異形)의 괴물들이 하나둘씩 출현했다.

어떤 것은 날개 달린 사자, 그리폰이 되기도 하고. 또 어떤 것은 팔다리 없이 몸뚱이만 길쭉한 악룡 레비아탄으로 변하기도 했다.

이제는 탑에서 전혀 볼 수 없을, 옛 신화나 전승에서나 찾아볼 수 있는 형태의 괴수들. 혹은 준(準)신격들이었다.

〈신력 강제 개방〉

원로원의 의원이 되기 위해서는 그만큼 풍부한 신혈과 신의 인자를 품고 있어야 하는바. 그들은 대개 조금씩이나마 신력을 갖고 있었다.

하지만 보통 그런 신력을 사용할 엄두는 내지 못하는 편이었다.

신력은 필멸자가 아닌 오직 불멸자를 위한 신성한 힘. 잘못 다뤄서는 육체의 균형만 무너질 우려가 컸다. 신력에 휘둘린 나머지 자아를 잃고, 전혀 다른 존재가 될 가능성도 컸다.

그렇기에 의원들은 대개 신력을 거의 사용하지 않고, 후대에 물려주는 것을 원칙으로 삼았다.

누대를 거치면서 신력이 계속 쌓이다 보면, 언젠가 그것이 제대로 개화되어서 숙원인 신화(神化)가 가능하지 않겠냐는 생각에서였다.

때문에. 엘로힘에서 '가문'의 힘은, 이런 신력을 얼마나 많이 보유하고 있느냐에 따라서 좌우되는 편이었다.

흔히 프로토게노이 족이라 불리는 대가문들이 입지가 대단한 것도 그만큼 많은 신력을 보유하고 있어서였다.

하지만.

이제 와서 가문이니, 신력이니, 숙원이니 하는 문제가 다 무슨 소용일까.

애당초 엘로힘이 무너진다면 차후를 기약할 힘도 없어지는 것이다.

그렇기에 원로원의 의원이기 전에 앞서 한 가문의 수장들이기도 한 이들은 전부, 자신들의 목숨은 물론, 가문의 모든 업을 여기다 던지고자 하였고.

〈고종 환원(古種還元)〉

여기에 엘로힘의 오랜 숙원이었던 '고대종 복원 계획' 의 성과까지 더해지면서 그들의 의지를 부채질했다.

의원들의 유전 인자 속에 저장되어 있었던 신의 인자들을 자극하여, 격을 강제로 끌어 올리고, '고대종' 으로 다시 깨어날 수 있도록 도운 것이다.

크르르―

『이것이 바로…… 옛 선조들께서 지니셨던 힘……!』

비록 아직 완성하지 못한 계획이라, 유지할 수 있는 시간은 턱없이 부족했지만.

그 잠시간 동안 터득한 힘은 대단한 고양감을 선사했다.

화아아―

'위대하신 분들의 종소리' 는 삽시간에 온갖 준신격과 괴수들의 신력 개방으로 기운이 거세게 회오리쳤다.

대기의 밀도도 높아져 가슴이 답답해지거나, 기세에 짓눌려 안색이 창백해질 정도였다.

『이것이라면, 저 불신자도 능히 찢어 버릴 수 있으리라!』

원로원의 의원들도 이 정도라면 쉽게 연우를 상대할 수 있을 거라 여겼다.

아무리 연우가 강하다고 하더라도 필멸자의 수준에서나 강할 뿐.

신격이나, 그에 준하는 탈각과 초월을 이루지 못한 이상에는 절대 자신들을 능가할 수 없었다.

강하고 약하고의 문제가 아니었다.

속성.

애당초 허락된 '한계'를 넘을 수가 없는 것이다. 아무리 벌레가 강하다고 한들, 인간을 뛰어넘을 수 없는 것처럼.

그렇기에 그들은 승리를 장담했고.

『우리들의 신성한 대지를 침범한 대가를 톡톡히 치르도록 해 주마!』

『네놈을 제물로 바쳐 신의 어여쁨을 살 것이니!』

한 치의 거리낌도 없이 이빨을 훤히 드러내며 달려들었다. 백여 마리에 가까운 준신격들이 무리를 이뤄 달려드는 모습은 보기에 섬뜩할 정도였다.

하지만.

그들은 몰랐다.

연우가 자취를 감췄던 지난 일 년 동안 어떤 전장을 전전했는지를.

수많은 신격들이 부딪치면서 명멸을 거듭하던 타르타로스. 그리고 그 안에서 연우가 신살까지도 이뤘다는 사실을 말이다.

그렇기에 부딪치기 직전, 연우는 자신의 힘을 숨기지 않고 한껏 드러냈고.

"명토 선포."

[이미 지정된 권역 '비나' 위에 새로운 성질이 부여됩니다.]
[명토(冥土)가 설정되었습니다!]

[사왕좌의 격을 개방합니다.]

『이게 무슨!』
『말도 안 돼! 어찌 인간 따위가 최상위 신과 악마들에게나 허락된 죽음의 왕좌를……!』

의원들은 자신들의 격을 합친 것을 훨씬 능가하는, 그야

말로 엄청나게 압도적인 격의 차이에 순간 정신이 아찔해지는 것을 느껴야만 했다.

죽음의 왕좌!

생사와 영혼을 주관하는 것은 신들도 감히 접근하기가 힘든 최고 영역이라는 것을 감안해 본다면. 지금 벌어진 이 일은 도저히 납득할 수가 없는 것이었다.

더군다나 그들의 눈에는 연우의 뒤로 666명이나 되는 신과 악마들이 사악하게 웃으면서 이쪽을 내려다보는 것이 비쳤으니.

하지만 이미 상황은 늦은 뒤였고, 그들을 영원토록 보호해 줄 거라 믿었던 외우주는 이미 연우의 권역으로 설정되어, 죽음의 기운으로 만연해진 지 오래였다.

그런 그들을 향해, 연우는 신성과 죄악석의 힘을 여의봉의 끝에다 모아 휘둘렀다. 그 안에는 무공과 마법과 스킬과 가호와 축복이 모두 뒤섞여 있었다.

그것은.

스승인 무왕과 부딪쳤을 때 얻었던 깨달음을 접목한 일격이었다.

[무결참(無缺斬)]

말 그대로 결을 없애기 위해 만든 참격.

"몰아쳐라, 여의."

콰르릉—

*　　　*　　　*

—60점.

마을에서 대련이 끝난 뒤.

무왕은 연우를 보면서 그렇게 말했다.

연우는 단박에 그 말뜻을 눈치챌 수 있었다. 자신이 성장한 것에 대해 점수를 매긴 것이다.

아마 저건 당신을 100점으로 잡았을 때겠지. 연우는 여전히 갈 길이 멀구나 하는 생각에 쓴웃음을 짓다가, 문득 궁금한 점이 생겼다.

무왕이 여태 길렀던 제자는 모두 셋. 그중 둘은 파문이 되었다지만.

그래도 무왕의 가르침을 받았다는 사실이 사라지는 건 아니었다.

죽은 줄 알았던 검무신은 페이스리스라는 이름으로 생존해 있고, 녹턴은 검을 겨뤄 본 적은 없었지만 숨겨진 실력

자란 사실만큼은 쉽게 알 수 있었다.

제대로 된 신위를 드러내지 않았을 뿐이지, 어쩌면 본 실력을 드러냈을 때 가장 강한 건 녹턴일지도 몰랐다.

그렇기에.

연우는 자신만큼이나 무왕을 따라잡고자 하는 열의가 강할 다른 두 사람에 대한 평가는 정확하게 어떤지가 궁금했다.

　　—다른 두 사람의 점수는 어땠는지. 물어도 되겠
　습니까?

여태 시시덕대던 무왕이 처음으로 입을 꾹 다물었다.

그러다.

잠시간 흐르던 적막 끝에, 그가 피식 웃으면서 말했다.

　　—55점과 80점.

그 말은.

연우의 마음에 화인처럼 강렬하게 남았다.

너는 아직 갈 길이 멀었다고 말하는 것 같았기에.

그 뒤로.

연우는 어떻게든 무결참을 개량하고자, 틈이 날 때면 시차 괴리를 통해 수많은 연습을 해 댔고.

어느 정도 만족할 만한 성과를 이뤄 내는 데 성공했다.

단순히 무왕이 그를 자극하기 위해서 던졌던 말 때문이 아니었다.

거기서 새로운 희망을 엿보고, 또 다른 길을 개척할 수 있으리란 직감이 들었기 때문이었다.

아직 미완성인 무결참으로 60점이라는 것은 소싯적 검무신을 능가했다는 뜻. 무결참을 완성했을 때에는 녹턴에까지 다다르거나 뛰어넘을 수 있단 뜻이기도 했다.

그리고 그마저도 능가한다면.

'또 다른 길이 열린다.'

진인 급에서 끝나리라 생각했던 무도가의 새로운 영역을 개척할 수 있는 것이다.

그리고.

연우는 그때가 무결참이 새롭게 개화할 수 있는 기회이며, 외뿔부족이 그토록 오랫동안 바라고 바라던 영역을 개척할 유일한 방법이라고 여겼다.

음검(陰劍)!

에도라가 단련한 양도(陽刀)와 다르게 단 한 번도 세상에 드러난 적이 없다던, 바로 그 기예가 말이다!

쿠르르르—

촤아악!

여의봉과 비그리드가 성난 짐승처럼 마구잡이로 할퀴고 지나간 자리로, 공간이 모조리 갈려 나가면서 이쪽으로 달려들던 의원 중 삼분지 일이 넘는 인원이 허공에서 피를 흩뿌리며 쓰러졌다.

『카아악!』

『사역! 시케!』

『분명히 스치지도 않았는데…… 어떻게?』

『설마 의념만으로 공간도 같이 갈려 버렸단 말인가? 말도 안 돼! 그건 무의 영역 끄트머리에 다다르지 않고서는……!』

죽지 않은 이들도 오러에서 번져 나간 열풍에 휩쓸려 전신 화상을 입은 상태. 기괴한 육체 곳곳에 상처가 마구잡이로 나 있었다.

하지만 그들이 놀라거나 말거나.

탁!

연우는 지상에 착지하는 것과 동시에 몸을 다시 돌리며 창날을 위쪽으로 겨누었다.

"다음."

화안금정이 어린 용의 눈동자가 의원들을 직시했다.

거기에 노출된 순간.

녀석들은 자기도 모르게 몸이 빳빳하게 굳어 아무런 말도 이을 수가 없었다.

어째서일까?

과거 여름여왕 이스메니오스가 원로원을 방문했을 적, 거기에 압도되어 감히 입을 떼지 못했던 때가 언뜻 떠올랐다.

초월종에게서나 느낄 수 있을 기품과 위세가 연우를 따라 휘몰아치고 있었다.

이제는 너무 놀라서 말도 이어지지 않았다.

원로원 의원들에게 '격'은 어떤 일이 있어도 뛰어넘을 수 없는 장벽. 신혈을 타고났기에 많은 재능을 품을 수 있었지만, 그렇기에 그들은 더더욱 '신분적' 제약을 벗어나지 못했다.

그리고 만약 그들이 보고 있는 게 사실이라면.

그들은 절대 연우를 뛰어넘을 수 없었다.

연우가 갖고 있는 죽음의 왕좌는 물론이거니와, 그가 자랑하는 특성은 이미 초월종에 근접하고 있었으니까!

마신룡체의 권능이 그들의 숨통을 옥죄어 가고 있었다.

"없나?"

연우의 한쪽 입꼬리가 말려 올라갔다.

"없다면 이쪽이 가지."

쾅!

연우가 다시 대지를 박차며 하늘로 날아올랐다.

바로 그 순간, 공간이 활짝 열리면서 정우의 호문클루스들이 나타나 연우를 가로막았다.

"늦어."

의원들 중 태반이 죽어 나간 판국에 이제 등장이라니. 너무 속이 뻔한 등장이었지만, 의원들은 그것만 해도 감지덕지였던지 안색이 많이 풀려 있었다.

하지만 연우는 이미 녀석들의 등장 따윈 눈치채고 있었기에, 지워 버리는 데 전혀 거리낌이 없었다.

도리어 이런 되도 않는 인형을 던져 두고, 이제는 코빼기도 비치지 않는 베이럭이 괘씸했다. 우선 이것들을 치우고 나서 녀석을 잡으러 가야겠지. 도망쳤다면 지옥 끝까지라도 쫓아갈 생각이었다.

그렇기에 연우는 여의봉을 안쪽으로 잡아당겼다가 앞으로 크게 내질렀다.

콰르릉—

〈볼텍스〉. 와류를 한 지점에 압축시켰다가 폭발시키는 공세와 함께 그나마 남아 있던 호문클루스들도 흔적조차 남기지 못하고 모두 사라졌다.

"거기구나."

그리고. 연우는 화안금정으로 호문클루스와 연결되어 있다가 끊어지려는 링크를 발견하고 라퓨타의 우발라 시스템을 이용, 좌표를 빠르게 계산해 그쪽으로 여의봉을 거칠게 휘둘렀다.

찌걱—

공간이 으깨지면서, 그 너머로 새로운 공간이 나타났다.

그곳은. 좁은 복도를 따라 수많은 유리관이 진열된 실험실이었다.

유리관 안에는 의원들이 변했던 것과 똑같은 옛 고대종들이 쭉 나열되어 있었다. 거인, 그리폰, 레비아탄……. 전부 만들어지다 말고 도중에 멈춘 것들투성이었다.

하지만 그중에서도 연우의 눈에 띄는 것은 따로 있었다. 정우와 똑같은 생김새를 한 클론들.

아마 양산을 시도하려다가 실패한 것들이겠지만, 그것만 하더라도 연우의 화를 크게 부채질하기에 충분했다.

"결국 여기까지 왔군. 성격도 급하셔라. 이쪽은 아직 개량도 덜 끝났는데 말이야."

베이럭은 바로 그 복도 끄트머리에 있었다. 역시나 짜증

이 단단히 섞인 얼굴이지만, 그러면서도 입가에 비틀린 조
소를 달고 있는 모습으로.

두근.

두근.

기어 다니는 혼돈으로부터 받은 힘이라도 깨운 걸까? 정
체를 알 수 없는 불길한 힘이 놈을 따라 꿈틀대고 있었다.

이미 녀석의 몸뚱이도 거기에 절반쯤 감염된 듯 보였다.
라퓨타가 기어 다니는 혼돈의 기운에 잠식되었을 때와 비
슷한 현상이었다.

뭔가를 하고 있다. 연우는 본능적으로 그런 직감이 들었
다. 그래서 녀석을 죽이기 위해 공간 안쪽으로 발을 들인
순간.

연우는 자기도 모르게 익숙한 시선을 느끼고 말았다.

절대, 다신 느끼고 싶지 않던 시선.

"옛 연인과의 상봉은 어떤가? 자네의 전 연인은 마음에
들어 하는 눈치인 것 같네만."

[대지모신이 당신을 주시합니다.]

비에라 둔의 '의지'가 바로 이곳에 있었다.

　　　　*　　　*　　　*

　"으, 으으……."

　"도일? 도일! 정신이 들어?"

　도일은 머리가 깨질 것 같은 두통을 느끼며 억지로 눈을
떴다.

　절대 끝나지 않을 것 같던 어둠 속을 마구 유영하다가 겨
우 빠져나온 것 같은 기분. 숨을 어떻게 쉬는지조차 헷갈릴
정도였다.

　서서히 잡히는 시야 속에는 칸과 빅토리아가 걱정 가득
한 시선으로 자신을 내려다보고 있었다.

　자신에게는 이제 아버지보다 더 아버지 같은 형과 형수
였다.

　"여기가…… 대체 어디야? 타르타로스는 아닌 것 같은
데."

　도일은 갖가지 마법 장비가 가득한 실내를 보면서 묘한
표정을 지었다.

　마지막 기억 속에서 그는 분명 타르타로스에 있었다. 모
시는 신인 페르세포네가 강림하고, 그녀가 대지모신의 힘
을 드러내면서 사도인 자신도 덩달아 마력이 폭주했던 기
억이 났다.

사도란, 신을 모시는 제사장과도 같은 것. 절대 신의 의지를 거부할 수 없었기에 속수무책으로 휩쓸려야만 했던 뼈아픈 기억이었다.

천마에 이어서 대지모신까지. 어째서 자신은 이토록 신적인 존재들에게 마구 휘둘려야만 하는 건지. 도일은 언제나 늘 그것이 억울했다. 자신이라고 해서 이런 체질을 타고나고 싶어서 난 게 아닌데 말이다.

그러다.

'뭐지? 없어?'

도일은 뒤늦게 자신의 몸 상태가 평상시와 많이 달라졌다는 사실을 깨달을 수 있었다.

언제나 거대한 영적인 존재와 연결되어 있거나, 없더라도 호시탐탐 자신을 노리는 이들의 간섭이 있어 경계심을 바짝 세워야만 했었는데.

지금은 전혀 그런 것이 없었다.

아무것도.

자신을 홀리려는 것들도, 간섭하려는 것들도. 천마와 대지모신은 물론, 자잘한 것들조차 전부.

아니다.

없는 건 아니었다.

딱 하나.

아주 미약하지만, 자신을 감싸 주는 따스한 것이 있었다. 마치 외부의 찬바람으로부터 아기 새를 보호해 주려는 어미 새처럼 포근한 손길. 다른 영적인 존재들의 간섭을 배제하는 손길이었다.

이를테면, 작은 불씨라고 해야 할까. 천마나 대지모신에 비하자면 턱없이 작고 왜소하지만. 그러면서도 그 속에는 강렬한 뭔가가 꿈틀대고 있었다.

도일에게 낯익은 기운이기도 했다.

'이건…….'

순간, 작은 불씨가 확 하고 번지더니 크게 활활 타올랐다.

"……카인 형?"

도일의 작은 혼잣말에, 칸이 무겁게 고개를 끄덕였다.

"맞아. 카인이 도와줬다. 여긴 녀석의 클랜 하우스고."

그제야 도일은 기절해 있는 동안 자신에게 무슨 일이 있었는지를 깨달을 수 있었다.

"카인 형이 대신 내 채널링을 전부 끊어 줬구나."

"맞아."

"……상당히 힘들었을 텐데."

"……."

칸은 도일의 말에 아무런 대답도 하지 않았다.

그의 말마따나, 도일은 아나스타샤도 더 이상 치료가 불가능하다고 판단했을 정도로 상태가 좋지 못했으니까.

그래도 칸은 어떻게든 방법을 찾아보겠다면서 연우를 찾았고, 연우는 도일의 상태를 한참이나 살피다가 작게 중얼거렸다.

—일단은. 해 보지.

거기서 연우가 어떤 수를 썼는지는 칸도 알 수가 없었다. 그의 눈에는 연우가 아주 잠깐 손을 썼고, 도일의 안색이 곧바로 평온해진 것으로만 보였으니까.

다만, 옆에서 상황을 지켜보고 있던 아나스타샤가 '미친 놈들이로다' 라는 말만 중얼대면서 훌쩍 떠났을 뿐. 빅토리아를 돌아봐도, 그녀 역시 정확한 내막을 알지 못하는 것 같았다.

"내게는 천마와 대지모신이 남긴 신력의 잔재가 계속 남아 있었어. 채널링이 강제로 끊어지면서 남은 단말(端末)은 계속 내 영혼을 감염시키거나 흩뜨려 놓고 있었고. 카인 형은 그런 단말을 말끔하게 제거해 준 거야. 그러기 쉽지 않았을 텐데……."

칸은 그제야 도일의 말뜻을 이해할 수 있었다.

단말의 완전한 제거.

말이 쉬울 뿐이지, 그건 거의 불가능에 가까운 일이었다. 이미 도일의 영혼과 상당히 많은 동화가 이뤄졌을 테니까. 자칫 잘못하면 단말을 제거하다가 도일의 영혼이 손상될 가능성도 매우 크다.

하물며 그런 단말이 하나가 아닌 두 개였고, 그마저도 천마와 대지모신이 남긴 것이었으니. 일개 필멸자가 손을 댈 수 있는 난이도가 아닌 것이다.

그런데도 연우는 그것을 해치웠다.

그러고 보니. 아나스타샤가 연우의 처치를 보고 훌쩍 떠나면서 했던 말이 있었다.

　—이미 영혼을 다루는 데 있어서는 어느 정도 도통(道通)한 건가? 신성의 조각을 얻고, 신위를 계승한 건 그냥 해낸 게 아니었던 거로군…… 조만간 탈각을 이룬다고 해도 이상하지 않겠어.

연우가 하데스부터 죽음의 왕좌를 물려받은 것이 결코 우연한 사건이거나, 하데스의 변덕이 아니었다는 뜻이었다.

애당초 그만한 자격을 갖추고 있었단 뜻이겠지.

탑의 역사를 통틀어도, 그리고 앞으로도 '영혼을 다룬 다'는 개념에 있어서는 연우를 능가할 수 있는 이가 없지 않을까.

 그렇기에 연우는 도일을 완전히 치료하는 데 성공한 것 이다.

 "하지만 큰 두 단말이 빠진 자리를 그냥 두면 내가 위험 해질 테니…… 그 자리를 자신의 것으로 채운 것 같아."

 "너, 그 말은?"

 "응. 아무래도 카인 형이 날 사도로 삼은 모양인 데……?"

 그 말과 동시에.

 화륵!

 도일의 손바닥 위로 검푸른 불길이 살짝 타올랐다.

 성화. 이제는 연우의 트레이드 마크가 되다시피 한 불길 이었다.

 "내가 아마 최초로 필멸자의 신도가 된 게 아닐까? 이것 도 나쁘지 않은걸."

 도일은 배시시 살짝 미소를 지었다.

 비록 연우는 아직까지 다른 신이나 악마에 비하면 '격' 이 턱없이 모자란 수준이었지만.

 그렇다고 해서 사도를 둘 자격이 없는 건 아니었다.

오히려 차고 넘쳤다.

제대로 개화되지 않았다고 할지라도, 그는 어디까지나 죽음의 왕좌를 갖고 있는 이였으니.

'이렇게 된 김에 나를 시작으로 아예 신앙 체계를 갖출 준비도 하려는 게 아닐까?'

사도, 즉 제사장을 임명했다는 것은 그를 필두로 교단도 창립할 수 있다는 뜻.

교단의 성세가 커지면 커질수록 신앙 체계도 확고하게 변할 테니, 신에게는 크나큰 힘이 된다.

도일은 앞으로 자신이 무슨 일을 해야 할지, 의무가 무엇이고 마음가짐은 어떻게 해야 할지를 알 것 같았다.

어쩌다 보니 다시 누군가의 수족이 되어 버린 셈이었지만.

만약 이런 것이 자신의 운명이라면, 오히려 기쁘게 받아들일 생각이었다. 무슨 생각을 하는지 알 수 없는 천마나, 호시탐탐 간악한 짓만을 벌이려 하는 대지모신 따위보다는 연우가 훨씬 믿음직스러웠으니까.

그리고 도일이 봤을 때. 연우는 앞으로 얼마든지 성장할 수 있는 사람이었다.

'왕'의 자격에서만 그치지 않고, 77층의 '벽'을 뛰어넘고, 98층의 '신좌'에도 도전해 언젠가 대지모신이나 천마 등과도 어깨를 나란히 할 수 있을 것 같았다. 그런다면 그를 모시는 자신도 빠르게 성장할 수 있을 테지.

누군가가 듣는다면 정신 나간 소리라고 하겠지만.

오랫동안 여러 신과 악마들을 거치고, 그들을 접해 봤던 도일이었기에. 도리어 확신이 들었다.

그렇게 마음을 편하게 가졌기 때문일까.

마음 한편에서 타오르던 연우의 불길이 여전히 어지럽던 정신을 맑게 정화시켰다. 어둠이 물러나면서 혼수상태에서 벌어졌던 기억의 파편들을 하나하나씩 비쳤다.

주인을 잃은 단말을 먹어 치우려, 그의 육체를 탐하려 다가오던 무수히 많은 신과 악마들의 손길이 떠올랐다.

근원도, 소속도, 계급도 전부 다르던 손길. 그들에게서 풍기던 사념도 어렴풋이 기억나던 그때.

"······!"

도일은 자기도 모르게 몸을 쭈뼛 세우고 말았다.

"왜 그래?"

칸은 갑자기 부들부들 떨기 시작하는 도일을 보며 눈을 크게 떴다. 혹시 다른 부작용이 있는 건가 싶어서.

하지만 그런 마음을 아는지 모르는지, 도일이 다급하게 중얼거렸다.

"······위험해."

"뭐?"

"카인 형이 위험하다고!"

도일의 찢어지는 비명 소리가 방을 쩌렁쩌렁하게 울렸다.

*　　*　　*

"기어 다니는 혼돈으로도 모자라…… 저딴 탕부와도 손을 잡았던 거냐? 가지가지 하는군."

연우는 기어 다니는 혼돈이 남긴 파편을 두르고 있는 것으로도 모자라, 배후에 대지모신도 두고 있는 베이럭을 보면서 자기도 모르게 헛웃음을 흘렸다.

기어 다니는 혼돈과 대지모신이라. 저토록 어울리지 않는 조합이 또 있을까. 자신이 알기로 개념신과 타계의 신은 거의 대척점에 있다고 해도 과언이 아닐 텐데.

탑의 법칙과 진리를 규정하는 개념신과, 외부에 존재하여 온통 인지할 수 없는 무질서와 혼돈으로만 가득한 타계의 신. 절대 양립할 수가 없는 구조인 것이다.

하지만 베이럭은 그런 짓을 잘도 저지르고 있었다.

아니, 대지모신을 독차지한 건 비에라 듄이니, 어쩌면 그런 상식으로 갖다 댈 게 아닌 걸까?

[대지모신이 당신을 주시합니다.]

그런 연우의 생각을 아는지 모르는지.

대지모신은 별다른 반응을 보이지 않고 있었다. 가만히 예리한 시선으로 연우를 관찰하기만 할 뿐. 그것이 연우는 못내 불쾌하기만 했다.

대신해서 대답을 한 건, 오히려 베이럭이었다.

"탕부라니. 그래도 한때 자네와 살을 섞기까지 했던 사이일 텐데, 말이 너무 심하지 않나?"

아직 자신의 정체에 대해서 대지모신이 말하지 않았던 걸까? 베이럭은 여전히 연우의 정체를 알아내지 못한 것 같았지만, 연우는 굳이 그런 착각을 바로잡아 줄 필요성을 느끼지 못했다.

베이럭이 계속 말했다.

"그리고 자네의 착각을 한 가지 정정해 주고 싶군. 일단 순서가 반대일세. 비에라 듄과 손을 잡은 게 먼저였고, 그 다음에 그녀를 대지모신으로 올려 주어, 기어 다니는 혼돈과도 거래를 틀 수 있었던 것이라네."

"아르티야에 있을 때부터?"

"그런 셈이지."

"배신자와 탕부, 참 잘 어울리는 조합이야. 어떻게 그렇게 딱 맞는 인간들끼리 의기투합을 할 수 있었는지 모르겠어?"

연우는 아르티야의 내분에 있었던 흑막을 좀 더 깊게 깨달을 수 있었다.

베이럭이 혼자서 그 많은 일들을 저질렀다고 하기엔 무리가 있다고 생각했었는데. 아무래도 비에라 듄과 처음부터 함께하고 있었던 모양이었다.

누가 먼저 시작했는지는 알 수 없지만.

비에라 듄은 베이럭을 대신해 동생을 중독시켰고, 베이럭은 비에라 듄이 가져온 영혼석을 탐구해 그녀를 대지모신으로 만들어 주었다. 그리고 그 대가로 비에라 듄은 베이럭을 기어 다니는 혼돈에게로 이끌어 새로운 지식을 접할 수 있는 기회를 만들어 주었으니!

비에라 듄은 천계에서, 베이럭은 하계에서 각자가 원하는 바를 추구하며 여기까지 흘러온 모양이었다.

'비에라 듄은 대지모신이 되어 타르타로스와 올림포스를 위협하고, 베이럭은 오랜 숙원이었던 신인을 만들기 위해 엘로힘을 배경으로 삼았다는 건가? 하! 우습지도 않은 일이군.'

연우로서는. 찢어 죽여도 시원찮을 가증스러운 것들이 여기에 모여 있는 셈이었다.

하지만.

연우로서는 내심 걸리는 점이 있었다.

[대지모신이 당신을 주시합니다.]

대지모신이 여기에 의지를 드러낸 이유.

아무리 그녀가 베이럭과 손을 잡았고, 연우가 나타났다는 사실에 호기심을 드러낼 법도 하다지만. 지금쯤 올림포스와의 전쟁으로 한창 정신이 없을 텐데?

혹시 전쟁이 끝나기라도 한 걸까.

타르타로스를 떠난 이후의 일을 여태 알 수 없었기에. 연우는 내심 불안감이 들 수밖에 없었다.

"하계의 일에는 더 이상 관심이 없을 줄 알았는데."

츠츠츠—

그때. 베이럭의 옆으로 뿌연 안개가 일렁인다 싶더니 잔뜩 뭉치면서 사람의 형상을 갖췄다. 비에라 듄을 연상케 하는 형체였다.

그것은 실험실 내부를 크게 한 바퀴 돌더니 가장 안쪽에 있는 유리관 위로 살포시 내려앉아 그것을 부드럽게 껴안았다. 아주 소중한 보물이라도 되는 것처럼.

연우의 표정이 다시 딱딱하게 굳었다. 비에라 듄의 화신이 매만지고 있는 유리관 속에는 정우의 호문클루스가 들어 있었기 때문이었다. 그로서는 절대 보고 싶지 않은 꼬락서니였다.

하지만 대지모신의 화신은 마치 소중한 보물을 쓰다듬듯, 인형을 보살피듯, 얼굴 부근을 손으로 매만지다가 다시 연우를 돌아보며 입술을 달싹였다.

넌.
모. 른. 다.

역시나 개념적인 존재로 변했기 때문인지 언어를 제대로 구사하지 못한다. 연우는 용의 지식을 최대로 높이면서 녀석의 의사를 해석하고자 했다.

"뭘 모른단 거지?"

네. 가. 알. 기. 나. 알. 까.
이. 것. 은.
나. 의. 인. 형.

"뭐?"

나. 의. 배. 우. 자.

우. 리. 는. 운. 명. 이. 었. 다.

대지모신의 화신은 연우가 분을 삭이거나 말거나, 계속
입술을 달싹였다.

우. 리. 의. 사. 랑.

잠. 시. 멀. 어. 졌. 지. 만.

이. 제. 는. 놓. 지. 않. 아.

방. 해. 마. 라. 인. 간.

칠. 흑. 은. 내. 것.

그. 러. 니.

너. 도. 내. 것. 이. 다.

왕. 좌. 를. 내. 놓. 아. 라.

그 말과 동시에.

대지모신의 화신은 하늘을 올려다보면서 긴 울음소리를
냈다.

우—

우우―

필멸자라면 절대 들을 수 없을 영적인 주법(呪法). 연우도 죽음의 왕좌를 거머쥐고 있기 때문에 들을 수 있는 소리였다. 그리고 그것이 무슨 뜻인지 알고 있었기에 인상이 딱딱하게 굳었다.

그것은.

선전포고였다.

　　[대지모신의 요청에 따라 신의 사회, '올림포스'가 클랜 '아르티야'에 적대 의사를 밝혔습니다.]

　　[클랜 '아르티야'와 관련된 모든 동맹 단체 및 가호 사회가 '올림포스'로부터 선전포고를 받았습니다.]

　　[클랜 '숲의 아이들'이 '올림포스'와 적대 관계가 되었습니다.]

　　[클랜 '철의 왕좌'가 '올림포스'와 적대 관계가 되었습니다.]

　　[클랜 '녹염의 별'이 '올림포스'와 적대 관계가 되었습니다.]

　　……

[악마의 사회, '르 인페르날'과 '올림포스' 간에
적대 관계가 성립하였습니다!]

['올림포스'가 당신에게 '시련의 굴레'를 예지하
였습니다.]

시련의 굴레?

그 단어를 본 순간, 연우의 표정이 딱딱하게 굳었다.

시련은, 충계가 공략을 시도하는 플레이어들을 시험하기
위해 내리는 퀘스트에 가깝게 여겨진다.

하지만 그건, 정확하게 말하자면 수도자의 역량을 상승
시키려 탑에서 임의로 씌우는 굴레라 할 수 있었다.

그 말인즉, 수도자인 플레이어의 역량을 올려 주기 위해
서 별도의 시련을 제작할 수도 있다는 의미였다.

다만, '시련'이 가진 의미는 일반적인 퀘스트보다 훨씬
큰 범주를 포괄하고 있으며, 또한 이를 받은 플레이어는 반
드시 깨야 한다는 강제성을 띠고 있다. 때문에 이것을 제작
하기 위해서는 막대한 인과율을 필요로 했다.

그래서 보통 막대한 인과율을 갖고 있는 태초신이나 개
념신과 같은 이들만이 간혹 부리는 게 전부였는데.

올림포스는 그들 소속원이 인과율을 나누어 감당하는 형

태로 해서 연우에게 새로운 시련을 씌우고 만 것이다.

'굴레'라는 단어가 뒤에 붙은 것은 절대 거부할 수 없음을 의미하기 때문일 터.

연우는 보이지 않는 무형의 사슬이 자신의 영혼을 옥죄는 듯한 느낌을 받았다.

[새로운 '시련(죽음의 왕좌)'이 생성되었습니다!]

['올림포스'의 '시련'이 시작됩니다.]
[시련: '올림포스'는 천계를 이루는 여러 신의 사회 중에서도 손가락에 꼽힐 만한 규모를 자랑합니다.

덕분에 '올림포스'는 태곳적부터 헤아릴 수도 없을 만큼 많은 도전자들로부터 수많은 도전을 받아왔고, 지배자들은 대부분 그들을 물리쳐 왔지만, 때로는 실패하여 도전자에게 신좌를 내어 줘야 하기도 했었습니다.

그리고 지금, '올림포스'에서는 또다시 지배자가 바뀌는 큰 사건이 발생하고 말았습니다. 옛 지배자였던 티탄과 실패자였던 기가스가 손을 잡아 신좌를 탈환한 것입니다.

포세이돈을 위시한 옛 지배자들 중 다수가 도망치는 데 성공했지만, 티탄과 기가스는 소란스러운 '올림포스'를 진정시키기 위해서라도 그들의 목을 필요로 하는 상황입니다.

그리고 티탄과 기가스는 신의 사회를 이끌어 가는 데 있어 중요한 직위인 '죽음'과 '타르타로스의 지배권'이 유실되었다는 사실도 뒤늦게 깨닫고 말았습니다.

이제부터 '올림포스'의 새로운 지배자들은 그들이 유실한 '죽음'과 '타르타로스의 지배권'을 되찾기 위해 당신을 포섭하거나, 죽이고자 할 것입니다.

앞으로 다가올 그들의 마수로부터 살아남거나, 그들과 교섭하여 '죽음'과 '타르타로스의 지배권'에 대한 직위와 권한을 공고히 하십시오.]

[기존에 당신에게 내려졌던 '올림포스'의 축복과 가호가 전부 거둬졌습니다.]

[당신은 원소속이었던 '올림포스'로부터 방출되었습니다.]

[주의하십시오! 당신은 이제부터 어느 곳에도 소속되지 못한 떠돌이 신세입니다. 그 어떤 곳도 당신

을 애써 보호해 주려 하지 않을 것입니다.]

[이제부터 수많은 신과 악마들이 당신이 가진 신성의 조각과 뛰어난 신위를 노리자 할 것입니다. 그들을 조심하십시오.]

'올림포스가…… 티탄과 기가스에게 점령당하고 말았다.'

결국 우려했던 일이 터지고 만 것이다.

대지모신을 필두로 한 티폰과 페르세포네의 역습. 신력을 회복한 티탄―기가스의 연합 세력은 그만큼 강했고, 연우가 떠나오기 전까지만 하더라도 전력상으로 올림포스가 밀리는 추세였다.

그래도 어떻게든 빛의 기둥으로 넘어가지 못하게 막으려하는 듯 보였는데.

그런데 기어코 티탄―기가스는 빛의 기둥을 넘어 올림포스를 차지하는 데 성공한 모양이었다.

순간, 연우의 머릿속으로 아테나와 헤르메스의 모습이스쳐 지나갔다.

때로는 부모님처럼. 때로는 누나와 형처럼 자신을 보호해 주던 두 신들은 그가 여태껏 탑을 오르는 데 있어 많은도움을 주었던 고마운 이들이었다. 그들은 대체 어떻게 되었을까?

그들만이 아니었다.

자신을 사도로 삼겠다며 자신만만하게 나섰던 아레스의 모습이나, 층계로 피신할 수 있도록 도와주었던 아폴론과 아르테미스, 디오니소스의 모습도 떠올랐다.

끝까지 자신에 대한 적개심을 숨기지 않았지만, 그래도 마지막에는 하데스의 후왕으로 인정을 해 줬던 포세이돈까지도.

하나하나가 그에겐 전부 소중한 인연들이었는데.

이제는 그들의 생사 여부조차 알 수가 없으니 답답할 지경이었다.

하지만 대지모신의 화신은 그런 연우의 의문을 풀어 줄 생각 따윈 없다는 듯, 한쪽 입술을 비틀어서 웃기까지 했다.

넌.

나. 의. 것. 이. 다.

고오오—

실험실을 따라 거친 기세가 폭풍우처럼 휘몰아쳤다. 갖가지 실험 도구들이 떨리면서 바닥에 떨어져 깨지고, 유리관이 금세 부서질 것처럼 거세게 흔들렸다.

그리고 연우는 자신을 짓누르는 어마어마한 압박감을 느낄 수 있었다.

르 인페르날이 엘로힘에 저주를 내려 그들의 발목을 묶었던 것처럼, 이번에는 올림포스가 그를 짓누르려 하고 있었다.

비록 천계와 하계를 가르는 거대한 장벽, 인과율 때문에 연우에게 미치는 영향은 저조할 수밖에 없었지만.

그럼에도 연우에게는 막대한 디버프를 먹이고 있었다. 그만큼 신의 사회라는 조직, 그중에서도 단연 손에 꼽을 만한 올림포스가 주는 영향력이 크다는 의미이리라.

연우도 저 하늘 너머에서 자신을 노려보는 살의 어린 눈빛을 읽을 수 있었다. 타르타로스에서 숱하게 느꼈던 티탄과 기가스의 시선들.

연우가 신살(神殺)을 해낼 수 있었을 정도였던 당시와 다르게, 천계에 올라 모든 속박에서 해방된 지금, 그들은 그때와는 비교도 할 수 없을 정도로 강렬해져 있었다.

하지만 연우를 짓누르던 압박감은 다른 방향에서 개입된 또 다른 손길에 거둬졌다.

[아가레스에게서 메시지가 도착했습니다.]
[메시지: 저 미친놈들이, 대지모신의 똥구녕이나

핥는 개에 불과한 것들이 정녕 이딴 짓을 저지르는
구나. 감히 나를 앞에 두고도 그딴 망발을 지껄여?
오냐. 너희들의 결정이 그러하다면 얼마든지 받아
주마.]

[아가레스에게서 메시지가 도착했습니다.]

[메시지: ###! 너 역시 선택해야 할 것이다. 이제
부터 이것은 너만의 전쟁이 아닌, 우리 모두가 엮인
대전쟁이 되고 말았음이니. 그리고 기억하라. 너와
네 동생의 곁에 끝까지 남아 너희 형제를 지키려 했
던 게 누구였는지를!]

[아가레스가 '올림포스'에 짙은 적개심을 드러냈
습니다.]

[선전포고를 받은 '르 인페르날' 소속의 악마들
이 '올림포스'의 신들을 보며 분노합니다.]

['르 인페르날'이 '올림포스'와의 멸망전(滅亡
戰)을 선포하였습니다!]

[여러 신의 사회와 악마의 사회가 두 사회의 격돌
에 대해 깊은 우려를 드러냅니다.]

[천계에 짙은 전운이 감돕니다.]

[신의 사회, '데바'가 이번 전쟁에 중립 의사를 표시합니다.]

[신의 사회, '아스가르드'가 이번 전쟁에 중립 의사를 표시합니다.]

......

[악마의 사회, '절교'가 이번 전쟁에 중립 의사를 표시합니다.]

......

['르 인페르날'의 악마, '바알'이 말없이 당신을 살핍니다.]

르 인페르날은 애당초 아가레스의 협박 때문이긴 했어도, 연우와 아르티야를 보호해 주겠노라고 선언을 한 상태.

그러나 이를 알고도 올림포스가 적의를 표명했으니, 르 인페르날의 여론은 극단으로 치달을 수밖에 없었다.

자존심이 강한 악마들로서는 올림포스가 자신들을 무시한다는 생각이 들 수밖에 없을 테니.

그들에게는 더 이상 이번 일이 단순히 하계에서 벌어지는 어린애 장난이 아니었다. 그들의 자존심을 회복하고, 올림포스의 기둥 몇 개는 뽑아야 직성이 풀릴 만한 대전쟁이었다.

이를 두고, 르 인페르날의 서열 1위이자 수장인 바알이 전쟁의 단초가 된 연유를 면밀히 살피는 듯한 모습을 보였지만, 별다른 제지는 하지 않고 다시 시선을 거두며 돌아갔다.

그리고.

['르 인페르날'과 '올림포스' 간의 멸망전이 시작됩니다.]

콰르르릉, 콰르, 쿠르르!

갑자기 외우주가 부서질 듯이 거세게 요동치기 시작했다.

천계에서부터 시작된 두 사회 간의 격돌이, 인과율이 감당할 수 있는 범주를 넘어 하계에까지 영향을 미치기 시작한 것이다.

그런 무지막지한 짓을 저지르고도, 대지모신의 화신은 격렬하게 떨리는 허공만 잠시 응시할 뿐 별다른 반응을 보이지 않았다.

아니, 오히려 이런 것을 바랐다는 듯, 입가에 차가운 미소마저 달고 있었다.

연우는 그녀가 무슨 생각을 하고 있는지를 어렴풋이 알 것 같았다.

'설마…… 천계라도 장악하려는 건가?'

대지모신은 모든 신, 악마들과 적대 관계를 형성하고 있는 존재였고, 비에라 듄은 그보다 한발 앞서 나가 천계를 독차지하고 싶어 하는 열의에 사로잡힌 존재였다.

그런 그들이니 천계를 정복하고자 마수를 이리저리 뻗는 것이 오히려 당연하다. 티탄과 기가스는 그런 정복군의 첨병 역할을 맡고 있는 셈이었다.

아마도 저 마수는 올림포스와 르 인페르날에 그치지 않을 것이다.

그다음이 어딘지는 알 수 없어도 현재 중립을 표방한 데바나 아스가르드, 혹은 절교와 같은 곳들에도 곧 칼날을 들이대려 할 테지.

그러나.

정작 대지모신의 화신은 너무나 평온한 모습을 한 채로 다시 연우를 바라보았다.

칠. 흑. 과. 왕. 좌. 를.

내. 놓. 아. 라.

대지모신의 그런 외침과 함께.

철컥, 철컥—

여전히 부서질 듯이 흔들리던 유리관의 뚜껑이 일제히
활짝 열렸다.

그 안에 있던 갖가지 고대종들이 비틀거리는 발걸음으로
하나둘씩 걸어 나왔다.

이지를 상실한 것처럼 두 눈은 초점이 잡히지 않아 흐리
멍덩했다. 하지만 녀석들을 따라 감도는 위세는 하나같이
거칠었으니.

그들이 등장하는 신화 속의 묘사가 부족했다고 여겨질
정도로 강렬했다.

그리고.

내. 려. 오. 라.

나. 의. 아. 이. 들. 아.

번쩍!

대지모신의 언령(言靈)에 따라, 아주 잠깐 동안 실험실
내부가 환한 빛무리에 잠긴다 싶더니 실험실을 농밀하게
가득 채웠던 고대종의 위세에 새로운 힘이 깃들었다.

신력.

바로 기가스의 힘이!

콰르르릉—

신력의 회오리바람이 결국 실험실을 통째로 날리는 것으로도 모자라, 그동안 이곳을 보호하고 있던 엘로힘의 건물 대다수를 깡그리 밀어 버렸다.

가뜩이나 르 인페르날과 올림포스의 충돌로 영향을 받던 '위대하신 분들의 종소리'는 금방이라도 터져 나갈 것처럼 격동했다.

여태껏 연우가 내뿜던 사왕좌의 신위는 아무것도 아니라는 듯, 수많은 기가스들이 내뿜는 신력으로 외우주는 숨을 쉬기도 버거울 정도였다.

고오오오!

강신(降神).

기가스가 내려앉은 고대종들이 하늘을 보며 크게 울부짖었다.

구우우—

카라락! 카라라라!

엘로힘이 수백 년간 심혈을 기울인 결과물, 베이럭이 기어 다니는 혼돈으로부터 가져온 에메랄드 타블렛의 지식 체계로 만든 신화 속 괴물들. 그들의 안쪽으로, 대지모신의 부름에 따라 기가스가 이 땅에 현신하고 만 것이다.

비록 인과율의 제약과 하계의 영력 밀도 차 때문에 본신의 힘을 드러낼 수는 없겠지만.

그래도 그들의 권능과 신력을 드러낼 화신체(化身體)로 삼기엔 충분한 듯 보였다.

휘이이—

연우는 하늘 날개로 몸을 최대한 보호하면서 신력의 폭풍으로부터 가까스로 균형을 잡을 수 있었다. 그의 얼굴에는 불신이 가득했다.

'이렇게나 많은 놈들이 강신을 시도하는데도, 올포원이 아무런 개입도 하지 않는다고?'

인과율이 부족하지 않은 이유는 알 것 같았다.

인신 공양.

지금 이곳에서 죽어 나가는 엘로힘의 소속원들이라면. 그들이 가진 신의 인자와 신혈만 해도 이들을 불러들이는 데는 충분한 대가가 될 것이다.

신이 되고자 애썼으나, 졸지에 제물 신세가 되고 만 셈이었지만 말이다. 아니. 오히려 자기네들이 신봉하는 신들을 위해 쓰러졌으니 더욱 좋아할 일인가?

하지만 그래도 여전히 이해가 가지 않는 부분은. 올포원이 절대 이 사실을 묵과하지 않을 거란 점이었다.

이따금 벌어지는 강신은 눈 감아 준다 하더라도, 이렇게 대규모로 이뤄지는 강신은 하계의 질서를 충분히 어지럽힐 수 있다. 올포원이 절대 납득할 수 있는 수준이 아니었다.

하지만 올포원의 억제력은 어디에서도 발동될 기미를 보이지 않고 있었다.

"대체 어떻게 된 것인지는 모르겠지만. 듣자 하니 올포원의 발목을 묶은 게 자네의 공이라더군."

그런 연우의 의문을 읽은 건지, 베이럭이 입꼬리를 쭉 찢으며 말했다.

쉽게 넘길 수 있는 말이 아니었기에, 연우의 인상이 딱딱하게 굳었다.

"뭐?"

"이들 모두 자네에게 아주 감사하고 있다네."

"……!"

연우는 그제야 올포원이 간섭하지 못하는 이유를 깨닫고 말았다.

'지난번 마성과의 전투 때문이야…….'

정우를 지키고자 마성과 합일을 이뤘을 때. 그는 올포원을 36층에 묶어 놓고서 홀로 자리를 빠져나오지 않았던가. 그가 오랫동안 태초신 혹은 창조신들과 전쟁을 치르는 것을 알고 있었기에 저질렀던 짓이었다.

연우도 이로써 올포원이 당분간 그의 일에 간섭하기 어

려울 거라 생각을 했었고.

그사이에 복수를 끝마친 뒤 올포원과 협상할 수 있는 카드를 마련해 둘 참이었다.

그런데 이것을 도리어 저쪽에서 사용하고 말았으니.

이쪽의 패착이었다.

"하하핫! 더구나 자네는 우리가 닿지 못할 신들의 세상에서 제법 큰 활약을 벌였다면서? 이들이 얼마나 자네를 보고 싶어 하던지, 그것을 말리느라 내가 꽤 애를 써야 했다네."

신력이 회오리치는 곳에서. 베이럭은 광기에 잔뜩 젖은 모습으로 크게 웃음을 터뜨렸다. 그와 반쯤 연결된 기어 다니는 혼돈의 조각이 더 크게 꿀렁이면서 대지를 타고 촉수를 내뻗기 시작했다.

"아무래도 더 이상 시간을 끌면 이들의 원성만 살 터이니, 곧바로 소개하지. 내가 만든 최고의 걸작품이라네."

그 말이 끝난 순간, 대지모신의 화신이 앉아 있던 유리관의 뚜껑이 활짝 열렸다.

그 안에 든 건, 여태 연우가 상대했던 동생과 똑같은 생김새를 한 호문클루스였지만.

이전 것들과는 뭔가 느낌이 많이 달랐다.

더 음험하고, 훨씬 강렬했다.

그리고.

어딘지 모르게, 동생과 아주 많이 닮았다는 느낌을 주었
다.

그때, 꼭 감겼던 호문클루스의 눈이 번쩍 뜨였다. 그 속
에 자리 잡은 동공은 연우도 익히 알고 있는 자의 것이었
다. 하늘을 가로지르며 세상을 굽어보던 자의 것과 똑같았
으니.

티폰.

기가스의 왕이자, 대지모신의 사도인 자가 나타났다.

"이렇게 하계에서 보게 되니 참으로 반갑구나, 인간."

동생과 똑같은 육성으로, 티폰이 명령했다.

"모두, 저 인간을 척살하여 사왕좌를 탈환하라."

그 말이 끝나는 것과 동시에.

팟!

그 자리에 있던 모든 기가스의 화신체들이 연우를 향해
달려들었다.

폭풍 같은 신력을 동반하고서.

"지랄."

그런 그들을 보며.

연우는 압도적인 위세 앞에서도 오히려 여유롭게 웃으면
서 세 쌍의 하늘 날개를 활짝 펼쳤다.

"차라리 잘되었군."

그렇지 않아도 이전의 복수를 하고 싶은 마음이 굴뚝같았는데 어떻게 할 수 없어서 답답하던 차에, 오히려 잘 되었단 생각이 들었다. 직접 제 발로 찾아와 준 셈이었으니까.

과연 저들은 알까?

이곳은 이미 연우의 영토, 명토가 되었단 사실을.

"전부 다 먹어 치워 주지."

찰칵, 찰칵―

연우는 하데스의 식령검이 내는 소리를 한껏 들으면서 몸을 날렸다.

스스로 호랑이 굴에 대가리를 밀어 넣은 멍청이들을 먹어 치우기 위해.

쾅!

연우와 티폰 등이 부딪친 순간, 강렬한 파장이 사방으로 번지면서 그나마 남아 있던 건물 잔해와 실험 도구들까지 깡그리 날려 버렸다.

그리고 거대한 모래 기둥이 하늘 위로 치솟았다.

그 끝에는, 이 좁은 곳에서는 제대로 된 전투가 힘들겠다고 판단한 연우가 하늘 날개를 한껏 펼치면서 비상하고 있었고, 티폰과 다른 기가스들이 그 뒤를 쫓고 있었다.

그리고. 바로 그 뒤에 잿빛 안개에 둘러싸인 거대 촉수가 따라붙었다. 하나하나가 웬만한 고층 건물보다 훨씬 크고 굵은 촉수는 베이럭에게서부터 시작되어 한계를 모르고 계속 자라나고 있는 중이었다.

촉수에 붙은 둥근 빨판을 따라 불길한 기운이 꿀렁꿀렁 토해지고 있었다.

쿠쿠쿠—

콰르릉, 콰릉!

외우주의 하늘은 연우와 그들 간의 격전으로 한층 더 소란스러워지기 시작했다.

천둥처럼 엄청난 굉음이 울리면서 검은 불길이 하늘을 따라 가득 번지는 가운데.

"역시 우리의 판단은 틀리지 않았어. 하하하! 저 아이야 말로, 저 몸뚱이야말로 신인에 가장 가까운 육체인 게 틀림 없다고!"

베이럭이 크게 웃음을 터뜨렸다. 눈가를 따라 광기가 폭풍처럼 휘몰아쳤다. 그의 몸은 이미 절반 이상이 촉수에 감염되어 더 이상 인간이라고 하기가 힘든 형국이었다.

기어 다니는 혼돈!

타계의 신 중에서도 다섯 손가락 안에 꼽힐 정도로 높은 서열을 자랑한다는 우주적 존재로부터 축복을 받은 그는.

자신의 뇌리를 따라 휘도는 수많은 지식과 신력에 한껏 도취되어 주먹을 꽉 쥐었다.

신인을 탄생시키고 말겠다는 그의 숙원이 이제 바로 성공을 코앞에 두고 있었다.

이전에는 허망하게 놓쳐야만 했지만. 이번에야말로 절대 놓치지 않으리라.

헤븐윙을 손에 넣기만 한다면. 불운하게 눈을 감아야만 했던 형제도 다시 이 땅으로 돌아올 수 있겠⋯⋯!

칠. 흑. 을.

왕. 좌. 를.

가. 져. 야. 한. 다.

베이럭은 한껏 자신감에 고무되어 있다가, 갑자기 뒤쪽에서 들린 영언(靈言)에 대지모신의 화신 쪽으로 시선을 돌렸다.

자신의 흥을 깬 것이 짜증 나긴 했지만. 베이럭은 굳이 그 점에 대해서 지적하지 않았다.

언제나 꼬리표처럼 따라붙던 '감염된' 이라는 수식어에서 벗어나, 이제 '완전한' 대지모신이 된 그녀의 심기를 굳이 거스를 필요가 없었기 때문이었다.

그리고 자신 역시 이번 일이 끝나면, 기어 다니는 혼돈으로부터 업적을 인정받아 신화(神化)의 간택을 받을 예정인 몸. 높은 격을 가지려면 그만한 품위도 미리 갖춰 놔야 하는 법이었다.

그래서 엄숙한 표정으로 그녀에게 말했다.

"약속은 잊지 않는다. 저놈을 잡으면 육체는 내가, 영혼은 그대가 갖기로 한 것 말이지. 칠흑이 무엇이고 왕좌가 뭘 말하는 건지는 모르겠지만, 알아서 해. 그러려면 당신의 꼭두각시들이 일을 아주 잘해야 할 거야."

약. 속. 은. 지. 킨. 다.

"그래. 이번에는 지켜야지. 겨우 얻은 신격을 걸었으니, 영락하지 않으려면 어떻게든 지켜야 하지 않겠나? 그걸 위해 영혼석까지 그렇게 날름 삼켰으면 말이야."

베이럭은 오래전에 영혼석을 같이 얻은 뒤, 그것을 갈취하여 사라진 것에 대해 살짝 비꼬았지만. 대지모신의 화신은 일체 흔들림이 없는 표정이었다.

베이럭도 그녀가 이런 것에 흔들리지 않는다는 것을 잘 알았기 때문에 더 이상 말하지 않고, 양손을 활짝 펼쳤다.

"이곳엔 엘로힘의 모든 것을 공양하여 인과율이 폭풍처

럼 휘몰아치고 있다! 기가스는 내게 신인의 재료를 가져다 줄 것이고, 마군 놈들은 곧 최후의 용왕이 남긴 유산을 차지하겠지."

베이릭은 지금쯤 라퓨타를 급습하고 있을 마군 측을 떠올리면서 광기에 찬 웃음을 터뜨렸다.

"이보다 완벽할 적기는 앞으로도 없을 게 분명한바! 나는 어떻게든 반드시 이룰 것이다! 무엇이든!"

바로 그 순간.

콰아앙!

하늘에서부터 공간이 통째로 부서지는 소리와 함께 일대가 거칠게 격동했다.

신격쯤 되는 거대한 영혼이 부서졌을 때에나 일어날 법한 현상.

"끝났나?"

베이릭은 예상보다 훨씬 빨리 끝났다는 생각에 피식 웃으면서 그쪽을 보았다.

이쪽을 향해 무언가가 맹렬한 속도로 추락하고 있었다.

보나 마나 헤븐윙이겠지. 그 육체를 두고 어떤 실험을 할까, 기어 다니는 혼돈이 내린 마핵과의 융합을 어떻게 시도할까, 앞으로 할 것들을 차례로 떠올리며 즐거운 마음으로 다가가려는데.

쾅!

"……뭐지?"

베이럭은 자신의 발치에 추락한 게 뭔지 뒤늦게 알아보고, 인상을 딱딱하게 굳히고 말았다.

뱀처럼 길쭉한 몸뚱이. 그가 복원시켰던 고대종, 고리뱀이었다. 역시나 기가스 중 한 놈이 강신했을 게 분명한데…… 지금은 신력을 잃어버린 듯 눈동자에 초점이 없고, 바람 빠진 풍선처럼 육체도 많이 쪼그라져 있었다.

아무리 하계로의 강림이라 많은 제약이 가해졌다고 해도, 육체가 육체이니만큼 플레이어 한 명 잡는 건 일도 아닐 텐데. 어떻게 된 거지?

순간, 베이럭은 불길한 느낌이 들었다.

무언가. 잘못되고 있었다.

*   *   *

아—

아— 아아—

'시끄럽군.'

드높은 상공에서. 연우는 자신을 따라, 아니, 하늘을 따라 쉴 새 없이 배회하는 영혼들을 보면서 살짝 미간을 찌푸렸다.

일반인들의 눈에는 잘 보이지 않겠지만.

칠흑의 후예이자, 사왕좌의 주인으로서 생사의 경계를 엿볼 수 있는 연우에게는. 외우주를 가득 채운 영혼들이 너무 선명하게 잘 보였다. 그들이 내뿜는 짙은 원한과 절망까지도 전부.

베이럭과 대지모신이 외우주, '위대하신 분들의 종소리'에다 저지른 짓은 사실 너무 끔찍했다.

따지자면. 엘로힘은 일종의 도살장이었다.

죽은 이들이 전부 인과율을 위한 제물로 바쳐지는 장소. 죽어서도 그들이 믿는 저승으로는 절대 가지 못하며, 구천을 한창 떠돌다가 오로지 대지모신과 그녀를 기리는 올림포스를 위한 재료로 전락할 수밖에 없는 곳이었다.

엘로힘의 플레이어들은 죽고 나서야 그 사실을 뒤늦게 깨달았기 때문에, 구슬프게 우는 것밖에 할 수 없었다.

문제는. 그런 원한과 절망마저도 에너지로 치환되어, 이곳에 집단으로 내려온 기가스들에게 큰 도움을 준다는 점이었다.

엘로힘의 생존자들도 뒤늦게 이상한 낌새를 눈치챈 듯 보였지만, 이미 상황은 늦은 뒤였다.

"베이러어어억! 대체! 우리에게 무슨 짓을 저질렀단 말이냐!"

"몸이, 몸이 움직여지질 않아!"

"아아악! 내 힘이! 내 신의 인자가 모두 녹고 있어……! 안 돼! 안 된다고오!"

엘로힘의 플레이어들은 싸우다 말고, 언제부턴가 몸이 빳빳하게 굳어 간다는 것을 느끼고 있었다. 눈치가 빠른 자들은 그게 무엇인지 깨달을 수 있었다.

망량독.

베이럭이 어느새 그들 전부에게 먹여 두었던 여러 독을 일제히 격발시킨 것이다.

베이럭은 이미 과거에 용마안을 가졌던 정우를 은밀하게 중독시켰을 정도로 수완이 좋았던바. 당연히 엘로힘의 모든 플레이어들을 미리 중독시키는 건 그리 어렵지 않았다.

특히 이때 쓰인 독은 그들이 지닌 잠재된 신의 인자와 신혈을 격발시키는 데 효과가 좋았다. 인신 공양의 효과를 증대시킬 수 있는 것이다.

"진짜 이 인성 더러운 형님 같으니! 내가 빤히 원로원으로 달려가는 거 알고 있었으면서 스킬을 뿌려 대면 어떡하우? 그리고! 그렇게 다 해 처먹으면 대체 난 누구랑 싸우라고!"

그 외에도 판트를 비롯한 일행들이 길길이 날뛰고 있는 게 보였고.

「개판 오 분 전이군.」
「그만큼 할 일이 많아지는 거지. 그보다 주인님 쪽의 상황이 복잡하게 흐르는 듯한데.」
「그럼 넌 그쪽으로 움직여. 난 이쪽을 맡고 있을 테니. 디스 플루토! 한 놈도 남기지 마라!」

샤논과 한령도 처음에는 당황하는 듯 보였지만, 역할을 분담하면서 한번 잡은 승기를 계속 몰아붙여 나갔다.
그리고.

"아버지……! 당신이 어떻게 여기에?"

라퓨타 쪽에서는 여태껏 보이지 않던 마군이 기습을 시도하고 있었다. 마침 라퓨타에 상주하고 있던 칸과 도일, 빅토리아가 바빠지는 게 보였다.

선술을 이용해 이미 도통을 이룬 칸이 있으니 큰 걱정은 하지 않고 있었지만.

어째서인지 적들을 마주한 도일로부터 불편한 기색이 느껴졌다.

아무래도 침입자 중에 도일을 대주교에게 '그릇'으로 바쳤다던 친부가 나타난 것 같았다. 그와 연결된 채널링이 조금씩 흔들리고 있었다.

이렇듯.

외우주 '위대하신 분들의 종소리'는 완전히 연우의 권역화(權域化)가 이뤄진 상태였다. 덕분에 권역 내에서 벌어지는 모든 정보들이 초감각을 통해 실시간으로 전달되고 있는 중이었다.

그리고 그건 이 위에서 강신을 시도한 기가스들도 다르지 않았다.

『하계라 그런가, 제법 강해졌어. 아니면 그 짧은 사이에 다른 뭔가를 얻기라도 한 건가?』

티폰은 거센 폭풍을 휘몰아치면서 연우를 압박했다. 다른 기가스들도 연우의 하늘 날개를 꺾기 위해 전방위로 공세를 가했다.

쿠릉, 쿠르릉—

전세는 비교적 치열했다.

원래대로라면 엘로힘의 인신 공양으로 생성된 막대한 에너지가 녀석들에게 제공되어 강신을 넘어 신격의 강림(降臨)까지도 이뤄져야 할 테지만.

『이딴 꼼수도 잘도 해 먹고 있구나! 어디 언제까지 그 수가 먹히는지 보자!』

기가스의 강림은 언제부턴가 단단히 가로막혀 있었다.

연우가 권능인 권역 설정을 이용, 인과율의 축적에 계속 훼방을 놓고 있었기 때문이었다.

때문에 기가스들은 일이 좀처럼 풀리질 않아 짜증이 단단히 난 상태였다.

강림은 더디기만 하지, 몰아붙이려 해도 권역화의 간섭 때문에 움직임에 제약이 가해져 도저히 천계에서처럼 힘을 마음대로 낼 수가 없으니 갑갑해 죽을 지경인 것이다.

반면에 연우는 하늘 날개를 펼치고, 죄악석과 드래곤 하트의 연동으로 사왕좌를 개방해 신격에 모자라지 않는 힘을 마구 발사하고 있는 상태.

그러다 보니 연우는 간간이 반격을 가해 기가스의 강림을 강제로 퇴거시키기도 하고 있었다. 방금 전에 힘을 잃고 추락한 바르바로이가 그중에 하나였다.

이래서는 기세등등하게 나타났던 것과 다르게, 칠흑을 강탈하기는커녕 죽음의 왕좌에 손도 대지 못하고 천계로 되돌아가야 할 판이었다.

이래서는 르 인페르날과의 전쟁을 바로 코앞에 둔 상태에서, 몸소 위기를 무릅쓰고 하계에 나타난 이유가 없지 않은가!

그러나 그들의 조바심과 다르게. 연우는 시차 괴리와 권역화 설정을 적절하게 사용하면서 기가스들을 상대로 침착하게 승세를 계속 굳혀 나갔다.

하지만.

'나도 생각보다 쉽지 않겠는데.'

연우도 일이 마냥 순조롭게만 풀리는 건 아니었다.

인과율의 축적에 아무리 훼방을 놓는다고 해도, 완전한 정지는 불가능하다. 기가스와의 전투에 집중하는 것만 해도 그와 라퓨타의 연산 처리가 한계에 부딪힐 지경이었으니.

더구나 기어 다니는 혼돈이 남긴 촉수가 계속 그를 잡아먹으려 호시탐탐 기회를 노리고, 대지모신이 침식(浸蝕)을 시도하면서 권역화가 빠른 속도로 해체되고 있는 상황.

게다가 하늘 날개의 제한 시간도 빠르게 소모되고 있었다.

신성의 부족이 가지는 한계가 바로 여기서 드러나고 있는 것이다. 이대로 지구전으로 들어간다면 연우가 불리했다.

물론, 이 판을 뒤집을 만한 패가 아예 없는 건 아니었다.

그런 게 없었더라면 애당초 이렇게 기가스들을 상대로 싸움을 시도하지도 않았을 테니까.

오히려 엘로힘을 제물로 바치고, 후퇴했을 것이다. 패퇴에 대한 부끄러움은 없었다. 이 보 전진을 위한 일 보 후퇴는 숱하게 해 보았던 전략이었으니까.

그러나 무엇보다 연우가 하늘 날개의 제한 시간을 소모하는 위험을 감수하면서도 시간을 끌었던 것은. 계속 머리 한편을 간질이는 의문에 대한 해답을 찾을 수 있을까 해서였다.

'이상한 점이 한두 가지가 아니야.'

그가 내심 걸리는 건, 총 세 가지였다.

첫째. 기가스는 대체 무엇을 믿고, 르 인페르날과 멸망전을 앞두고 있으면서 이렇게 많은 신격들의 강신을 시도한 걸까?

아무리 티탄과 기가스가 천계에 오르며 신격을 되찾아 타르타로스에서보다 더 강한 전력을 갖추었다지만.

르 인페르날의 아가레스나 바알만 하더라도, 절대 그들이 무시할 수 없는 전력이었다.

제아무리 티탄—기가스라 하더라도 그만큼 사활을 걸어야만 할 일이었다.

그런데도 저들은 하계로의 대규모 강신을 시도했다. 그것도 수장인 티폰은 물론, 가장 큰 배경인 대지모신과 함께!

정말 단순히 연우가 가진 칠흑의 권능과 죽음의 왕좌를 빼앗기 위해 이런 무리수를 던진 걸까?

'대지모신에 대한 대처도 이상하고.'

두 번째는 대지모신이 나타났는데 어째서 아스가르드나 데바를 비롯한 여러 사회들은 개입을 거부한 것일까 하는 점이었다.

대지모신은 이미 여러 신화들에서 공통된 적으로 지정되었을 정도로, 오랫동안 그들과 전쟁을 치러 왔다.

그랬던 그녀가 다시 올림포스를 차지하며 천계에 화려하게 나타난 이상, 다른 사회들도 단단히 경계할 수밖에 없는 상황일 텐데.

그들은 공동 전선을 취하기는커녕, 한발 물러서면서 사태를 관망하고만 있었다. 저들의 궁극적인 목표가 무엇인지 잘 알면서도.

그리고 대지모신과 기가스는 그런 반응을 너무 당연하다는 듯이 받아들이는 중이었다.

대지모신과 다른 사회들 간에 어떤 '이유'가 있는 게 분명했다.

그리고 마지막 세 번째는.

'어째서 죽음의 신과 악마들도 지켜보고만 있는가.'

하늘 날개를 통해 직접적으로 연결된 666명의 신과 악마들은 물론, 권능을 하사해 주었던 5천여 명의 신과 악마들역시 꿈쩍도 않고 있었다.

평상시에는 자신이 하는 일에 호의적인 태도를 취하던그들이었지만, 이번만큼은 철저한 방관자적인 자세를 고수하는 것이다.

사실, 죽음의 신과 악마들이 그러는 이유는 대강 알 것같았다.

그들은 칠흑을 추종하면서도, 쉼 없이 연우에게 자격 여부를 묻는 이들. 이번 시련도 응당 칠흑의 후계라면 당연히넘어야 할 난관 정도로 여기고 있는 게 분명했다.

다른 5천여 명의 신과 악마들도 크게 다르지 않을 것이다. 그들은 연우에게 호의를 보이기에 앞서 각 사회에 소속된 몸이니 홀로 뜻을 세우기가 어려웠을 테지.

애당초 당연하다는 듯이 참전을 선언한 아가레스와는 포지션이 다른 것이다.

그래도 두 번째 의문과 마찬가지로 대지모신에 대해서경계만 할 뿐, 별다른 조치를 취하지 않는 건 확실히 의문스러웠다.

그래서 어떻게든 이유를 알아보려 했지만.

　　[신의 사회, '데바'가 당신이 어떻게 시련을 극복
할지 살펴봅니다.]
　　[신의 사회, '아스가르드'가 당신의 시련 극복을
주시합니다.]
　　……

저들은 여전히 방관적인 자세 그대로였다.
'원래는 의문이 전부 풀리면 시도하려 했지만.'

　　[00:02:11]
　　[00:02:10]
　　……

연우는 타이머를 보면서 눈을 빛냈다.
'어쩔 수 없지.'
남은 시간이 얼마 없었다. 더 이상 패를 무를 수 없어진
이상, 나설 수밖에 없었다.
콰아앙!
연우는 얼굴을 찔러 오던 티폰의 공격을 크게 튕겨 내면

서 대지에 착지했다.

불과 몇 분 전까지만 해도 커다란 건물이 위용을 뽐내며 서 있었을 대지는 시커멓게 그을린 황무지가 되어 있었다.

『이제 꼼수가 바닥나기라도 한 것이냐?』

티폰은 그런 연우를 보면서 한껏 비웃음을 던졌다. 그의 힘이 많이 소진된 것을 눈치챈 것이다.

하지만. 연우는 도리어 한쪽 입꼬리를 말아 올리면서 냉소를 던졌다.

"아니. 이제 시작이지."

『한낱 필멸자의 격으로 그 이상한 권능 집약체를 감당할 수 있는 것도 한계가 있을 텐데?』

"한계? 당연히 있지. 하지만 너희들 덕분에, 평소에는 시도해 보지도 못할 만한 것을 해 볼 수 있을 것 같아서 말이야."

『무슨 헛소……!』

"칠흑!"

『……?』

"그렇게 말하면 알지 않나?"

『……!』

티폰은 수수께끼 같은 연우의 말에 인상을 찡그리다, 뒤늦게 눈치를 채고 소리쳤다.

『막아!』

기가스들은 연우의 노림수가 무엇인지 눈치채지 못했지만, 무언가 일이 심상치 않게 돌아간다는 것을 깨닫고 하나같이 공간을 열어젖히면서 연우에게 접근을 시도했다.

하지만.

"세워라."

연우의 명령어와 함께 외우주를 장악하고 있던 권역화의 범위가 갑자기 축소되었다.

넓게 퍼졌던 그림자가 연우에게로 집중되는 것과 동시에 연우와 외부 공간을 단절시키는 거대한 장벽을 높다랗게 세웠다.

[망자의 벽]

끼아아—

쿠쿠쿵, 쿠쿵!

수만 마리의 망령으로 가득한 그림자의 벽이 기가스들의 접근을 차단하는 것과 동시에.

연우는 왼손을 활짝 펼치면서 허공을 강하게 후려쳤다. 콰직, 하는 소리와 함께 톱니 이빨이 공간 한가운데에 틀어박혔다. 손바닥을 따라 작은 균열이 퍼졌다.

"삼켜라."

[하데스의 식령검]

이번에는 그림자가 소용돌이를 그리면서 맹렬한 속도로 톱니 이빨 안쪽으로 빨려 들어갔다. 마치 수챗구멍을 따라 물이 흘러 들어가는 것처럼.

남들이 본다면 자신이 퍼뜨린 그림자를 도로 삼키는 멍청한 짓으로 보이겠지만. 하데스의 식령검이 먹는 것은 그림자만이 아니었다.

갈 길을 잃고 외우주를 따라 떠돌아다니고 있던 영혼들. 인과율의 제물이 되어야 할 것들이 통째로 '뜯기고' 있었다!

『이 미친놈이이이!』

티폰이 결국 참지 못하고 강제 강림을 시도했다. 이대로라면 위험을 무릅쓰고 얻어야 할 인과율을 통째로 빼앗길 판국이었다. 이후 올포원의 제재를 받더라도 막을 건 막아야 했다.

그가 있던 화신체가 영압을 견디지 못하고 잘게 부서지면서, 거대한 신력의 폭풍이 사방으로 휘몰아쳤다.

그리고 화신체가 있던 자리로 티폰이 자랑하는 거대한

눈이 드러났다. 뒤이어 곧 공간을 찢고 엄청난 크기의 팔이 내려와 연우를 내려찍었다. 본체가 통째로 강림할 수 없어 신체의 일부만 끌어온 것이다.

콰아앙!

어마어마한 신력이 연우는 물론, 대지 전체를 눌렀다. 얼마 남지 않았던 외우주의 내구도를 전부 박살 내고도 남을 힘. 외우주에 퍼진 균열을 따라 공간의 조각들이 금방이라도 우수수 쏟아질 듯 위태롭게 흔들렸다.

하지만.

『이런…… 말도 안 되는……!』

티폰의 거대한 손바닥은 대지를 완전히 누르지 못했다. 어느 지점에 다다라 강한 반발력에 부딪치고 만 것이다.

그 아래에는 망자의 벽으로 자신을 보호하면서 인과율의 흡수를 거의 끝낸 연우가 있었다.

소울 컬렉션은 이미 금방이라도 터질 듯이 가득 차 있었다. 엘로힘은 물론, 혈국과 사자 연맹, 마군 등 용의 미궁에서부터 지금에 이르기까지 그가 흡수한 수천수만 개의 망령들이 함께 울부짖는 중이었다.

애당초 베이럭과 대지모신이 확보하려던 제물보다 훨씬 많으면 많았지, 절대 부족하지 않을 양. 그 안에는 신과 악마들도 탐내 할 만한 랭커의 것들도 있었다.

"여기서 문제."

연우는 거대한 손가락 틈 사이로 비치는 티폰의 눈동자를 보면서 차갑게 웃었다. 핏대가 잔뜩 선 티폰의 눈동자가 거세게 요동치고 있는 것이 보였다.

"너희들이 집단 강신을 시도할 수 있을 만큼 많은 공양물을, 아니, 그보다 훨씬 많은 걸 여기에다 바치게 되면 어떻게 될까? 아주 좋아할 것 같은데."

연우는 자신이 착용하고 있던 형틀을 살짝 들어 보였다. 티폰의 눈동자가 경악으로 부릅떠졌다.

『그만둬라! 그만……!』

하지만.

"바친다."

그 모든 것을, 연우는 칠흑왕의 형틀 안쪽으로 불어 넣었다.

"그러니 깨어나라."

우우우웅─

세 개의 형틀이 미친 듯이 울리기 시작했다.

칠흑 공명(漆黑共鳴)!

『재미난 짓을 저지르려 하는군. 제법이야! 네가 여태 하던 멍청한 놀음 중에서 그나마 썩 제일 괜찮은 시도였어! 하하하!』

일이 벌어진 이후, 처음으로 들려오는 마성의 웃음소리를 한 귀로 흘리면서.

연우는 아직도 옵션이 해제되지 않았던 마지막 형틀, '칠흑왕의 격노'를 깨우고자 했다.

쩌어어엉!

이윽고 목에서 개운한 느낌이 드는 것과 동시에.

철컥, 철컥—

여태 오른팔을 따라 단단히 감겨 있던 검은 쇠사슬의 구속이 해제되더니.

좌르르륵!

이윽고 쇠사슬이 실타래처럼 풀려 나오기 시작했다.

칠흑색의 운무를 한가득 뿌리면서…….

『어디 한번 놀아 보아라. 재미나게 구경해 줄 테니까. 키키킥!』

칠흑의 진정한 권능이, 연우의 손에서 처음으로 깨어나는 순간이었다.

〈다음 권에 계속〉